a Library

入門

平凡社ライブラリー

Heibonsha Library

# 怪談入門

乱歩怪異小品集

江戸川乱歩著
東雅夫編

平凡社

本書は平凡社ライブラリー・オリジナル編集です。

目次

## Ⅲ 怪談入門

## IV

著者・江戸川乱歩は、初めての全集『江戸川乱歩全集』（全十三巻　一九三一～三二）を小社より刊行いたしました。本書では作家へのオマージュとして、《Ｉ　幻想と怪奇》に収録した三作品を、正字旧かな遣いにて翻刻しました。

# 非現実への愛情

うつし世はゆめ
よるの夢こそまこと

ポーの言葉「この世の現実は、私には幻――単なる幻としか感じられない。これに反して、夢の世界の怪しい想念は、私の生命の糧であるばかりか、今や私にとっての全実在そのものである」

ウォーター・デ・ラ・メイアの言葉「わが望みは所謂《いわゆる》リアリズムの世界から逸脱するにあ

る。空想的経験こそは、現実の経験に比して更らに一層リアルである」

東西古今のいかなる箴言《しんげん》よりも、これらの言葉が、私にはしっくりする。身をもって同感なのである。それが、いつとはなしに、前記の対句《ついく》を作らせた。この二三年来、色紙や短冊を出されると、多くはこの句を書くことにしている。これを一層簡単にして「昼は夢、夜《よ》ぞうつつ」というのもある。

# I　幻想と怪奇

# 火星の運河

又《また》あそこへ來《き》たなといふ、寒《さむ》い樣《やう》な魅力《みりよく》が私《わたし》を戰《をのゝ》かせた。にぶ色《いろ》の暗《やみ》が私《わたし》の全世界《ぜんせかい》を覆《おほ》ひつくしてゐた。恐《おそ》らくは音《おと》も匂《にほひ》も、觸覺《しよくかく》さへもが私《わたし》の身體《からだ》から蒸發《じようはつ》して了《しま》つて、煉羊羹《ねりやうかん》の濃《こまや》かに澱《よど》んだ色彩《しきさい》ばかりが、私《わたし》のまはりを包《つゝ》んでゐた。

頭《あたま》の上《うへ》には夕立雲《ゆふだちぐも》の樣《やう》に、まつくらに層《そう》をなした木《こ》の葉《は》が、音《おと》もなく鎮《しづま》り返《かへ》つて、そこからは巨大《きよだい》な黒褐色《こくかつしよく》の樹幹《じゆかん》が、瀧《たき》をなして地上《ちじやう》に降《ふ》り注《そゝ》ぎ、觀兵式《くわんぺいしき》の兵列《へいれつ》の樣《やう》に、目《め》も遙《はるか》に四方《はう》にうち續《つゞ》いて、末《すゑ》は奥知《おくし》れぬ暗《やみ》の中《なか》に消《き》えてゐた。

幾層《いくそう》の木《こ》の葉《は》の暗《やみ》のその上《うへ》には、どの樣《やう》なうらゝかな日《ひ》が照《て》つてゐるか、或《あるひ》は、どの樣《やう》な冷《つめた》い風《かぜ》が吹《ふ》きすさんでゐるか、私《わたし》には少《すこ》しも分《わか》らなかつた。たゞ分《わか》つてゐることは、私《わたし》が今《いま》、果《は》てしも知《し》らぬ大森林《だいしんりん》の下闇《したやみ》を、行方《ゆくへ》定《さだ》めず歩《ある》き續《つゞ》けてゐる、その單調《たんてう》な事實《じじつ》だけであつた。歩《ある》いても歩《ある》いても、幾抱《いくかゝ》への大木《たいぼく》の幹《みき》を、次《つぎ》から次《つぎ》へと、迎《むか》へ見送《みおく》るばかりで景色《けしき》は少《すこ》しも變《かは》らなかつた。足《あし》の下《した》には、この森《もり》が出來《でき》て以來《いらい》、幾《いく》百年《ねん》の落葉《おちば》が、濕氣《しつけ》に充《み》ちたクッションを爲《な》して、歩《ある》くたびに、ジク／＼と、音《おと》を立《た》てゝゐるに相違《さうゐ》なかつた。

聽覺《ちやうかく》のない薄暗《うすやみ》の世界《せかい》は、この世《よ》からあらゆる生物《せいぶつ》が死滅《しめつ》したことを感《かん》じさせた。或《あるひ》は又《また》、不氣味《ぶきみ》にも、森全體《もりぜんたい》がめしひたる魑魅魍魎《ちみもうりやう》に充《み》ち滿《み》ちてゐるが如《ごと》くにも、思《おも》はれないではなかつた。くちなはの樣《やう》な山蛭《やまひる》が、まつくらな天井《てんじやう》から、雨垂《あまだれ》をなして、私《わたし》の襟《えり》くびにそゝいでゐるのが想像《さうざう》された。私《わたし》の眼界《がんかい》には一物《ぶつ》の動《うご》くものとてはなかつたけれど、背後《はいご》には、くらげの如《ごと》きあやしの生《い》きものが、ウヨ／＼と身《み》をすり合《あは》せて、聲《こゑ》なき笑《わら》ひを合唱《がつしやう》してゐるのかも知《し》れなかつた。

でも、暗闇《くらやみ》と、暗闇《くらやみ》の中《なか》に住《す》むものとが、私《わたし》を怖《こは》がらせたのは云《い》ふまでもないけれど、それらにもまして、いつもながらこの森《もり》の無限《むげん》が、奥底《おくそこ》の知《し》れぬ恐怖《きようふ》を以《もつ》て、私《わたし》に迫《せま》つた。それは、生《うま》れたばかりの嬰兒《えいじ》が、廣々《ひろ〲》とした空間《くうかん》に畏怖《ゐふ》して、手足《てあし》をちゞめ、恐《おそ》れ戰《をのゝ》くが如《ごと》き感《かん》じであつた。

私《わたし》は「母《かあ》さん、怖《こは》いよう。」と、叫《さけ》びさうになるのを、やつとこらへながら、一刻《こく》も早《はや》く、暗《やみ》の世界《せかい》を逃《のが》れ出《だ》さうとあせつた。

併《しか》し、あがけばあがく程《ほど》、森《もり》の下闇《したやみ》は、益々《ます〳〵》暗《くら》さをまして行《い》つた。何年《なんねん》の間《あひだ》、或《あるひ》は何《なん》十年《ねん》の間《あひだ》、私《わたし》はそこを歩《ある》き續《つゞ》けたことだらう！ そこには時《とき》といふものがなかつた。日《ひ》暮《ぐ》れも夜《よ》明《あ》けもなかつた。歩《ある》き始《はじ》めたのが昨日《きのふ》であつたか、何《なん》十年《ねん》の昔《むかし》であつたか、それさへ曖昧《あいまい》な感《かん》じであつた。

私《わたし》は、ふと未來永劫《みらいえいごふ》この森《もり》の中《なか》に、大《おほ》きな大《おほ》きな圓《ゑん》を描《ゑが》いて歩《ある》きつゞけてゐるのではないかと疑《うたが》ひ始《はじ》めた。外界《ぐわいかい》の何物《なにもの》よりも私自身《わたしじしん》の歩幅《ほはゞ》の不確實《ふかくじつ》が恐《おそろ》しかつた。私《わたし》は嘗《かつ》て、右足《みぎあし》と左足《ひだりあし》との歩《ある》きぐせにたつた一吋《インチ》の相違《さうゐ》があつた爲《ため》に、沙漠《さばく》の中《なか》を圓《ゑん》を描《ゑが》いて歩《ある》き續《つゞ》けた旅《たび》人《びと》の話《はなし》を聞《き》いてゐた。沙漠《さばく》には雲《くも》がはれて、日《ひ》も出《で》よう、星《ほし》もまたゝかう。併《しか》し、暗闇《くらやみ》の森《もり》の中《なか》には、いつまで待《ま》つても、何《なん》の目印《めじるし》も現《あらは》れては呉《く》れないのだ。世《よ》にためしなき恐《おそ》れであつた。私《わたし》はその時《とき》の、心《しん》の髓《ずゐ》からの戰《おのゝ》きを、何《なん》と形容《けいよう》すればよいのであらう。

私《わたし》は生《うま》れてから、この同《おな》じ恐《おそ》れを、幾度《いくたび》と知《し》れず味《あぢは》つた。併《しか》し、一度《ひとたび》ごとに、いひ知《し》れぬ恐怖《きようふ》の念《ねん》は、そして、それに伴《ともな》ふあるとしもなき懷《なつか》しさは、共《とも》に增《ま》しこそすれ、決《けつ》して減《げん》じはしなかつた。その樣《やう》に度々《たび〳〵》のことながら、どの場合《ばあひ》にも、不思議《ふしぎ》なことには、いつどこから森《もり》に入《はい》つて、いつ又《また》どこから森《もり》を抜《ぬ》け出《だ》すことが出來《でき》たのやら、少《すこ》しも記憶《きおく》してゐなかつた。一度《ど》づつ、全《まつた》く新《あら》たなる恐怖《きようふ》が私《わたし》の魂《たましひ》を壓《お》し縮《ちゞ》めた。巨大《きよだい》なる死《し》の薄暗《うすやみ》を、豆《まめ》つぶの様《やう》な私《わたし》といふ人間《にんげん》が、息《いき》を切《き》り汗《あせ》を流《なが》して、いつまでも、いつまでも歩《ある》いてゐた。

ふと氣《き》がつくと、私《わたし》の周圍《しうゐ》には異様《いやう》な薄明《うすあかり》が漂《たゞよ》ひ始《はじ》めてゐた。それは例《たと》へば、幕《まく》に映《うつ》つた幻燈《げんとう》の光《ひかり》の様《やう》に、この世《よ》の外《ほか》の明《あか》るさではあつたけれど、でも、歩《ある》くに随《したが》つて闇《やみ》はしりへに退《しりぞ》いて行《い》つた。

『ナンダ、これが森《もり》の出口《でぐち》だつたのか。』私《わたし》はそれをどうして忘《わす》れてゐたのであらう。そして、まるで永久《えいきう》にそこにとぢ込《こ》められた人《ひと》の様《やう》に、おぢ恐《おそ》れてゐたのであらう。

私《わたし》は水中《すゐちう》を駈《か》けるに似《に》た抵抗《ていかう》を感《かん》じながら、でも次第《しだい》に光《ひかり》の方《はう》へ近《ちか》づいて行《い》つた。近《ちか》づくに従《したが》つて、森《もり》の切《き》れ目《め》が現《あらは》れ、懐《なつか》しき大空《おほぞら》が見《み》え初《はじ》めた。併《しか》しあの空《そら》の色《いろ》は、あれが私達《わたしたち》の空《そら》であつたのだらうか。そして、その向《むか》うに見《み》えるものは？ ア、私《わたし》はやつぱりまだ森《もり》を出《で》ることが出來《でき》ないのだつた。

森《もり》の果《は》てとばかり思《おも》ひ込《こ》んでゐた所《ところ》は、その實森《じつもり》の眞中《まんなか》であつたのだ。

そこには、直徑《ちよくけい》一町《ちやう》ばかりの丸《まる》い沼《ぬま》があつた。沼《ぬま》のまはりは、少《すこ》しの餘地《よち》も殘《のこ》さず、直《たゞ》ちに森《もり》が圍《かこ》んでゐた。そのどちらの方角《はうがく》を見渡《みわた》しても、末《すゑ》はあやめも知《し》れぬ闇《やみ》となり、今迄《いままで》私《わたし》の歩《ある》いて來《き》たのより淺《あさ》い森《もり》はない様《やう》に見《み》えた。

度々《たびく》森《もり》をさ迷《まよ》ひながら、私《わたし》は斯様《かやう》な沼《ぬま》のあることを少《すこ》しも知《し》らなかつた。それ故《ゆゑ》、パッと森《もり》を出離《ではな》れて、沼《ぬま》の岸《きし》に立《た》つた時《とき》、そこの景色《けしき》の美《うつく》しさに、私《わたし》はめまひを感《かん》じた。萬花境《ばんくわきやう》を一轉《てん》して、ふと幻怪《げんくわい》な花《はな》を發見《はつけん》した感《かん》じである。併《しか》し、そこには萬花境《ばんくわきやう》の様《やう》な華《はな》やかな色彩《しきさい》がある譯《わけ》ではなく、空《そら》も森《もり》も水《みづ》も、空《そら》はこの世《よ》のものならぬいぶし銀《ぎん》、森《もり》は黒《くろ》ずんだ緑《みどり》と茶《ちや》、そして水《みづ》は、それらの單調《たんてう》な色《いろ》どりを映《うつ》してゐるに過《す》ぎないのだ。それにも拘《かゝは》らず、この美《うつく》しさは何物《なにもの》の業《わざ》であらう。銀鼠《ぎんねず》の空《そら》の色《いろ》か、巨大《きよだい》な蜘蛛《くも》が今《いま》獲《え》ものをめがけて飛《と》びかゝらうとしてゐる様《やう》な、奇怪《きくわい》なる樹木達《じゆもくたち》の枝《えだ》ぶりか、固體《こたい》の様《やう》におし默《だま》つて、無限《むげん》の底《そこ》に空《そら》を映《うつ》した沼《ぬま》の景色《けしき》か、それもさうだ。併《しか》しもつと外《ほか》にある。えたいの知《し》れぬものがある。音《おと》もなく、匂《にほ》ひもなく、肌觸《はだざわ》りさへない世界《せかい》の故《ゆゑ》か。そして、それらの聽覺《ちやうかく》、嗅覺《きうかく》、觸覺《しよくかく》が、たつた一《ひと》つの視覺《しかく》に集《あつ》められてゐる爲《ため》か。それもさうだ。併《しか》しもつと外《ほか》にある。空《そら》も森《もり》も水《みづ》も、何者《なにもの》かを待《ま》ち望《のぞ》んで、ハチ切《き》れ相《さう》に見《み》えるではないか。彼等《かれら》の貪婪極《どんらんきは》まりなき慾情《よくじやう》が、いぶきとなつてふき出《だ》してゐるのではないか。併《しか》しそれが、何故《なぜ》なればかくも私《わたし》の心《こゝろ》をそゝるのか。

私《わたし》は何氣《なにげ》なく、眼《め》を外界《ぐわいかい》から私自身《わたしじしん》の、いぶかしくも裸《はだか》の身體《からだ》に移《うつ》した。そして、そこに、男《をとこ》のではなくて、豊滿《ほうまん》なる乙女《をとめ》の肉體《にくたい》を見出《みいだ》した時《とき》、私《わたし》が男《をとこ》であつたことをうち忘《わす》れて、さも當然《たうぜん》の樣《やう》にほゝゑんだ。あゝこの肉體《にくたい》だ！　私《わたし》は餘《あま》りの嬉《うれ》しさに、心臟《しんざう》が喉《のど》の邊《へん》まで飛《と》び上《あが》るのを感《かん》じた。

私《わたし》の肉體《にくたい》は、（それは不思議《ふしぎ》にも私《わたし》の戀人《こひびと》のそれと、そつくり生《いき》うつしなのだが、）何《なん》とまあすばらしい美《うつく》しさであらう。ぬれ鬘《かつら》の如《ごと》く、豊《ゆたか》にたくましき黒髪《くろかみ》、アラビヤ馬《うま》に似《に》て、精悍《せいかん》には り切《き》つた五體《たい》、蛇《へび》の腹《はら》の樣《やう》につやゝかに、青白《あをじろ》き皮膚《ひふ》の色《いろ》、この肉體《にくたい》を以《もつ》て、私《わたし》は幾人《いくにん》の男《だん》子《し》を征服《せいふく》して來《き》たか、私《わたし》といふ女王《ぢよわう》の前《まへ》に、彼等《かれら》がどの樣《やう》な有樣《ありさま》でひれ俯《ふ》したか。

今《いま》こそ、何《なに》もかも明白《めいはく》になつた。私《わたし》は不思議《ふしぎ》な沼《ぬま》の美《うつく》しさを、漸《やうや》く悟《さと》ることが出來《でき》たのだ。

『オヽ、お前達《まへたち》はどんなに私《わたし》を待《ま》ちこがれてゐたことであらう。幾《いく》千年《ねん》、幾萬年《いくまんねん》、お前《まへ》たち、空《そら》も森《もり》も水《みづ》も、たゞこの一刹那《せつな》の爲《ため》に生《い》き永《なが》らへてゐたのではないか。お待《ま》ち遠《どほ》さま！　さあ、今《いま》、私《わたし》はお前達《まへたち》の烈《はげ》しい願《ねがひ》をかなへて上《あ》げるのだよ。』

この景色《けしき》の美《うつく》しさは、それ自身完全《じしんくわんぜん》なものではなかつた。何《なに》かの背景《はいけい》としてさうであつたのだ。そして今《いま》、この私《わたし》が、世《よ》にもすばらしい俳優《はいいう》として彼等《かれら》の前《まへ》に現《あらは》れたのだ。

闇《やみ》の森《もり》に圍《かこ》まれた底《そこ》なし沼《ぬま》の、深《ふか》く濃《こまや》かな灰色《はひいろ》の世界《せかい》に、私《わたし》の雪白《せつぱく》の肌《はだ》が、如何《いか》に調和《てうわ》よく、如何《いか》に輝《かゞや》かしく見《み》えたことであらう。何《なん》といふ大芝居《おほしばゐ》だ。何《なん》といふ奥底知《おくそこし》れぬ美《うつく》しさだ。

私《わたし》は一歩《ぽ》沼《ぬま》の中《なか》に足《あし》を踏《ふ》み入《い》れた。そして、黒《くろ》い水《みづ》の中央《ちうあう》に、同《おな》じ黒《くろ》さで浮《うか》んでゐる、一《ひと》つの岩《いは》をめがけて、静《しづか》に泳《およ》ぎ初《はじ》めた。水《みづ》は冷《つめ》たくも暖《あたゝ》かくもなかつた。油《あぶら》の様《やう》にトロリとして、手《て》と足《あし》を動《うご》かすにつれてその部《ぶ》分丈《ぶんだ》け波立《なみだ》つけれど、音《おと》もしなければ、抵抗《ていかう》も感《かん》じない。私《わたし》は胸《むね》のあたりに、二筋《すぢ》三筋《すぢ》の静《しづか》な波紋《はもん》を描《ゑが》いて、丁度眞白《ちやうどまつしろ》な水鳥《みづとり》が、風《かぜ》なき水面《すゐめん》をすべる様《やう》に、音《おと》もなく進《すゝ》んで行《い》つた。やがて、中心《ちうしん》に達《たつ》すると、黒《くろ》くヌル／＼した岩《いは》の上《うへ》に這《は》ひ上《あが》る。その様《さま》は、例《たと》へば夕凪《ゆうなぎ》の海《うみ》に踊《をど》る人魚《にんぎよ》の様《やう》にも見《み》えたであらうか。

今《いま》、私《わたし》はその岩《いは》の上《うへ》にスックと立上《たちあが》つた。オヽ、何《なん》といふ美《うつく》しさだ。私《わたし》は顔《かほ》を空《そら》ざまにして、あらん限《かぎ》りの肺臓《はいざう》の力《ちから》を以《もつ》て、花火《はなび》の様《やう》な一聲《ひとこゑ》を上《あ》げた。胸《むね》と喉《のど》の筋肉《きんにく》が無限《むげん》の様《やう》に伸《の》びて、一點《てん》の様《やう》にちゞんだ。

それから、極端《きよくたん》な筋肉《きんにく》の運動《うんどう》が始《はじ》められた。それがまあ、どんなにすばらしいものであつたか。青大將《あをだいしやう》が眞二《まつぷた》つにちぎれてのたうち廻《まは》るのだ。尺取蟲《しやくとりむし》と芋蟲《いもむし》とみゝずの斷末魔《だんまつま》だ。無《む》限《げん》の快樂《くわいらく》に或《あるひ》は無《む》限《げん》の痛苦《つうく》にもがくけだものだ。

踊《をど》り疲《つか》れると、私《わたし》は喉《のど》をうるほす爲《ため》に、黒《くろ》い水中《すゐちう》に飛《と》び込《こ》んだ。そして、胃《ゐ》の腑《ふ》の受《う》け容《い》れるだけ、水銀《すゐぎん》の様《やう》に重《おも》い水《みづ》を飲《の》んだ。

さうして踊《をど》り狂《くる》ひながらも、私《わたし》は何《なに》か物足《ものた》らなかつた。私《わたし》ばかりでなく周圍《しうゐ》の背景達《はいけいたち》も、不思議《ふしぎ》に緊張《きんちやう》をゆるめなかつた。彼等《かれら》はこの上《うへ》に、まだ何事《なにごと》を待《ま》ち望《のぞ》んでゐるのであらう。

『さうだ、紅《くれなゐ》の一《ひと》いろだ。』

私《わたし》はハッとそこに氣《き》がついた。このすばらしい畫面《ぐわめん》には、たつた一《ひと》つ、紅《くれなゐ》の色《いろ》が缺《か》けてゐる。若《も》しそれを得《う》ることが出來《でき》たならば、蛇《へび》の目《め》が生《い》きるのだ。奥底知《おくそこし》れぬ灰色《はひいろ》と、光《ひか》り輝《かゞや》く雪《ゆき》の肌《はだ》と、そして紅《くれなゐ》の一點《てん》、そこで、何物《なにもの》にもまして美《うつく》しい蛇《へび》の目《め》が生《い》きるのだ。

したが、私《わたし》はどこにその繪《ゑ》の具《ぐ》を求《もと》めよう。この森《もり》の果《は》てから果《は》てを探《さが》したとて、一輪《りん》の椿《つばき》さへ咲《さ》いてはゐないのだ。立竝《たちなら》ぶ彼《か》の蜘蛛《くも》の木《き》の外《ほか》に木《き》はないのだ。

『待《ま》ち給《たま》へ、それ、そこに、すばらしい繪《ゑ》の具《ぐ》があるではないか。心臓《しんざう》といふシボリ出《だ》し、こんな鮮《あざや》かな紅《くれなゐ》を、どこの繪《ゑ》の具屋《ぐや》が賣《う》つてゐる。』

私《わたし》は薄《うす》い鋭《するど》い爪《つめ》を以《もつ》て、全身《ぜんしん》に、縱横無盡《じゆうわうむじん》のかき傷《きず》を拵《こしら》へた、豐《ゆたか》なる乳房《ちぶさ》、ふくよかな腹部《ぶ》、肉《にく》つきのよい肩《かた》、はり切《き》つた太股《ふともゝ》、そして美《うつく》しい顔《かほ》にさへも。傷口《きずぐち》からしたゝる血《ち》のりが川《かは》を爲《な》して私《わたし》の身體《からだ》は眞赤《まつか》なほりものに覆《おほ》はれた。血潮《ちしほ》の網《あみ》シャツを着《き》た樣《やう》だ。

それが沼《ぬま》の水面《すゐめん》に映《うつ》つてゐる。火星《くわせい》の運河《うんが》！ 私《わたし》の身體《からだ》は丁度《ちやうど》あの氣味惡《きみわる》い火星《くわせい》の運河《うんが》だ。

そこには水《みづ》の代《かは》りに赤《あか》い血《ち》のりが流《なが》れてゐる。

そして、私《わたし》は又狂暴《またきやうばう》なる舞踊《ぶよう》を初《はじ》めた。キリ〱廻《まは》れば、紅白《こうはく》だんだら染《そ》めの獨樂《こま》だ。のたうち廻《まは》れば、今度《こんど》は斷末魔《だんまつま》の長蟲《ながむし》だ。ある時《とき》は胸《むね》と足《あし》をうしろに引《ひ》いて、極度《きよくど》に腰《こし》を張《は》り、ムクムクと上《あが》つて來る太股《ふとも、》の筋肉《きんにく》のかたまりを、出來《でき》る限《かぎ》り上《うへ》へ引《ひ》きつけて見《み》たり、ある時《とき》は岩《いは》の上《うへ》に仰臥《ぎやうぐわ》して、肩《かた》と足《あし》とで弓《ゆみ》の樣《やう》にそり返《かへ》り、尺取蟲《しやくとりむし》が這《は》ふ樣《やう》に、その邊《へん》を步《ある》き廻《まは》つたり、ある時《とき》は、股《また》をひろげその間《あひだ》に首《くび》をはさんで、芋蟲《いもむし》の樣《やう》にゴロ〳〵と轉《ころが》つて見《み》たり、又《また》は切《き》られたみゝずをまねて、岩《いは》の上《うへ》をピン〳〵とはね廻《まは》つて、腕《うで》と云《い》はず肩《かた》と云《い》はず、腹《はら》と云《い》はず腰《こし》と云《い》はず、所《ところ》きらはず、力《ちから》を入《い》れたり拔《ぬ》いたりして、私《わたし》はありとあらゆる曲線表《きよくせんへう》情《じやう》を演《えん》じた。命《いのち》の限《かぎ》り、このすばらしい大芝居《おほしばゐ》の、はれの役目《やくめ》を勉《つと》めたのだ。…………

……

『あなた、あなた、あなた。』

遠《とほ》くの方《はう》で誰《たれ》かゞ呼《よ》んでゐる。その聲《こゑ》が一《ひと》こと每《ごと》に近《ちか》くなる。地震《ぢしん》の樣《やう》に身體《からだ》がゆれる。

『あなた。何《なに》をうなされていらつしやるの。』

ボンヤリと目《め》を開《あ》くと、異樣《いやう》に大《おほ》きな戀人《こひびと》の顏《かほ》が、私《わたし》の鼻先《はなさき》に動《うご》いてゐた。

『夢《ゆめ》を見《み》た。』

私《わたし》は何氣《なにげ》なく呟《つぶや》いて、相手《あひて》の顏《かほ》を眺《なが》めた。

『まあ、びつしより、汗《あせ》だわ。……怖《こは》い夢《ゆめ》だつたの。』

『怖《こは》い夢《ゆめ》だつた。』

彼女《かのぢよ》の頬《ほゝ》は、入日《いりひ》時《どき》の山脈《さんみやく》の様《やう》に、くつきりと蔭《かげ》と日向《ひなた》に分《わか》れて、その分《わか》れ目《め》を、白髪《しらが》の様《やう》な長《なが》いむく毛《げ》が、銀色《ぎんいろ》に縁取《へりど》つてゐた。小鼻《こはな》の脇《わき》に、綺麗《きれい》な脂《あぶら》の玉《たま》が光《ひか》つて、それを吹《ふ》き出《だ》した毛穴《けあな》共《ども》が、まるで洞穴《ほらあな》の様《やう》に、いとも艶《なまめか》しく息《いき》づいてゐた。そして、その彼女《かのぢよ》の頬《ほゝ》は、何《なに》か巨大《きよだい》な天體《てんたい》でゝもある様《やう》に、徐々《じよ〳〵》に徐々《じよ〳〵》に、私《わたくし》の眼界《がんかい》を覆《おほ》ひつくして行《ゆ》くのだつた。

# 白晝夢

あれは、白晝《はくちう》の惡夢《あくむ》であつたか、それとも現實《げんじつ》の出來事《できごと》であつたか。

晩春《ばんしゆん》の生暖《なまあたゝか》い風《かぜ》が、オドロ〳〵と、火照《ほて》つた頰《ほゝ》に感《かん》ぜられる、蒸《む》し暑《あつ》い日《ひ》の午後《ごご》であつた。

用事《ようじ》があつて通《とほ》つたのか、散歩《さんぽ》のみちすがらであつたのか、それさへぼんやりとして思《おも》ひ出《だ》せぬけれど、私《わたし》は、ある場末《ばすゑ》の、見《み》る限《かぎ》り何處《どこ》までも何處《どこ》までも、眞直《まつすぐ》に續《つゞ》いてゐる、廣《ひろ》い埃《ほこり》つぽい大通《おほどほ》りを歩《ある》いてゐた。

洗《あら》ひざらした單衣物《ひとへもの》の樣《やう》に白茶《しらちや》けた商家《しやうか》が、默《だま》つて軒《のき》を竝《なら》べてゐた。三尺《じやく》のショーウィンドウに、埃《ほこり》でだんだら染《ぞ》めにした小學生《せうがくせい》の運動《うんどう》シャツが下《さが》つてゐたり、碁盤《ごばん》の様《やう》に仕切《しき》つた薄《うす》つぺらな木箱《きばこ》の中《なか》に、赤《あか》や黄《き》や白《しろ》や茶色《ちやいろ》などの、砂《すな》の様《やう》な種物《たねもの》を入《い》れたのが、店《みせ》一杯《ぱい》に竝《なら》んでゐたり、狭《せま》い薄暗《うすぐら》い家中《うちぢう》が、天井《てんじやう》からどこから、自轉車《じてんしや》のフレームやタイヤで充滿《じうまん》してゐたり、そして、それらの殺風景《さつぷうけい》な家々《いへ〳〵》の間《あひだ》に挾《はさ》まつて、細《ほそ》い格子戸《かうしど》の奥《おく》にすゝけた御神燈《ごしんとう》の下《さが》つた二階家《かいや》が、そんなに兩方《りやうはう》から押《お》しつけちや厭《いや》だわといふ恰好《かつかう》をして、ボロン〳〵と猥褻《わいせつ》な三味線《しやみせん》の音《ね》を洩《もら》してゐたりした。

『アップク、チキリキ、アッパッパア……アッパッパア……』

お下《さ》げを埃《ほこり》でお化粧《けしやう》した女《をんな》の子達《こたち》が、道《みち》の眞中《まんなか》に輪《わ》を作《つく》つて歌《うた》つてゐた。アッパッパアアアア……といふ涙《なみだ》ぐましい旋律《せんりつ》が、霞《かす》んだ春《はる》の空《そら》へのんびりと蒸發《じやうはつ》して行《い》つた。

男《をとこ》の子等《こら》は繩飛《なはと》びをして遊《あそ》んでゐた。長《なが》い繩《なは》の弦《つる》が、ねばり強《づよ》く地《ち》を叩《たゝ》いては、空《そら》に上《あが》つた。田舎縞《ゐなかじま》の前《まへ》をはだけた一人《ひとり》の子《こ》が、ピョイ〳〵と飛《と》んでゐた。その光景《ありさま》は、高速度撮影《かうそくどさつえい》機《き》を使《つか》つた活動寫眞《くわつどうしやしん》の様《やう》に、如何《いか》にも悠長《いうちやう》に見《み》えた。

時々《とき〴〵》、重《おも》い荷馬車《にばしや》がゴロ〳〵と道路《だうろ》や、家々《いへ〳〵》を震動《しんどう》させて私《わたし》を追《お》ひ越《こ》した。

ふと私《わたし》は、行手《ゆくて》に當《あた》つて何《なに》かゞ起《おこ》つてゐるのを知《し》つた。十四五人《にん》の大人《おとな》や子供《こども》が、道《みち》ばたに不規則《ふきそく》な半圓《はんゑん》を描《ゑが》いて立止《たちどま》つてゐた。

それらの人々《ひと〴〵》の顏《かほ》には、皆《みな》一種《しゆ》の笑《わら》ひが浮《うか》んでゐた。喜劇《きげき》を見《み》てゐる人《ひと》の笑《わら》ひが浮《うか》んでゐた。ある者《もの》は大口《おほぐち》を開《あ》いてゲラ〳〵笑《わら》つてゐた。

好奇心《かうきしん》が、私《わたし》をそこへ近付《ちかづ》かせた。

近付《ちかづく》に從《したが》つて、大勢《おほぜい》の笑顏《ゑがほ》と際立《きはだ》つた對照《たいせう》を示《しめ》してゐる一つの眞面目《まじめ》くさつた顏《かほ》を發見《はつけん》した。その青《あを》ざめた顏《かほ》は、口《くち》をとがらせて、何事《なにごと》か熱心《ねつしん》に辯《べん》じ立《た》てゝゐた。香具師《やし》の口上《こうじやう》にしては餘《あま》りに熱心過《ねつしんす》ぎた。宗教家《しうけうか》の辻說法《つじせつぱふ》にしては見物《けんぶつ》の態度《たいど》が不謹愼《ふきんしん》だつた。一體《たい》、これは何事《なにごと》が始《はじ》まつてゐるのだ。

私《わたし》は知《し》らず〳〵半圓《はんゑん》の群集《ぐんしふ》に混《まじ》つて、聽聞者《ちやうもんしや》の一人《ひとり》となつてゐた。

演說者《えんぜつしや》は、青《あを》つぽいくすんだ色《いろ》のセルに、黄色《きいろ》の角帶《かくおび》をキチンと締《し》めた、風采《ふうさい》のよい、見《み》た所相當敎養《ところさうたうけうやう》もありさうな四十男《をとこ》であつた。鬘《かづら》の樣《やう》に綺麗《きれい》に光《ひか》らせた頭髮《かみ》の下《した》に、中高《なかだか》の薤形《らつきやうがた》の青《あを》ざめた顏《かほ》、細《ほそ》い眼《め》、立派《りつぱ》な口髭《くちひげ》で隈《くま》どつた眞赤《まつか》な脣《くちびる》、その脣《くちびる》が不作法《ぶさはふ》につばきを飛《と》ばしてバクバク動《うご》いてゐるのだ。汗《あせ》をかいた高《たか》い鼻《はな》、そして、着物《きもの》の裾《すそ》からは、砂埃《すなぼこり》にまみれた跣足《はだし》の足《あし》が覗《のぞ》いてゐた。

『……俺《おれ》はどんなに俺《おれ》の女房《にようばう》を愛《あい》してゐたか。』

演說《えんぜつ》は今《いま》や高調《かうてう》に達《たつ》してゐるらしく見《み》えた。男《をとこ》は無量《むりやう》の感慨《かんがい》を罩《こ》めてかういつたまゝ、暫《しばら》く見物達《けんぶつたち》の顔《かほ》から顔《かほ》を見廻《みまは》してゐたが、やがて、自問《じもん》に答《こた》へる様《やう》に續《つゞ》けた。

『殺《ころ》す程愛《ほどあい》してゐたのだ！』

『……悲《かな》しい哉《かな》、あの女《をんな》は浮氣者《うはきもの》だつた。』

ドッと見物《けんぶつ》の間《あひだ》に笑《わら》ひ聲《ごゑ》が起《おこ》つたので、其次《そのつぎ》の『いつ餘所《よそ》の男《をとこ》とくツつくかも知《し》れなかつた。』といふ言葉《ことば》は危《あぶな》く聞《き》き洩《もら》す所《ところ》だつた。

『いや、もうとつくにくツついてゐたかも知《し》れないのだ。』

そこで又《また》、前《まへ》にもました高笑《たかわら》ひが起《おこ》つた。

『俺《おれ》は心配《しんぱい》で心配《しんぱい》で、』彼《かれ》はさういつて歌舞伎役者《かぶきやくしや》の様《やう》に首《くび》を振《ふ》つて『商賣《しやうばい》も手《て》につかなんだ。俺《おれ》は毎晩寝床《まいばんねどこ》の中《なか》で女房《にようばう》に頼《たの》んだ。手《て》を合《あは》せて頼《たの》んだ。』笑聲《せうせい》『どうか誓《ちか》つて呉《く》れ。俺《おれ》より外《ほか》の男《をとこ》には心《こゝろ》を移《うつ》さないと誓《ちか》つて呉《く》れ……併《しか》し、あの女《をんな》はどうしても私《わたし》の頼《たの》みを聞《き》いては呉《く》れない。まるで商賣人《しやうばいにん》の様《やう》な巧《たく》みな嬌態《けうたい》で、手練手管《てれんてくだ》で、その場《ば》その場《ば》をごまかすばかりです。だが、それが、その手練手管《てれんてくだ》が、どんなに私《わたし》を惹《ひ》きつけたか……』

誰《だれ》かゞ『よう〳〵、御馳走《ごちさう》さまッ。』と叫《さけ》んだ。そして、笑聲《せうせい》。

『みなさん』男《をとこ》はそんな半疊《はんでふ》などを無視《むし》して續《つゞ》けた。『あなた方《がた》が、若《も》し私《わたし》の境遇《きやうぐう》にあつたら一體《たい》どうしますか。これが殺《ころ》さないでゐられませうか！』

『……あの女《をんな》は耳《み》隱《かく》しがよく似合《にあ》ひました。自分《じぶん》で上手《じやうず》に結《ゆ》ふのです……鏡臺《きやうだい》の前《まへ》に坐《すわ》つてゐました。結《ゆ》ひ上《あ》げた所《ところ》です。綺麗《きれい》にお化粧《けしやう》した顏《かほ》が私《わたし》の方《はう》をふり向《む》いて、赤《あか》い脣《くちびる》でニッコリ笑《わら》ひました。』

男《をとこ》はこゝで一つ肩《かた》を搖《ゆす》り上《あ》げて見《み》えを切《き》つた。濃《こ》い眉《まゆ》が兩方《りやうはう》から迫《せま》つて凄《すご》い表情《へうじやう》に變《かは》つた。赤《あか》い脣《くちびる》が氣味《きみ》惡《わる》くヒン曲《まが》つた。

『……俺《おれ》は今《いま》だと思《おも》つた。この好《この》もしい姿《すがた》を永久《えいきう》に俺《おれ》のものにして了《しま》ふのは今《いま》だと思《おも》つた。』

『用意《ようい》してゐた千枚通《まいどほ》しを、あの女《をんな》の匂《にほ》やかな襟足《えりあし》へ、力《ちから》まかせにたゝき込《こ》んだ。笑顏《ゑがほ》の消《き》えぬうちに、大《おほ》きい絲切齒《いときりば》が脣《くちびる》から覗《のぞ》いたまんま……死《し》んで了《しま》つた。』

賑《にぎや》かな廣告《くわうこく》の樂隊《がくたい》が通《とほ》り過《す》ぎた。大喇叭《おほらつぱ》が頓狂《とんきやう》な音《おと》を出《だ》した。「こゝはお國《くに》を何百里《なんり》、離《はな》れて遠《とほ》き滿洲《まんしう》の。」子供等《こどもら》が節《ふし》に合《あは》せて歌《うた》ひながら、ゾロ〱とついて行《い》つた。

『諸君《しよくん》、あれは俺《おれ》のことを觸廻《ふれまは》つてゐるのだ。眞柄《まがら》太郎《たらう》は人殺《ひとごろ》しだ、人殺《ひとごろ》しだ、さういつて觸廻《ふれまは》つてゐるのだ。』

又《また》笑《わら》ひ聲《ごゑ》が起《おこ》つた。樂隊《がくたい》の太鼓《たいこ》の音《ね》丈《だ》けが、男《をとこ》の演說《えんぜつ》の伴奏《ばんさう》でゝもある樣《やう》に、いつまでも〱聞《きこ》えてゐた。

『……俺《おれ》は女房《にようばう》の死骸《しがい》を五つに切《き》り離《はな》した。いゝかね、胴《どう》が一つ、手《て》が二本《ほん》、足《あし》が二本《ほん》、これでつまり五つだ。……惜《お》しかつたけれど仕方《しかた》がない。……よく肥《ふと》つたまつ白《しろ》な足《あし》だ。』

『……あなた方《がた》はあの水《みづ》の音《おと》を聞《き》かなかつたですか。』男《をとこ》は俄《にはか》に聲《こゑ》を低《ひく》めて云《い》つた。首《くび》を前《まへ》につき出《だ》し目《め》をキョロ〳〵させながら、さも一大事《だいじ》を打開《うちあ》けるのだといはぬばかりに、『三七二十一日《にち》の間《あひだ》、私《わたし》の家《いへ》の水道《すゐだう》はザー〳〵と開《あ》けつぱなしにしてあつたのですよ。五つに切《き》つた女房《にようばう》の死體《したい》をね、四斗樽《とだる》の中《なか》へ入《い》れて、冷《ひや》してゐたのですよ。これがね、みなさん。』

こゝで彼《かれ》の聲《こゑ》は聞《きこ》えない位《くらゐ》に低《ひく》められた。

『祕訣《ひけつ》なんだよ。祕訣《ひけつ》なんだよ。死骸《しがい》を腐《くさ》らせない。……屍蠟《しらふ》といふものになるんだ。』

「屍蠟《しらふ》」……ある醫書《ゐしよ》の「屍蠟《しらふ》」の項《こう》が、私《わたし》の目《め》の前《まへ》に、その著者《ちよしや》の黴《かび》くさい繪姿《ゑすがた》と共《とも》に浮《うか》んで來《き》た。一體全體《たいぜんたい》、この男《をとこ》は何《なに》を云《い》はんとしてゐるのだ。何《なん》とも知《し》れぬ恐怖《きやうふ》が、私《わたし》の心臟《しんざう》を風船玉《ふうせんだま》の樣《やう》に輕《かる》くした。

『……女房《にようばう》の脂《あぶら》ぎつた白《しろ》い胴體《どうたい》や手足《てあし》が、可愛《かあい》い蠟細工《らふざいく》になつて了《しま》つた。』

『ハハ、、、お極《きま》りを云《い》つてらあ。お前《まへ》それを、昨日《きのふ》から何度《なんど》おさらひするんだい。』誰《だれ》かゞ不作法《ぶさはふ》に怒鳴《どな》つた。

『オイ、諸君《しよくん》。』男《をとこ》の調子《てうし》がいきなり大聲《おほごゑ》に變《かは》つた。『俺《おれ》がこれ程云《ほどい》ふのが分《わか》らんのか。君達《きみたち》は、俺《おれ》の女房《にようばう》は家出《いへで》をした家出《いへで》をしたと信《しん》じ切《き》つてゐるだらう。ところがな、オイ、よく聞《き》け、あの女《をんな》はこの俺《おれ》が殺《ころ》したんだよ。どうだ、びつくりしたか。ワハハ、、、、。』

……斷切《たちき》つた樣《やう》に笑聲《わらひごゑ》がやんだかと思《おも》ふと、一瞬間《しゆんかん》に元《もと》の生眞面目《きまじめ》な顏《かほ》が戻《もど》つて來《き》た。男《をとこ》は又囁《またさゝや》き聲《ごゑ》で始《はじ》めた。

『それでも、女《をんな》はほんたうに私《わたし》のものになり切《き》つて了《しま》つたのです。ちつとも心配《しんぱい》はいらないのです。キッスのしたい時《とき》にキッスが出來《でき》ます。抱《だ》き締《し》めたい時《とき》には抱《だ》きしめることも出來《でき》ます。私《わたし》はもう、これで本望《ほんまう》ですよ。』

『……だがね、用心《ようじん》しないと危《あぶな》い。私《わたし》は人殺《ひとごろ》しなんだからね。いつ巡査《おまはり》に見《み》つかるかしれない。そこで、俺《おれ》はうまいことを考《かんが》へてあつたのだよ。隱《かく》し場所《ばしよ》をね。……巡査《おまはり》だらうが刑事《けいじ》だらうが、こいつにはお氣《き》がつくまい。ホラ、君《きみ》、見《み》てごらん。その死骸《しがい》はちやんと俺《おれ》の店《みせ》先《さき》に飾《かざ》つてあるのだよ。』

男《をとこ》の目《め》が私《わたし》を見《み》た。私《わたし》はハッとして後《うしろ》を振《ふ》り向《む》いた。今《いま》の今《いま》まで氣《き》のつかなかつたすぐ鼻《はな》の先《さき》に、白《しろ》いズックの日覆《ひおほひ》……「ドラッグ」……「請合藥《うけあひぐすり》」……見覺《みおぼ》えのある丸《まる》ゴシックの書體《しよたい》、そして、その奧《おく》のガラス張《ば》りの中《なか》の人體模型《じんたいもけい》、その男《をとこ》は、何々《なに〳〵》ドラッグといふ商號《しやうがう》を持《も》つた、藥屋《くすりや》の主人《しゆじん》であつた。

『ね、ゐるでせう。もつとよく私《わたし》の可愛《かあい》い女《をんな》を見《み》てやつて下《くだ》さい。』

何《なに》がさうさせたのか。私《わたし》はいつの間《ま》にか日覆《ひおほひ》の中《なか》へ這入《はい》つてゐた。

私《わたし》の目《め》の前《まへ》のガラス箱《ばこ》の中《なか》に女《をんな》の顔《かほ》があつた。彼女《かのぢよ》は絲切齒《いときりば》をむき出《だ》してニツコリ笑《わら》つてゐた。いまはしい蠟細工《らふざいく》の腫物《しゆもつ》の奥《おく》に、眞實《しんじつ》の人間《にんげん》の皮膚《ひふ》が黒《くろ》ずんで見《み》えた。作《つく》り物《もの》でない證據《しようこ》には、一面《めん》にうぶ毛《げ》が生《は》えてゐた。

スーツと心臟《しんざう》が喉《のど》の所《ところ》へ飛《と》び上《あが》つた。私《わたし》は倒《たふ》れ相《さう》になる身體《からだ》を、危《あや》ふくさゝへて日覆《ひおほひ》からのがれ出《だ》した。そして、男《をとこ》に見《み》つからない様《やう》に注意《ちうい》しながら、群集《ぐんしふ》の側《そば》を離《はな》れた。

……ふり返《かへ》つて見《み》ると、群集《ぐんしふ》のうしろに一人《ひとり》の警官《けいくわん》が立《た》つてゐた。彼《かれ》も亦《また》、他《た》の人達《ひとたち》と同《おな》じ様《やう》にニコ〳〵笑《わら》ひながら、男《をとこ》の演說《えんぜつ》を聞《き》いてゐた。

『何《なに》を笑《わら》つてゐるのです。君《きみ》は職務《しよくむ》の手前《てまへ》それでいゝのですか。あの男《をとこ》のいつてゐることが分《わか》りませんか。噓《うそ》だと思《おも》ふならあの日覆《ひおほひ》の中《なか》へ這入《はい》つて御覽《ごらん》なさい。東京《とうきやう》の町《まち》の眞中《まんなか》で、人《にん》間《げん》の死骸《しがい》がさらしものになつてゐるぢやありませんか。』

無神經《むしんけい》な警官《けいくわん》の肩《かた》を叩《たゝ》いて、かう告《つ》げてやらうかと思《おも》つた。けれど私《わたし》にはそれを實行《じつかう》する丈《だ》けの氣力《きりよく》がなかつた。私《わたし》は眩暈《めまひ》を感《かん》じながらヒヨロ〳〵と歩《ある》き出《だ》した。

行手《ゆくて》には、どこまでも〳〵果《はて》しのない白《しろ》い大道《だいだう》が續《つゞ》いてゐた。陽炎《かげろふ》が、立竝《たちなら》ぶ電柱《でんちう》を海草《かいさう》の様《やう》に搖《ゆす》つてゐた。

# 押繪と旅する男

この話《はなし》が私《わたし》の夢《ゆめ》か私《わたし》の一時的狂氣《じてききやうき》の幻《まぼろし》でなかつたならば、あの押繪《おしゑ》と旅《たび》をしてゐた男《をとこ》こそ狂人《きちがひ》であつたに相違《さうゐ》ない。だが、夢《ゆめ》が時《とき》として、どこかこの世界《せかい》と喰違《くひちが》つた別《べつ》の世界《せかい》を、チラリと覗《のぞ》かせてくれる様《やう》に、又狂人《またきちがひ》が、我々《われ〱》の全《まつた》く感《かん》じ得《え》ぬ物事《ものごと》を見《み》たり聞《き》いたりすると同《おな》じに、これは私《わたし》が、不可思議《ふかしぎ》な大氣《たいき》のレンズ仕掛《じか》けを通《とほ》して、一刹那《せつな》、この世《よ》の視野《しや》の外《そと》にある、別《べつ》の世界《せかい》の一隅《ぐう》を、ふと隙見《すきみ》したのであつたかも知《し》れない。

いつとも知《し》れぬ、ある暖《あたゝ》かい薄曇《うすぐも》つた日《ひ》のことである。その時《とき》、私《わたし》は態々《わざ〱》魚津《うをつ》へ蜃氣樓《しんきろう》を見《み》に出掛《でか》けた歸《かへ》り途《みち》であつた。私《わたし》がこの話《はなし》をすると、時々《とき〱》、お前《まへ》は魚津《うをつ》なんかへ行《い》つたことはないかと、親《した》しい友達《ともだち》に突《つ》つ込《こ》まれることがある。さう云《い》はれて見《み》ると、私《わたし》は何《い》時《つ》の何日《なんにち》に魚津《うをつ》へ行《い》つたのだと、ハッキリ證據《しようこ》を示《しめ》すことが出來《でき》ぬ。それではやつぱり夢《ゆめ》であつたのか。だが私《わたし》は嘗《かつ》て、あのやうに濃厚《のうこう》な色彩《しきさい》を持《も》つた夢《ゆめ》を見《み》たことがない。夢《ゆめ》の中《なか》の景色《けしき》は、映畫《えいぐわ》と同《おな》じに、全《まつた》く色彩《しきさい》を伴《ともな》はぬものであるのに、あの折《をり》の汽車《きしや》の中《なか》の景色《けしき》丈《だ》けは、それもあの毒々《どく〱》しい押繪《おしゑ》の畫面《ぐわめん》が中心《ちうしん》になつて、紫《むらさき》と臙脂《えんじ》の勝《かつ》た色彩《しきさい》で、まるで蛇《へび》の眼《め》の瞳《どう》孔《こう》の様《やう》に、生々《なま〱》しく私《わたし》の記憶《きおく》に燒《やき》ついてゐる。着色映畫《ちやくしよくえいぐわ》の夢《ゆめ》といふものがあるのであらうか。

　私《わたし》はその時《とき》、生《うま》れて初《はじ》めて蜃氣樓《しんきろう》といふものを見《み》た。蛤《はまぐり》の息《いき》の中《なか》に美《うつく》しい龍宮城《りゆうぐうじやう》の浮《うか》んでゐる、あの古風《こふう》な繪《ゑ》を想像《さうざう》してゐた私《わたし》は、本物《ほんもの》の蜃氣樓《しんきろう》を見《み》て、膏汗《あぶらあせ》のにじむ様《やう》な、恐怖《きようふ》に近《ちか》い驚《おどろ》きに撃《う》たれた。

　魚津《うをつ》の濱《はま》の松並木《まつなみき》に豆粒《まめつぶ》の様《やう》な人間《にんげん》がウヂャ〱と集《あつ》まつて、息《いき》を殺《ころ》して、眼界《がんかい》一杯《ぱい》の大《おほ》空《ぞら》と海面《かいめん》とを眺《なが》めてゐた。私《わたし》はあんな靜《しづ》かな、啞《おし》の様《やう》にだまつてゐる海《うみ》を見《み》たことがない。日本海《にほんかい》は荒海《あらうみ》と思《おも》ひ込《こ》んでゐた私《わたし》には、それもひどく意外《いぐわい》であつた。その海《うみ》は、灰色《はひいろ》で、全《まつた》く小波《さゞなみ》一《ひと》つなく、無限《むげん》の彼方《かなた》にまで打續《うちつゞ》く沼《ぬま》かと思《おも》はれた。そして、太平洋《たいへいやう》の海《うみ》の様《やう》に、水《すゐ》平線《へいせん》はなくて、海《うみ》と空《そら》とは、同《おな》じ灰色《はひいろ》に溶《と》け合《あ》ひ、厚《あつ》さの知《し》れぬ靄《もや》に覆《おほ》ひつくされた感《かん》じであつた。空《そら》だとばかり思《おも》つてゐた、上部《じやうぶ》の靄《もや》の中《なか》を、案外《あんぐわい》にもそこが海面《かいめん》であつて、フワ

〳〵と幽靈《いうれい》の様《やう》な、大《おほ》きな白帆《しらほ》が滑《すべ》つて行《い》つたりした。

蜃氣樓《しんきろう》とは、乳色《ちゝいろ》のフキルムの表面《へうめん》に墨汁《ぼくじふ》をたらして、それが自然《しぜん》にジワ〳〵とにじんで行《ゆ》くのを、途方《とはう》もなく巨大《きよだい》な映畫《えいぐわ》にして、大空《おほぞら》に映《うつ》し出《だ》した様《やう》なものであつた。

遙《はる》かな能登《のと》半島《はんたう》の森林《しんりん》が、喰違《くひちが》つた大氣《たいき》の變形《へんけい》レンズを通《とほ》して、すぐ目《め》の前《まへ》の大空《おほぞら》に、焦《せう》點《てん》のよく合《あ》はぬ顯微鏡《けんびきやう》の下《した》の黒《くろ》い蟲《むし》みたいに、曖昧《あいまい》に、しかも馬鹿《ばか》々々しく擴大《くわくだい》されて、見《み》る者《もの》の頭上《づじやう》におしかぶさつて來《く》るのであつた。それは、妙《めう》な形《かたち》の黒雲《くろくも》と似《に》てゐたけれど、黒《くろ》雲《くも》なればその所在《しよざい》がハツキリ分《わか》つてゐるに反《はん》し、蜃氣樓《しんきろう》は、不思議《ふしぎ》にも、それと見《み》る者《もの》との距離《きより》が非常《ひじやう》に曖昧《あいまい》なのだ。遠《とほ》くの海上《かいじやう》に漂《たゞよ》ふ大入道《おほにふだう》の様《やう》でもあり、ともすれば、眼前《がんぜん》一尺《しやく》に迫《せま》る異形《いぎやう》の靄《もや》かと見《み》え、はては、見《み》る者《もの》の角膜《かくまく》の表面《へうめん》に、ポツツリと浮《うか》んだ、一點《てん》の曇《くも》りの様《やう》にさへ感《かん》じられた。この距離《きより》の曖昧《あいまい》さが、蜃氣樓《しんきろう》に、想像以上《さうざういじやう》の不氣味《ぶきみ》な氣違《きちが》ひめいた感《かん》じを與《あた》へるのだ。

曖昧《あいまい》な形《かたち》の、眞黒《まつくろ》な巨大《きよだい》な三角形《かくけい》が、塔《たふ》の様《やう》に積重《つみかさ》なつて行《い》つたり、またゝく間《ま》にくづれたり、横《よこ》に延《の》びて長《なが》い汽車《きしや》の様《やう》に走《はし》つたり、それが幾《いく》つかにくづれ、立竝《たちなら》ぶ檜《ひのき》の梢《こずゑ》と見《み》えたり、ぢつと動《うご》かぬ様《やう》でゐながら、いつとはなく、全《まつた》く違《ちが》つた形《かたち》に化《ば》けて行《い》つた。

蜃氣樓《しんきろう》の魔力《まりよく》が、人間《にんげん》を氣違《きちが》ひにするものであつたなら、恐《おそ》らく私《わたし》は、少《すく》なくとも歸《かへ》り途《みち》の汽車《きしや》の中《なか》までは、その魔力《まりよく》を逃《のが》れることが出來《でき》なかつたのであらう。二時間《じかん》の餘《よ》も立《た》ち盡《つく》して、大空《おほぞら》の妖異《ようい》を眺《なが》めてゐた私《わたし》は、その夕方魚津《ゆふがたうをつ》を立《た》つて、汽車《きしや》の中《なか》に一夜《や》を過《す》ごすまで、全《まつた》く日常《にちじやう》と異《こと》つた氣持《きもち》でゐたことは確《たしか》である。若《も》しかしたら、それは通《とほ》り魔《ま》の様《やう》に、人間《にんげん》の心《こゝろ》をかすめ冒《をか》す所《ところ》の、一時的狂氣《じてききやうき》の類《たぐひ》ででもあつたであらうか。

魚津《うをつ》の驛《えき》から上野《うへの》への汽車《きしや》に乘《の》つたのは、夕方《ゆふがた》の六時頃《じごろ》であつた。不思議《ふしぎ》な偶然《ぐうぜん》であらうか、あの邊《へん》の汽車《きしや》はいつでもさうなのか、私《わたし》の乘《の》つた二等車《とうしや》は、教會堂《けうくわいだう》の様《やう》にガランとしてゐて、私《わたし》の外《ほか》にたつた一人《ひとり》の先客《せんきやく》が、向《むか》うの隅《すみ》のクッションに蹲《うづくま》つてゐるばかりであつた。

汽車《きしや》は淋《さび》しい海岸《かいがん》の、けはしい崕《がけ》や砂濱《すなはま》の上《うへ》を、單調《たんてう》な機械《きかい》の音《おと》を響《ひゞ》かせて、際《はて》しもなく走《はし》つてゐる。沼《ぬま》の様《やう》な海上《かいじやう》の、靄《もや》の奥深《おくふか》く、黑血《くろち》の色《いろ》の夕焼《ゆふやけ》が、ボンヤリと感《かん》じられた。異《い》様《やう》に大《おほ》きく見《み》える白帆《しらほ》が、その中《なか》を、夢《ゆめ》の様《やう》に滑《すべ》つてゐた。少《すこ》しも風《かぜ》のない、むしむしする日《ひ》であつたから、所々《ところ〴〵》開《ひら》かれた汽車《きしや》の窓《まど》から、進行《しんかう》につれて忍《しの》び込《こ》むそよ風《かぜ》も、幽靈《いうれい》の様《やう》に尻切《しりき》れとんぼであつた。澤山《たくさん》の短《みじか》いトンネルと雪除《ゆきよ》けの柱《はしら》の列《れつ》が、廣漠《くわうばく》たる灰色《はひいろ》の空《そら》と海《うみ》とを、縞目《しまめ》に區切《くぎ》つて通《とほ》り過《す》ぎた。

親不知《おやしらず》の斷崖《だんがい》を通過《つうくわ》する頃《ころ》、車内《しやない》の電燈《でんとう》と空《そら》の明《あか》るさとが同《おな》じに感《かん》じられた程《ほど》、夕闇《ゆふやみ》が迫《せま》つて來《き》た。丁度《ちやうど》その時分《じぶん》向《むか》うの隅《すみ》のたつた一人《ひとり》の同乗者《どうじようしや》が、突然立上《とつぜんたちあが》つて、クッションの上《うへ》に大《おほ》きな黒繻子《くろじゆす》の風呂敷《ふろしき》を擴《ひろ》げ、窓《まど》に立《た》てかけてあつた、二尺《しやく》に三尺程《じやくほど》の、扁平《へんぺい》な荷物《にもつ》を、その中《なか》へ包《つゝ》み始《はじ》めた。それが私《わたし》に何《なん》とやら奇妙《きめう》な感《かん》じを與《あた》へたのである。

その扁平《へんぺい》なものは、多分額《たぶんがく》に相違《さうゐ》ないのだが、それの表側《おもてがは》の方《はう》を、何《なに》か特別《とくべつ》の意味《いみ》でもあるらしく、窓《まど》ガラスに向《む》けて立《た》てかけてあつた。一度《ど》風呂敷《ふろしき》に包《つゝ》んであつたものを、態々《わざ〳〵》取《とり》出《だ》して、そんな風《ふう》に外《そと》に向《む》けて立《た》てかけたものとしか考《かんが》へられなかつた。それに、彼《かれ》が再《ふたゝ》び包《つゝ》む時《とき》にチラと見《み》た所《ところ》によると、額《がく》の表面《へうめん》に描《ゑが》かれた極彩色《ごくさいしき》の繪《ゑ》が、妙《めう》に生々《なま〳〵》しく、何《なん》となく世《よ》の常《つね》ならず見《み》えたことであつた。

私《わたし》は更《あらた》めて、この變《へん》てこな荷物《にもつ》の持主《もちぬし》を觀察《くわんさつ》した。そして、持主《もちぬし》その人《ひと》が、荷物《にもつ》の異様《いやう》さにもまして、一段《だん》と異様《いやう》であつたことに驚《おどろ》かされた。

彼《かれ》は非常《ひじやう》に古風《こふう》な、我々《われ〳〵》の父親《ちゝおや》の若《わか》い時分《じぶん》の色《いろ》あせた寫眞《しやしん》でしか見《み》ることの出來《でき》ない様《やう》な、襟《えり》の狭《せま》い、肩《かた》のすぼけた、黒《くろ》の背廣服《せびろふく》を着《き》てゐたが、併《しか》しそれが、背《せ》が高《たか》くて、足《あし》の長《なが》い彼《かれ》に、妙《めう》にシックリと合《あ》つて、甚《はなは》だ意氣《いき》にさへ見《み》えたのである。顔《かほ》は細面《ほそおもて》で、兩眼《りやうがん》が少《すこ》しギラ〳〵し過《す》ぎてゐた外《ほか》は、一體《たい》によく整《とゝの》つてゐて、スマートな感《かん》じであつた。そして、綺麗《きれい》に分《わ》けた頭髪《とうはつ》が、豊《ゆたか》に黒々《くろ〴〵》と光《ひか》つてゐるので、一見《けん》四十前後《ぜんご》であつたが、よく注意《ちうい》して見《み》ると、顔中《かほぢう》に夥《おびたゞ》しい皺《しわ》があつて、一飛《と》びに六十位《くらゐ》にも見《み》えぬことはなかつた。この黒々《くろ〴〵》とした頭髪《とうはつ》と、色白《いろじろ》の顔面《がんめん》を縦横《じゆうわう》にきざんだ皺《しわ》との對照《たいせう》が、初《はじ》めてそれに氣附《きづ》いた時《とき》、私《わたし》をハッとさせた程《ほど》も、非常《ひじやう》に不氣味《ぶきみ》な感《かん》じを與《あた》へた。

彼《かれ》は叮嚀《ていねい》に荷物《にもつ》を包《つゝ》み終《をは》ると、ひよいと私《わたし》の方《はう》に顔《かほ》を向《む》けたが、丁度私《ちやうどわたし》の方《はう》でも熱心《ねつしん》に相手《あひて》の動作《どうさ》を眺《なが》めてゐた時《とき》であつたから、二人《ふたり》の視線《しせん》がガッチリとぶつつかつてしまつた。すると、彼《かれ》は何《なに》か耻《はづ》かし相《さう》に唇《くちびる》の隅《すみ》を曲《ま》げて、幽《かす》かに笑《わら》つて見《み》せるのであつた。私《わたし》も思《おも》はず首《くび》を動《うご》かして挨拶《あいさつ》を返《かへ》した。

それから、小驛《せうえき》を二三通過《つうくわ》する間《あひだ》、私達《わたしたち》はお互《たがひ》の隅《すみ》に坐《すわ》つたまゝ、遠《とほ》くから、時々《とき〴〵》視線《しせん》をまじへては、氣《き》まづく外方《そつぽ》を向《む》くことを、繰返《くりかへ》してゐた。外《そと》は全《まつた》く暗闇《くらやみ》になつてゐた。窓《まど》ガラスに顔《かほ》を押《お》しつけて覗《のぞ》いて見《み》ても、時《とき》たま沖《おき》の漁船《ぎよせん》の舷燈《げんとう》が遠《とほ》く遠《とほ》くポッツリと浮《うか》んでゐる外《ほか》には、全《まつた》く何《なん》の光《ひか》りもなかつた。際涯《はてし》のない暗闇《くらやみ》の中《なか》に、私達《わたしたち》の細長《ほそなが》い車室《しやしつ》丈《だ》けが、たつた一《ひと》つの世界《せかい》の様《やう》に、いつまでもいつまでも、ガタンガタンと動《うご》いて行《い》つた。そのほの暗《ぐら》い車室《しやしつ》の中《なか》に、私達二人《わたしたちふたり》丈《だ》けを取《と》り殘《のこ》して、全世界《ぜんせかい》が、あらゆる生《い》き物《もの》が、跡方《あとかた》もなく消《き》え失《う》せてしまつた感《かん》じであつた。

私達《わたしたち》の二等車《とうしや》には、どの驛《えき》からも一人《ひとり》の乘客《じやうきやく》もなかつたし、列車《れつしや》ボーイや車掌《しやしやう》も一度《ど》も姿《すがた》を見《み》せなかつた。さういふ事《こと》も今《いま》になつて考《かんが》へて見《み》ると、甚《はなは》だ奇怪《きくわい》に感《かん》じられるのである。

私《わたし》は、四十歳《さい》にも六十歳《さい》にも見《み》える、西洋《せいやう》の魔術師《まじゆつし》の様《やう》な風采《ふうさい》のその男《をとこ》が、段々《だん〲》怖《こは》くなつて來た。怖《こは》さといふものは、外《ほか》にまぎれる事柄《ことがら》のない場合《ばあひ》には、無限《むげん》に大《おほ》きく、身體中《からだぢう》一杯《ぱい》に擴《ひろ》がつて行《ゆ》くものである。私《わたし》は遂《つひ》には、産毛《うぶげ》の先《さき》までも怖《こは》さが滿《み》ちて、たまらなくなつて、突然立上《とつぜんたちあが》ると、向《むか》うの隅《すみ》のその男《をとこ》の方《はう》へツカ〱と歩《ある》いて行《い》つた。その男《をとこ》がいとはしく、恐《おそ》ろしければこそ、私《わたし》はその男《をとこ》に近《ちか》づいて行《い》つたのであつた。

私《わたし》は彼《かれ》と向《む》き合《あ》つたクッションへ、そつと腰《こし》をおろし、近寄《ちかよ》れば一層異様《そういやう》に見《み》える彼《かれ》の皺《しわ》だらけの白《しろ》い顔《かほ》を、私自身《わたしじしん》が妖怪《えうくわい》ででもある様《やう》な、一種不可思議《しゆふかしぎ》な、顚倒《てんたう》した氣持《きもち》で、目《め》を細《ほそ》く息《いき》を殺《ころ》してぢつと覗《のぞ》き込《こ》んだものである。

男《をとこ》は、私《わたし》が自分《じぶん》の席《せき》を立《た》つた時《とき》から、ずつと目《め》で私《わたし》を迎《むか》へる様《やう》にしてゐたが、さうして私《わたし》が彼《かれ》の顔《かほ》を覗《のぞ》き込《こ》むと、待《ま》ち受《う》けてゐた様《やう》に、顎《あご》で傍《かたは》らの例《れい》の扁平《へんぺい》な荷物《にもつ》を指《さ》し示《しめ》し、何《なん》の前置《まへお》きもなく、さもそれが當然《たうぜん》の挨拶《あいさつ》ででもある様《やう》に、

『これでございますか。』

と云《い》つた。その口調《くてう》が、餘《あま》り當《あた》り前《まへ》であつたので、私《わたし》は却《かへつ》て、ギョッとした程《ほど》であつた。

『これが御覽《ごらん》になりたいのでございませう。』

私《わたし》が默《だま》つてゐるので、彼《かれ》はもう一度同《どおな》じことを繰返《くりかへ》した。

『見《み》せて下《くだ》さいますか。』

私《わたし》は相手《あひて》の調子《てうし》に引込《ひきこ》まれて、つい變《へん》なことを云《い》つてしまつた。私《わたし》は決《けつ》してその荷物《にもつ》を見《み》たい爲《ため》に席《せき》を立《た》つた譯《わけ》ではなかつたのだけれど。

『喜《よろこ》んで御見《おみ》せ致《いた》しますよ。わたくしは、さつきから考《かんが》へてゐたのでございますよ。あなたはきつとこれを見《み》にお出《い》でなさるだらうとね。』

男《をとこ》は――寧《むし》ろ老人《らうじん》と云《い》つた方《はう》がふさはしいのだが――さう云《い》ひながら、長《なが》い指《ゆび》で、器用《きよう》に大風呂敷《おほふろしき》をほどいて、その額《がく》みたいなものを、今度《こんど》は表《おもて》を向《む》けて、窓《まど》の所《ところ》へ立《た》てかけたのである。

私《わたし》は一目《め》チラッと、その表面《へうめん》を見《み》ると、思《おも》はず目《め》をとぢた。何故《なぜ》であつたか、その理由《りいう》は今《いま》でも分《わか》らないのだが、何《なん》となくさうしなければならぬ感《かん》じがして、數秒《すうべう》の間目《あひだめ》をふさいでゐた。再《ふたゝ》び目《め》を開《あ》いた時《とき》、私《わたし》の前《まへ》に、嘗《かつ》て見《み》たことのない樣《やう》な、奇妙《きめう》なものがあつた。と云《い》つて、私《わたし》はその「奇妙《きめう》」な點《てん》をハッキリと説明《せつめい》する言葉《ことば》を持《も》たぬのだが。

額《がく》には歌舞伎芝居《かぶきしばゐ》の御殿《ごてん》の背景《はいけい》みたいに、幾《いく》つもの部屋《へや》を打抜《うちぬ》いて、極度《きよくど》の遠近法《えんきんはふ》で、青疊《あをだゝみ》と格子天井《かうしてんじやう》が遙《はる》か向《むか》うの方《はう》まで續《つゞ》いてゐる樣《やう》な光景《くわうけい》が、藍《あゐ》を主《しゆ》とした泥繪具《どろゑのぐ》で毒々《どく〳〵》しく塗《ぬ》りつけてあつた。左手《ひだりて》の前方《ぜんぱう》には、墨黒々《すみくろ〴〵》と不細工《ぶさいく》な書院風《しよゐんふう》の窓《まど》が描《ゑが》かれ、同《おな》じ色《いろ》の文机《ふづくゑ》が、その傍《そば》に角度《かくど》を無視《むし》した描《ゑが》き方《かた》で、据《す》ゑてあつた。それらの背景《はいけい》は、あの繪馬札《ゑまふだ》の繪《ゑ》の獨特《どくとく》な畫風《ぐわふう》に似《に》てゐたと云《い》へば、一番《ばん》よく分《わか》るであらうか。

その背景《はいけい》の中《なか》に、一尺位《しやくくらゐ》の丈《たけ》の二人《ふたり》の人物《じんぶつ》が浮《う》き出《だ》してゐた。浮《う》き出《だ》してゐたと云《い》ふのは、その人物丈《じんぶつだ》けが、押繪細工《おしゑざいく》で出來《でき》てゐたからである。黑天鵞絨《くろびろうど》の古風《こふう》な洋服《やうふく》を着《き》た白髪《しらが》の老人《らうじん》が、窮屈《きうくつ》さうに坐《すわ》つてゐると、(不思議《ふしぎ》なことには、その容貌《ようばう》が、髪《かみ》の色《いろ》を除《のぞ》くと、額《がく》の持《もち》主《ぬし》の老人《らうじん》にそのまゝなばかりか、着《き》てゐる洋服《やうふく》の仕立方《したてかた》までそつくりであつた)緋鹿《ひか》の子《こ》の振袖《ふりそで》に、黑繻子《くろじゆす》の帯《おび》の映《うつ》りのよい十七八の、水《みづ》のたれる様《やう》な結綿《ゆひわた》の美少女《びせうぢよ》が、何《なん》とも云《い》へぬ嬌羞《けうしう》を含《ふく》んで、その老人《らうじん》の洋服《やうふく》の膝《ひざ》にしなだれかゝつてゐる、謂《い》はば芝居《しばゐ》の濡《ぬ》れ場《ば》に類《るゐ》する畫面《ぐわめん》であつた。

洋服《やうふく》の老人《らうじん》と色娘《いろむすめ》の對照《たいせう》と、甚《はなは》だ異様《いやう》であつたことは云《い》ふまでもないが、だが私《わたし》が「奇《き》妙《めう》」に感《かん》じたといふのはそのことではない。

背景《はいけい》の粗雜《そざつ》に引《ひき》かへて、押繪《おしゑ》の細工《さいく》の精巧《せいかう》なことは驚《おどろ》くばかりであつた。顔《かほ》の部分《ぶぶん》は、白《しろ》絹《きぬ》は凹凸《おうとつ》を作《つく》つて、細《こま》かい皺《しわ》まで一《ひと》つ一《ひと》つ現《あら》はしてあつたし、娘《むすめ》の髪《かみ》は、本當《ほんたう》の毛髪《もうはつ》を一本《ぽん》一本植《ぽんう》ゑつけて、人間《にんげん》の髪《かみ》を結《ゆ》ふ様《やう》に結《ゆ》つてあり、老人《らうじん》の頭《あたま》は、これも多分本物《たぶんほんもの》の白髪《しらが》を、丹《たん》念《ねん》に植《う》ゑたものに相違《さうゐ》なかつた。洋服《やうふく》には正《たゞ》しい縫《ぬ》ひ目《め》があり、適當《てきたう》な場所《ばしよ》に粟粒程《あはつぶほど》の釦《ぼたん》までつけてあるし、娘《むすめ》の乳《ちゝ》のふくらみと云《い》ひ、腿《もゝ》のあたりの艶《なま》めいた曲線《きよくせん》と云《い》ひ、こぼれた緋《ひ》縮緬《ちりめん》、チラと見《み》える肌《はだ》の色《いろ》、指《ゆび》には貝殻《かひがら》の様《やう》な爪《つめ》が生《は》えてゐた。蟲眼鏡《むしめがね》で覗《のぞ》いて見《み》たら、毛《け》穴《あな》や産毛《うぶげ》まで、ちやんと拵《こしら》へてあるのではないかと思《おも》はれた程《ほど》である。

私《わたし》は押繪《おしゑ》と云《い》へば、羽子板《はごいた》の役者《やくしや》の似顔《にがほ》の細工《さいく》しか見《み》たことがなかつたが、そして、羽子《はご》板《いた》の細工《さいく》にも、随分精巧《ずいぶんせいかう》なものもあるのだけれど、この押繪《おしゑ》は、そんなものとは、まるで比《ひ》較《かく》にもならぬ程《ほど》、巧緻《かうち》を極《きは》めてゐたのである。恐《おそ》らくその道《みち》の名人《めいじん》の手《て》に成《な》つたものであらうか。だが、それが私《わたし》の所謂《いはゆる》「奇妙《きめう》」な點《てん》ではなかつた。

　額全體《がくぜんたい》が餘程古《よほどふる》いものらしく、背景《はいけい》の泥繪具《どろゑのぐ》は所々《ところ〴〵》はげ落《お》ちてゐたし、娘《むすめ》の緋鹿《ひか》の子《こ》も、老《らう》人《じん》の天鵞絨《びろうど》も、見《み》る影《かげ》もなく色《いろ》あせてゐたけれど、はげ落色《おちいろ》あせたなりに、名状《めいじやう》し難《がた》き毒々《どく〴〵》しさを保《たも》ち、ギラ〴〵と、見《み》る者《もの》の眼底《がんてい》に燒《や》きつく様《やう》な生氣《せいき》を持《も》つてゐたことも、不思議《ふしぎ》と云《い》へば不思議《ふしぎ》であつた。だが、私《わたし》の「奇妙《きめう》」といふ意味《いみ》はそれでもない。

　それは、若《も》し強《しひ》て云《い》ふならば、押繪《おしゑ》の人物《じんぶつ》が二《ふた》つとも、生《い》きてゐたことである。

　文樂《ぶんらく》の人形芝居《にんぎやうしばゐ》で、一日《じつ》の演技《えんぎ》の内《うち》に、たつた一度《ど》か二度《ど》、それもほんの一瞬間《しゆんかん》、名人《めいじん》の使《つか》つてゐる人形《にんぎやう》が、ふと神《かみ》の息吹《いぶき》をかけられでもした様《やう》に、本當《ほんたう》に生《い》きてゐることがあるものだが、この押繪《おしゑ》の人物《じんぶつ》は、その生《い》きた瞬間《しゆんかん》の人形《にんぎやう》を、命《いのち》の逃《に》げ出《だ》す隙《すき》を與《あた》へず、咄嗟《とつさ》の間《あひだ》に、そのまゝ板《いた》にはりつけたといふ感《かん》じで、永遠《えいえん》に生《い》きながらへてゐるかと見《み》えたのである。私《わたし》の表情《へいじやう》に驚《おどろ》きの色《いろ》を見《み》て取《と》つたからか、老人《らうじん》は、いとたのもしげな口調《くてう》で、殆《ほとん》ど叫《さけ》ぶ様《やう》に、

『ア、、あなたは分《わか》つて下《くだ》さるかも知《し》れません。』

と云《い》ひながら、肩《かた》から下《さ》げてゐた、黑革《くろかは》のケースを、叮嚀《ていねい》に鍵《かぎ》で開《ひら》いて、その中《なか》から、いとも古風《こふう》な双眼鏡《さうがんきやう》を取《と》り出《だ》してそれを私《わたし》の方《はう》へ差出《さしだ》すのであつた。

『コレ、この遠眼鏡《とほめがね》で一度御覽下《どごらんくだ》さいませ。イエ、そこからでは近《ちか》すぎます。失禮《しつれい》ですが、もう少《すこ》しあちらの方《はう》から。左樣丁度《さやうちやうど》その邊《へん》がようございませう。』

誠《まこと》に異樣《いやう》な賴《たの》みではあつたけれど、私《わたし》は限《かぎ》りなき好奇心《かうきしん》のとりことなつて、老人《らうじん》の云《い》ふがまゝに、席《せき》を立《た》つて額《がく》から五六步遠《ぽとほ》ざかつた。老人《らうじん》は私《わたし》の見易《みやす》い樣《やう》に、兩手《りやうて》で額《がく》を持《も》つて、電燈《でんとう》にかざしてくれた。今《いま》から思《おも》ふと、實《じつ》に變《へん》てこな、氣違《きちが》ひめいた光景《くわうけい》であつたに相違《さうゐ》ないのである。

遠眼鏡《とほめがね》と云《い》ふのは、恐《おそ》らく二三十年《ねん》も以前《いぜん》の舶來品《はくらいひん》であらうか、私達《わたしたち》が子供《こども》の時分《じぶん》、よく眼鏡屋《めがねや》の看板《かんばん》で見《み》かけた樣《やう》な、異樣《いやう》な形《かたち》のプリズム双眼鏡《さうがんきやう》であつたが、それが手摺《てず》れの爲《ため》に、黑《くろ》い覆皮《おほひがは》がはげて、所々《ところどころ》眞鍮《しんちう》の生地《きぢ》が現《あら》はれてゐるといふ、持主《もちぬし》の洋服《やうふく》と同樣《どうやう》に、如何《いか》にも

古風《こふう》な、物懐《ものなつ》かしい品物《しなもの》であつた。

私《わたし》は珍《めづ》らしさに、暫《しばら》くその双眼鏡《さうがんきやう》をひねくり廻《まは》してゐたが、やがて、それを覗《のぞ》く爲《ため》に、兩《りやう》手《て》で眼《め》の前《まへ》に持《も》つて行《い》つた時《とき》である。突然《とつぜん》、實《じつ》に突然《とつぜん》、老人《らうじん》が悲鳴《ひめい》に近《ちか》い叫聲《さけびごゑ》を立《た》てたので、私《わたし》は、危《あやふ》く眼鏡《めがね》を取落《とりおと》す所《ところ》であつた。

『いけません。いけません。それはさかさですよ。さかさに覗《のぞ》いてはいけません。いけません。』

老人《らうじん》は、眞靑《まつさを》になつて、目《め》をまんまるに見開《みひら》いて、しきりと手《て》を振《ふ》つてゐた。双眼鏡《さうがんきやう》を逆《ぎやく》に覗《のぞ》くことが、何《な》ぜそれ程大變《ほどたいへん》なのか、私《わたし》は老人《らうじん》の異樣《いやう》な擧動《きよどう》を理解《りかい》することが出來《でき》なかつた。

『成程《なるほど》、成程《なるほど》、さかさでしたつけ。』

私《わたし》は双眼鏡《さうがんきやう》を覗《のぞ》くことに氣《き》を取《と》られてゐたので、この老人《らうじん》の不審《ふしん》な表情《へいじやう》を、さして氣《き》にもとめず、眼鏡《めがね》を正《たゞ》しい方向《はうかう》に持《も》ち直《なほ》すと、急《いそ》いでそれを目《め》に當《あ》てゝ押繪《おしゑ》の人物《じんぶつ》を覗《のぞ》いたのである。

焦點《せうてん》が合《あ》つて行《ゆ》くに從《したが》つて、二《ふた》つの圓形《ゑんけい》の視野《しや》が、徐々《じよ〳〵》に一《ひと》つに重《かさ》なり、ボンヤリとした虹《にじ》の樣《やう》なものが、段々《だん〳〵》ハツキリして來《く》ると、びつくりする程大《ほどおほ》きな娘《むすめ》の胸《むね》から上《うへ》が、それが全世界《ぜんせかい》でもある様《やう》に、私《わたし》の眼界《がんかい》一杯《ぱい》に擴《ひろ》がつた。

　あんな風《ふう》な物《もの》の現《あら》はれ方《かた》を、私《わたし》はあとにも先《さき》にも見《み》たことがないので、讀《よ》む人《ひと》に分《わか》らせるのが難儀《なんぎ》なのだが、それに近《ちか》い感《かん》じを思《おも》ひ出《だ》して見《み》ると、例《たと》へば、舟《ふね》の上《うへ》から、海《うみ》にもぐつた蜑《あま》の、ある瞬間《しゆんかん》の姿《すがた》に似《に》てゐたとでも形容《けいよう》すべきであらうか。蜑《あま》の裸身《はだかみ》が、底《そこ》の方《はう》にある時《とき》は、青《あを》い水《みづ》の層《そう》の複雑《ふくざつ》な動搖《どうえう》の爲《ため》に、その身體《からだ》が、まるで海草《かいさう》の様《やう》に、不自然《ふしぜん》にクネ〳〵と曲《まが》り、輪廓《りんくわく》もぼやけて、白《しろ》つぽいお化《ばけ》みたいに見《み》えてゐるが、それが、つうッと浮上《うきあが》つて來《く》るに従《したが》つて、水《みづ》の層《そう》の青《あを》さが段々《だん〳〵》薄《うす》くなり、形《かたち》がハッキリして來《き》て、ポッカリと水上《すゐじやう》に首《くび》を出《だ》すと、その瞬間《しゆんかん》、ハッと目《め》が覺《さ》めた様《やう》に、水中《すゐちう》の白《しろ》いお化《ばけ》が、忽《たちま》ち人間《にんげん》の正體《しやうたい》を現《あら》はすのである。丁度《ちやうど》それと同《おな》じ感《かん》じで、押繪《おしゑ》の娘《むすめ》は、双眼鏡《さうがんきやう》の中《なか》で、私《わたし》の前《まへ》に姿《すがた》を現《あら》はし、實物《じつぶつ》大《だい》の、一人《ひとり》の生《い》きた娘《むすめ》として、蠢《うごめ》き始《はじ》めたのである。

　十九世紀《せいき》の古風《こふう》なプリズム双眼鏡《さうがんきやう》の玉《たま》の向《むか》ふ側《がは》には、全《まつた》く私達《わたしたち》の思《おも》ひも及《およ》ばぬ別世界《べつせかい》があつて、そこに結綿《ゆひわた》の色娘《いろむすめ》と、古風《こふう》な洋服《やうふく》の白髪男《しらがをとこ》とが、奇怪《きくわい》な生活《せいくわつ》を營《いとな》んでゐる。覗《のぞ》いては惡《わる》いものを、私《わたし》は今魔法使《いまはふつかひ》に覗《のぞ》かされてゐるのだ。といつた様《やう》な形容《けいよう》の出來《でき》ない變《へん》てこな氣《き》持《もち》で、併《しか》し私《わたし》は憑《つ》かれた様《やう》にその不可思議《ふかしぎ》な世界《せかい》に見入《みい》つてしまつた。

　娘《むすめ》は動《うご》いてゐた譯《わけ》ではないが、その全身《ぜんしん》の感《かん》じが、肉眼《にくがん》で見《み》た時《とき》とは、ガラリと變《かは》つて、生氣《せいき》に滿《み》ち、青白《あをじろ》い顏《かほ》がやゝ桃色《もゝいろ》に上氣《じやうき》し、胸《むね》は脈打《みやくう》ち（實際私《じつさいわたし》は心臟《しんざう》の鼓動《こどう》をさへ聞《き》いた）肉《にく》體《たい》からは縮緬《ちりめん》の衣裳《いしやう》を通《とほ》して、むしむしと、若《わか》い女《をんな》の生氣《せいき》が蒸發《じようはつ》して居《ゐ》る樣《やう》に思《おも》はれた。

私《わたし》は一渡《わた》り、女《をんな》の全身《ぜんしん》を、双眼鏡《さうがんきやう》の先《さき》で、嘗《な》め廻《まは》してから、その娘《むすめ》がしなだれ掛《か》つてゐる、仕合《しあは》せな白髮男《しらがをとこ》の方《はう》へ眼鏡《めがね》を轉《てん》じた。

老人《らうじん》も、双眼鏡《さうがんきやう》の世界《せかい》で、生《い》きてゐたことは同《おな》じであつたが、見《み》た所《ところ》四十程《ほど》も年《とし》の違《ちが》ふ、若《わか》い女《をんな》の肩《かた》に手《て》を廻《まは》して、さも幸福《かうふく》さうな形《かたち》でありながら、妙《めう》なことには、レンズ一杯《ぱい》の大《おほ》きさに寫《うつ》つた、彼《かれ》の皺《しわ》の多《おほ》い顏《かほ》が、その何百本《なんぼん》の皺《しわ》の底《そこ》で、いぶかしく苦悶《くもん》の相《さう》を現《あら》はしてゐるのである。それは、老人《らうじん》の顏《かほ》がレンズの爲《ため》に眼前《がんぜん》一尺《しやく》の近《ちか》さに、異樣《いやう》に大《おほ》きく迫《せま》つてゐたからでもあつたであらうが、見《み》つめてゐればゐる程《ほど》、ゾツと怖《こは》くなる樣《やう》な、悲痛《ひつう》と恐怖《きやうふ》との混《まじ》り合《あ》つた一種異樣《しゆいやう》の表情《へうじやう》であつた。

それを見《み》ると、私《わたし》はうなされた樣《やう》な氣分《きぶん》になつて、双眼鏡《さうがんきやう》を覗《のぞ》いてゐることが、耐《た》へ難《がた》く感《かん》じられたので、思《おも》はず、目《め》を離《はな》して、キヨロキヨロとあたりを見廻《みまは》した。すると、それはやつぱり淋《さび》しい夜《よる》の汽車《きしや》の中《なか》であつて、押繪《おしゑ》の額《がく》も、それをささげた老人《らうじん》の姿《すがた》も、元《もと》のままで、窓《まど》の外《そと》は眞暗《まつくら》だし、單調《たんてう》な車輪《しやりん》の響《ひゞき》も、變《かは》りなく聞《きこ》えてゐた。惡夢《あくむ》から醒《さ》めた氣持《きもち》であつた。

『あなた様《さま》は、不思議相《ふしぎさう》な顔《かほ》をしておいでなさいますね。』

老人《らうじん》は額《がく》を、元《もと》の窓《まど》の所《ところ》へ立《た》てかけて、席《せき》につくと、私《わたし》にもその向《むか》ふ側《がは》へ坐《すわ》る様《やう》に、手眞似《てまね》をしながら、私《わたし》の顔《かほ》を見《み》つめて、こんなことを云《い》つた。

『私《わたし》の頭《あたま》が、どうかしてゐる様《やう》です。いやに蒸《む》しますね。』

私《わたし》はてれ隱《かく》しみたいな挨拶《あいさつ》をした。すると老人《らうじん》は、猫脊《ねこぜ》になつて、顔《かほ》をぐつと私《わたし》の方《はう》へ近寄《ちかよ》せ、膝《ひざ》の上《うへ》で細長《ほそなが》い指《ゆび》を合圖《あひづ》でもする様《やう》に、ヘラ〳〵と動《うご》かしながら、低《ひく》い低《ひく》い囁《さゝや》き聲《ごゑ》になつて、

『あれらは、生《い》きて居《を》りましたらう。』

と云《い》つた。そして、さも一大事《だいいじ》を打開《うちあ》けるといつた調子《てうし》で、一層猫脊《そうねこぜ》になつて、ギラ〳〵した目《め》をまん丸《まる》に見開《みひら》いて、私《わたし》の顔《かほ》を穴《あな》のあく程見《ほどみ》つめながら、こんなことを囁《さゝや》くのであつた。

『あなたは、あれらの、本當《ほんたう》の身《み》の上話《うへばなし》を聞《き》き度《た》いとはおぼしめしませんかね。』

私《わたし》は汽車《きしや》の動搖《どうえう》と、車輪《しやりん》の響《ひゞき》の爲《ため》に、老人《らうじん》の低《ひく》い、呟《つぶや》く様《やう》な聲《こゑ》を、聞《き》き間違《まちが》へたのではないかと思《おも》つた。

『身《み》の上話《うへばなし》とおつしやいましたか。』

『身《み》の上話《うへばなし》でございますよ。』老人《らうじん》はやつぱり低《ひく》い聲《こゑ》で答《こた》へた。『殊《こと》に、一方《ぱう》の、白髪《しらが》の老人《らうじん》の身《み》の上話《うへばなし》でございますよ。』

『若《わか》い時分《じぶん》からのですか。』

私《わたし》も、その晩《ばん》は、何故《なぜ》か妙《めう》に調子《てうし》はづれな物《もの》の云《い》ひ方《かた》をした。

『ハイ、あれが二十五歳《さい》の時《とき》のお話《はなし》でございますよ。』

『是非《ぜひ》うかゞひたいものですね。』

私《わたし》は、普通《ふつう》の生《い》きた人間《にんげん》の身《み》の上話《うへばなし》をでも催促《さいそく》する様《やう》に、ごく何《なん》でもないことの様《やう》に、老人《らうじん》をうながしたのである。すると、老人《らうじん》は顔《かほ》の皺《しわ》を、さも嬉《うれ》しさうにゆがめて、『ア、、あなたは、やつぱり聞《き》いて下《くだ》さいますね。』と云《い》ひながら、さて、次《つぎ》の様《やう》な世《よ》にも不思議《ふしぎ》な物語《ものがたり》を始《はじ》めたのであつた。

『それはもう、生涯《しやうがい》の大事件《だいじけん》ですから、よく記憶《きおく》して居《を》りますが、明治《めいぢ》二十八年《ねん》の四月《ぐわつ》の、兄《あに》があんなに（と云《い》つて彼《かれ》は押繪《おしゑ》の老人《らうじん》を指《ゆび》さした）なりましたのが、二十七日《にち》の夕方《ゆふがた》のことでございました。當時《たうじ》、私《わたし》も兄《あに》も、まだ部屋住《へやず》みで、住居《すまゐ》は日本橋通《にほんばしとほり》三丁目《ちやうめ》でして、親爺《おやぢ》が呉服商《ごふくしやう》を營《いとな》んで居《を》りましたがね。何《なん》でも淺草《あさくさ》の十二階《かい》が出來《でき》て、間《ま》もなくのことでございましたよ。だもんですから、兄《あに》なんぞは、毎日《まいにち》の様《やう》にあの凌雲閣《りやううんかく》へ昇《のぼ》つて喜《よろこ》んでゐたものです。

と申《まを》しますのが、兄《あに》は妙《めう》に異國物《いこくもの》が好《す》きで、新《あたら》しがり屋《や》でございましたからね。この遠眼鏡《とほめがね》にしろ、やつぱりそれで、兄《あに》が外國船《ぐわいこくせん》の船長《せんちやう》の持物《もちもの》だつたといふ奴《やつ》を、横濱《よこはま》の支那人町《しなじんまち》の、變《へん》てこな道具屋《だうぐや》の店先《みせさき》で、めつけて來《き》ましてね。當時《たうじ》にしちやあ、隨分高《ずゐぶんたか》いお金《かね》を拂《はら》つたと申《まを》して居《を》りましたつけ。』

老人《らうじん》は「兄《あに》が」と云《い》ふたびに、まるでそこにその人《ひと》が坐《すわ》つてゞもゐる様《やう》に、押繪《おしゑ》の老人《らうじん》の方《はう》に目《め》をやつたり、指《ゆび》さしたりした。老人《らうじん》は彼《かれ》の記憶《きおく》にある本當《ほんたう》の兄《あに》と、その押繪《おしゑ》の白髪《しらが》の老人《らうじん》とを、混同《こんどう》して、押繪《おしゑ》が生《い》きて彼《かれ》の話《はなし》を聞《き》いてゞもゐる様《やう》な、すぐ側《そば》に第三者《だいしや》を意識《いしき》した様《やう》な話《はな》し方《かた》をした。だが、不思議《ふしぎ》なことに、私《わたし》はそれを少《すこ》しもをかしいとは感《かん》じなかつた。私達《わたしたち》はその瞬間《しゆんかん》、自然《しぜん》の法則《はふそく》を超越《てうゑつ》した、我々《われ〳〵》の世界《せかい》とどこかで喰違《くひちが》つてゐる處《ところ》の、別《べつ》の世《せ》界《かい》に住《す》んでゐたらしいのである。

『あなたは、十二階《かい》へ御昇《おのぼ》りなすつたことがおありですか。ア、、おありなさらない。それは殘念《ざんねん》ですね。あれは一體《たい》どこの魔法使《まはふつかひ》が建《た》てましたものか、實《じつ》に途方《とはう》もない、變《へん》てこれんな代物《しろもの》でございましたよ。表面《へうめん》は伊太利《イタリー》の技師《ぎし》のバルトンと申《まを》すものが設計《せつけい》したことになつてゐましたがね。まあ考《かんが》へて御覽《ごらん》なさい。その頃《ころ》の淺草公園《あさくさこうゑん》と云《い》へば、名物《めいぶつ》が先《ま》づ蜘蛛男《くもをとこ》の見世物《みせもの》、娘劍舞《むすめけんぶ》に、玉乘《たまの》り、源水《げんすゐ》の獨樂廻《こままは》しに、覗《のぞ》きからくりなどで、せい〳〵變《かは》つた所《ところ》が、お富士《ふじ》さまの作《つく》り物《もの》に、メーズと云《い》つて、八陣隠《ぢんかく》れ杉《すぎ》の見世物位《みせものくらゐ》でございましたからね。そこへあなた、ニヨキニヨキと、まあ飛《と》んでもない高《たか》い煉瓦造《れんぐわづく》りの塔《たふ》が出來《でき》ちまつたんですから、驚《おどろ》くぢやござんせんか。高《たか》さが四十六間《けん》と申《まを》しますから、半丁《はんちやう》の餘《よ》で、八角型《かくがた》の頂上《ちやうじやう》が、唐人《たうじん》の帽子《ばうし》みたいに、とんがつてゐて、ちよつと高臺《たかだい》へ昇《のぼ》りさへすれば、東京中《とうきやうぢう》どこからでも、その赤《あか》いお化《ばけ》が見《み》られたものです。

『今《いま》も申《まを》す通《とほ》り、明治《めいぢ》二十八年《ねん》の春《はる》、兄《あに》がこの遠眼鏡《とほめがね》を手《て》に入《い》れて間《ま》もない頃《ころ》でした。兄《あに》の身《み》に妙《めう》なことが起《おこ》つて參《まゐ》りました。親爺《おやぢ》なんぞ、兄《あに》め氣《き》でも違《ちが》ふのぢやないかつて、ひどく心配《しんぱい》して居《を》りましたが、私《わたし》もね、お察《さつ》しでせうが、馬鹿《ばか》に兄思《あにおも》ひでしてね、兄《あに》の變《へん》てこれんなそぶりが、心配《しんぱい》で心配《しんぱい》でたまらなかつたものです。どんな風《ふう》かと申《まを》しますと、兄《あに》はご飯《はん》もろくろくたべないで、家内《かない》の者《もの》とも口《くち》を利《き》かず、家《うち》にゐる時《とき》は一間《ま》にとぢ籠《こも》つて考《かんが》へ事《ごと》ばかりしてゐる。身體《からだ》は痩《や》せてしまひ、顔《かほ》は肺病《はいびやう》やみの様《やう》に土氣色《つちけいろ》で、目《め》ばかりギヨロ〳〵させてゐる。尤《もつと》も平常《ふだん》から顔色《かほいろ》のいゝ方《はう》ぢやあござんせんでしたがね。それが一倍青《ばいあを》ざめて、沈《しづ》んでゐるのですから、本當《ほんたう》に氣《き》の毒《どく》な様《やう》でした。その癖《くせ》ね、そんなでゐて、毎日缺《まいにちか》かさず、まるで勤《つと》めにでも出《で》る様《やう》に、おひるツから、日暮《ひぐ》れ時分《じぶん》まで、フラ〳〵とどつかへ出掛《でか》けるんです。どこへ行《ゆ》くのかつて、聞《き》いて見《み》ても、ちつとも云《い》ひません。母親《はゝおや》が心配《しんぱい》して、兄《あに》のふさいでゐる譯《わけ》を、手《て》を變《か》へ品《しな》を變《か》へ尋《たづ》ねても、少《すこ》しも打開《うちあ》けません。そんなことが一月程《つきほど》も續《つゞ》いたのですよ。

『あんまり心配《しんぱい》だものだから、私《わたし》はある日《ひ》、兄《あに》が一體《たい》どこへ出掛《でかけ》るのかと、ソッとあとをつけました。さうする樣《やう》に、母親《はゝおや》が私《わたし》に頼《たの》むもんですからね。兄《あに》はその日《ひ》も、丁度今日《ちやうどけふ》の樣《やう》などんよりとした、いやな日《ひ》でござんしたが、おひる過《すぎ》から、その頃兄《ころあに》の工風《くふう》で仕立《した》てさせた、當時《たうじ》としては飛《と》び切《き》りハイカラな、黑天鵞絨《くろびろうど》の洋服《やうふく》を着《き》ましてね、この遠眼鏡《とほめがね》を肩《かた》から下《さ》げ、ヒヨロ〳〵と、日本橋通《にほんばしどほ》りの、馬車鐵道《ばしやてつだう》の方《はう》へ歩《ある》いて行《ゆ》くのです。私《わたし》は兄《あに》に氣《き》どられぬ樣《やう》に、ついて行《い》つた譯《わけ》ですよ。よござんすか。しますとね、兄《あに》は上野行《うへのゆ》きの馬車鐵道《ばしやてつだう》を待《ま》ち合《あ》はせて、ひよいとそれに乘《の》り込《こ》んでしまつたのです。當今《たうこん》の電車《でんしや》と違《ちが》つて、次《つぎ》の車《くるま》に乘《の》つてあとをつけるといふ譯《わけ》には行《ゆ》きません。何《なん》しろ車臺《しやだい》が少《すく》のござんすからね。私《わたし》は仕方《しかた》がないので母親《はゝおや》に貰《もら》つたお小遣《こづか》ひをふんぱつして、人力車《じんりきしや》に乘《の》りました。人力車《じんりきしや》だつて、少《すこ》し威勢《ゐせい》のいゝ挽子《ひきこ》なれば馬車鐵道《ばしやてつだう》を見失《みうしな》はない樣《やう》に、あとをつけるなんぞ、譯《わけ》なかつたものでございますよ。

『兄《あに》が馬車鐵道《ばしやてつだう》を降《お》りると、私《わたし》も人力車《じんりきしや》を降《お》りて、又《また》テク〳〵と跡《あと》をつける。さうして、行《ゆ》きついた所《ところ》が、なんと淺草《あさくさ》の觀音樣《くわんのんさま》ぢやございませんか。兄《あに》は仲店《なかみせ》から、お堂《だう》の前《まへ》を素通《すどほ》りして、お堂裏《だうら》の見世物小屋《みせものごや》の間《あひだ》を、人波《ひとなみ》をかき分《わ》ける様《やう》にしてさつき申上《まをしあ》げた十二階《かい》の前《まへ》まで來《き》ますと、石《いし》の門《もん》を這入《はひ》つて、お金《かね》を拂《はら》つて「凌雲閣《りようゝんかく》」といふ額《がく》の上《あが》つた入口《いりくち》から、塔《たふ》の中《なか》へ姿《すがた》を消《け》したぢやあございませんか。まさか兄《あに》がこんな所《ところ》へ、毎日《まいにち》々々通《かよ》つてゐやうとは、夢《ゆめ》にも存《ぞん》じませんので、私《わたし》はあきれてしまひましたよ。子供心《こどもごゝろ》にね、私《わたし》はその時《とき》まだ二十《はたち》にもなつてませんでしたので、兄《あに》はこの十二階《かい》の化物《ばけもの》に魅入《みい》られたんぢやないかなんて、變《へん》なことを考《かんが》へたものですよ。

『私《わたし》は十二階《かい》へは、父親《ちゝおや》につれられて、一度昇《どのぼ》つた切《き》りで、その後行《のちい》つたことがありませんので、何《なん》だか氣味《きみ》が惡《わる》い樣《やう》に思《おも》ひましたが、兄《あに》が昇《のぼ》つて行《ゆ》くものですから、仕方《しかた》がないので、私《わたし》も、一階位《かいくらゐ》おくれて、あの薄暗《うすぐら》い石《いし》の段《だん》〲を昇《のぼ》つて行《ゆ》きました。窓《まど》も大《おほ》きくございませんし、煉瓦《れんぐわ》の壁《かべ》が厚《あつ》うございますので、穴藏《あなぐら》の樣《やう》に冷《ひえ》〲と致《いた》しましてね。それに日清戰爭《につしんせんさう》の當時《たうじ》ですから、その頃《ころ》は珍《めづ》らしかつた、戰爭《せんさう》の油繪《あぶらゑ》が、一方《ぱう》の壁《かべ》にずつと懸《か》け竝《なら》べてあります。まるで狼《おほがみ》みたいな、おつそろしい顏《かほ》をして、吠《ほ》えながら、突貫《とつくわん》してゐる日本兵《にほんへい》や、劍《けん》つき鐵砲《てつぱう》に脇腹《わきばら》をゑぐられ、ふき出《だ》す血《ち》のりを兩手《りやうて》で押《お》さへて、顏《かほ》や唇《くちびる》を紫色《むらさきいろ》にしてもがいてゐる支那兵《しなへい》や、ちよんぎられた辮髮《べんぱつ》の頭《あたま》が、風船玉《ふうせんだま》の樣《やう》に空高《そらたか》く飛上《とびあが》つてゐる所《ところ》や、何《なん》とも云《い》へない毒々《どく〲》しい、血《ち》みどろの油繪《あぶらゑ》が、窓《まど》からの薄暗《うすぐら》い光線《くわうせん》で、テラ〲と光《ひか》つてゐるのでございますよ。その間《あひだ》を、陰氣《いんき》な石《いし》の段々《だん〳〵》が、蝸牛《かたつむり》の殼《から》みたいに、上《うへ》へ上《うへ》へと際限《さいげん》もなく續《つゞ》いて居《を》ります。本當《ほんたう》に變《へん》てこれんな氣持《きも》ちでしたよ。

『頂上《ちやうじやう》は八角形《かくがた》の欄干丈《らんかんだ》けで、壁《かべ》のない、見晴《みは》らしの廊下《らうか》になつてゐましてね、そこへたどりつくと、俄《には》かにパッと明《あか》るくなつて、今《いま》までの薄暗《うすぐら》い道中《だうちう》が長《なが》うござんしただけに、びつくりしてしまひます。雲《くも》が手《て》の屆《とゞ》きさうな低《ひく》い所《ところ》にあつて、見渡《みわた》すと、東京中《とうきやうぢう》の屋根《やね》がごみみたいに、ゴチャ〳〵してゐて、品川《しながは》の御臺場《おだいば》が、盆石《ぼんせき》の樣《やう》に見《み》えて居《を》ります。目《め》まひがしさうなのを我慢《がまん》して、下《した》を覗《のぞ》きますと、觀音樣《くわんのんさま》の御堂《おだう》だつてずつと低《ひく》い所《ところ》にありますし、小《こ》屋掛《やが》けの見世物《みせもの》が、おもちやの樣《やう》で、歩《ある》いてゐる人間《にんげん》が、頭《あたま》と足《あし》ばかりに見《み》えるのです。

『頂上《ちやうじやう》には、十人餘《にんあま》りの見物《けんぶつ》が一かたまりになつておつかな相《さう》な顏《かほ》をして、ボソ〳〵小聲《こごゑ》で囁《さゝや》きながら、品川《しながは》の海《うみ》の方《はう》を眺《なが》めて居《を》りましたが、兄《あに》はと見《み》ると、それとは離《はな》れた場所《ばしよ》に、一人《ひとり》ぼつちで、遠眼鏡《とほめがね》を目《め》に當《あ》てゝ、しきりと淺草《あさくさ》の境内《けいだい》を眺《なが》め廻《まは》して居《を》りました。それをうしろから見《み》ますと、白《しろ》つぽくどんより〳〵とした雲《くも》ばかりの中《なか》に、兄《あに》の天鵞絨《びろうど》の洋服姿《やうふくすがた》が、クッキリと浮上《うきあが》つて、下《した》の方《はう》のゴチャ〳〵したものが何《なに》も見《み》えぬものですから、兄《あに》だといふことは分《わか》つてゐましても、何《なん》だか西洋《せいやう》の油繪《あぶらゑ》の中《なか》の人物《じんぶつ》みたいな氣持《きもち》がして、神々《かう〳〵》しい樣《やう》で、言葉《ことば》をかけるのも憚《はゞか》られた程《ほど》でございましたつけ。

『でも、母《はゝ》の云《い》ひつけを思《おも》ひ出《だ》しますと、さうもしてゐられませんので、私《わたし》は兄《あに》のうしろに近《ちか》づいて「兄《にい》さん何《なに》を見《み》てゐらつしやいます。」と聲《こゑ》をかけたのでございます。兄《あに》はビクッとして、振向《ふりむ》きましたが、氣拙《きまづ》い顔《かほ》をして何《なに》も云《い》ひません。私《わたし》は「兄《にい》さんの此頃《このごろ》の御様子《ごやうす》は、御父《おとう》さんもお母《かあ》さんも大變心配《たいへんしんぱい》してゐらつしやいます。毎日《まいにち》〳〵どこへ御出掛《おでかけ》なさるのかと不思議《ふしぎ》に思《おも》つて居《を》りましたら、兄《にい》さんはこんな所《ところ》へ來《き》てゐらしつたのでございますね。どうかその譯《わけ》を云《い》つて下《くだ》さいまし。日頃仲《ひごろなか》よしの私《わたし》に丈《だ》けでも打開《うちあ》けて下《くだ》さいまし。」と、近《ちか》くに人《ひと》のゐないのを幸《さいは》ひに、その塔《たふ》の上《うへ》で、兄《あに》をかき口說《くど》いたものですよ。

『仲々《なか〳〵》打開《うちあ》けませんでしたが、私《わたし》が繰返《くりかへ》し繰返《くりかへ》し賴《たの》むものですから、兄《あに》も根負《こんま》けをしたと見《み》えまして、たうとう一ヶ月來《げつらい》の胸《むね》の祕密《ひみつ》を私《わたし》に話《はな》してくれました。ところが、その兄《あに》の煩悶《はんもん》の原因《げんいん》と申《まを》すものが、これが又誠《またまこと》に變《へん》てこれんな事柄《ことがら》だつたのでございますよ。兄《あに》が申《まを》しますには、一月《つき》ばかり前《まへ》に、十二階《かい》へ昇《のぼ》りまして、この遠眼鏡《とほめがね》で觀音様《くわんのんさま》の境内《けいだい》を眺《なが》めて居《を》りました時《とき》、人込《ひとご》みの間《あひだ》に、チラッと、一人《ひとり》の娘《むすめ》の顔《かほ》を見《み》たのだ相《さう》でございます。その娘《むすめ》が、それはもう何《なん》とも云《い》へない、此《こ》の世《よ》のものとも思《おも》へない、美《うつく》しい人《ひと》で、日頃女《ひごろをんな》には一向冷淡《かうれいたん》であつた兄《あに》も、その遠眼鏡《とほめがね》の中《なか》の娘丈《むすめだ》けには、ゾッと寒氣《さむけ》がした程《ほど》も、すつかり心《こゝろ》を亂《みだ》されてしまつたと申《まを》しますよ。

『その時兄《ときあに》は、一目見《めみ》た丈《だ》けで、びつくりして、遠眼鏡《とほめがね》をはづしてしまつたものですから、もう一度見《どみ》ようと思《おも》つて、同《おな》じ見當《けんたう》を夢中《むちう》になつて探《さが》した相《さう》ですが、眼鏡《めがね》の先《さき》が、どうしてもその娘《むすめ》の顔《かほ》にぶつつかりません。遠眼鏡《とほめがね》では近《ちか》くに見《み》えても實際《じつさい》は遠方《ゑんぱう》のことですし、澤《たく》山《さん》の人混《ひとご》みの中《なか》ですから、一度見《どみ》えたからと云《い》つて、二度目《どめ》に探《さが》し出《だ》せると極《き》まつたものではございませんからね。

『それからと申《まを》すもの、兄《あに》はこの眼鏡《めがね》の中《なか》の美《うつく》しい娘《むすめ》が忘《わす》れられず、極々内氣《ごく〳〵うちき》なひとでしたから、古風《こふう》な戀《こひ》わづらひをわづらひ始《はじ》めたのでございます。今《いま》のお人《ひと》はお笑《わら》ひなさるかも知《し》れませんが、その頃《ころ》の人間《にんげん》は、誠《まこと》におつとりしたものでして、行《ゆ》きずりに一目見《めみ》た女《をんな》を戀《こひ》して、わづらひついた男《をとこ》なども多《おほ》かつた時代《じだい》でございますからね。云《い》ふまでもなく、兄《あに》はそんなど飯《はん》もろくろくたべられない様《やう》な、衰《おとろ》へた身體《からだ》を引《ひ》きずつて、又《また》その娘《むすめ》が觀音様《くわんのんさま》の境内《けいだい》を通《とほ》りかゝることもあらうかと悲《かな》しい空頼《そらだの》みから、毎日々々《まいにち〳〵》、勤《つと》めの様《やう》に、十二階《かい》に昇《のぼ》つては、眼鏡《めがね》を覗《のぞ》いてゐた譯《わけ》でございます。戀《こひ》といふものは、不思議《ふしぎ》なものでございますね。

『兄《あに》は私《わたし》に打開《うちあ》けてしまふと、又熱病《またねつびやう》やみの様《やう》に眼鏡《めがね》を覗《のぞ》き始《はじ》めましたつけが、私《わたし》は兄《あに》の氣《き》持《もち》にすつかり同情《どうじやう》 致《いた》しましてね、千に一つも望《のぞ》みのない、無駄《むだ》な探《さが》し物《もの》ですけれど、お止《よ》しなさいと止《と》めだてする氣《き》も起《おこ》らず、餘《あま》りのことに涙《なみだ》ぐんで、兄《あに》のうしろ姿《すがた》をぢつと眺《なが》めてゐたものですよ。するとその時《とき》……ア、、私《わたし》はあの怪《あや》しくも美《うつく》しかつた光景《くわうけい》を、忘《わす》れることが出來《でき》ません。三十年以上《ねんいじやう》も昔《むかし》のことですけれど、かうして眼《め》をふさぎますと、その夢《ゆめ》の様《やう》な色《いろ》どりが、まざ〳〵と浮《うか》んで來《く》る程《ほど》でございます。

『さつきも申《まを》しました通《とほ》り、兄《あに》のうしろに立《た》つてゐますと、見《み》えるものは、空《そら》ばかりで、モヤモヤとした、むら雲《くも》の中《なか》に、兄《あに》のほつそりとした洋服姿《やうふくすがた》が、繪《ゑ》の様《やう》に浮上《うきあが》つて、むら雲《くも》の方《はう》で動《うご》いてゐるのを、兄《あに》の身體《からだ》が宙《ちう》に漂《たゞよ》ふかと見誤《みあやま》るばかりでございました。がそこへ、突然《とつぜん》、花火《はなび》でも打上《うちあ》げた様《やう》に、白《しろ》つぽい大空《おほぞら》の中《なか》を、赤《あか》や青《あを》や紫《むらさき》の無數《むすう》の玉《たま》が、先《さき》を爭《あらそ》つて、フワリ〳〵と昇《のぼ》つて行《い》つたのでございます。お話《はなし》したのでは分《わか》りますまいが、本當《ほんたう》に繪《ゑ》の様《やう》で、又何《またなに》かの前兆《ぜんてう》の様《やう》で、私《わたし》は何《なん》とも云《い》へない怪《あや》しい氣持《きもち》になつたものでした。何《なん》であらうと、急《いそ》いで下《した》を覗《のぞ》いて見《み》ますと、どうかしたはずみで、風船屋《ふうせんや》が粗相《そさう》をして、ゴム風船《ふうせん》を、一度《ど》に空《そら》へ飛ばしたものと分《わか》りましたが、その時分《じぶん》は、ゴム風船《ふうせん》そのものが、今《いま》よりはずつと珍《めづ》らしうござんしたから正體《しやうたい》が分《わか》つても、私《わたし》はまだ妙《めう》な氣持《きもち》がして居《を》りましたものですよ。

『妙《めう》なもので、それがきつかけになつたといふ譯《わけ》でもありますまいが、丁度《ちやうど》その時《とき》、兄《あに》は非常《ひじやう》に興奮《こうふん》した様子《やうす》で、青白《あをじろ》い顔《かほ》をぽつと赤《あか》らめ息《いき》をはずませて、私《わたし》の方《はう》へやつて參《まゐ》り、いきなり私《わたし》の手《て》をとつて「さあ行《ゆ》かう。早《はや》く行《ゆ》かぬと間《ま》に合《あ》はぬ。』と申《まを》して、グン〳〵私《わたし》を引《ひつ》張《ぱ》るのでございます。引張《ひつぱ》られて、塔《たふ》の石段《いしだん》をかけ降《お》りながら、譯《わけ》を尋《たづ》ねますと、いつかの娘《むすめ》さんが見《み》つかつたらしいので、青疊《あをだゝみ》を敷《し》いた廣《ひろ》い座敷《ざしき》に坐《すわ》つてゐたから、これから行《い》つても大丈夫元《だいぢやうぶもと》の所《ところ》にゐると申《まを》すのでございます。

『兄《あに》が見當《けんたう》をつけた場所《ばしよ》といふのは、觀音堂《くわんのんだう》の裏手《うらて》の、大《おほ》きな松《まつ》の木《き》が目印《めじるし》で、そこに廣《ひろ》い座敷《ざしき》があつたと申《まを》すのですが、さて、二人《ふたり》でそこへ行《い》つて、探《さが》して見《み》ましても、松《まつ》の木《き》はちやんとありますけれど、その近所《きんじよ》には、家《いへ》らしい家《いへ》もなく、まるで狐《きつね》につまゝれた樣《やう》な鹽梅《あんばい》なのですよ。兄《あに》の氣《き》の迷《まよ》ひだとは思《おも》ひましたが、しをれ返《かへ》つてゐる樣子《やうす》が、餘《あま》り氣《き》の毒《どく》だものですから、氣休《きやす》めに、その邊《へん》の掛茶屋《かけちやや》などを尋《たづ》ね廻《まは》つて見《み》ましたけれども、そんな娘《むすめ》さんの影《かげ》も形《かたち》もありません。

『探《さが》してゐる間《あひだ》に、兄《あに》と分《わか》れ分《わか》れになつてしまひましたが、掛茶屋《かけちやや》を一巡《じゆん》して、暫《しばら》くたつて元《もと》の松《まつ》の木《き》の下《した》へ戻《もど》つて參《まゐ》りますとね、そこには色々《いろ／＼》な露店《ろてん》に竝《なら》んで、一軒《けん》の覗《のぞ》きからくり屋《や》が、ピシヤン／＼と鞭《むち》の音《おと》を立《た》てゝ、商賣《しやうばい》をして居《を》りましたが、見《み》ますと、その覗《のぞ》きの眼《め》鏡《がね》を、兄《あに》が中腰《ちうごし》になつて、一生懸命《しやうけんめい》覗《のぞ》いてゐたぢやございませんか。「兄《にい》さん何《なに》をしてゐらつしやる。」と云《い》つて、肩《かた》を叩《たゝ》きますと、ビツクリして振向《ふりむ》きましたが、その時《とき》の兄《あに》の顏《かほ》を、私《わたし》は今《いま》だに忘《わす》れることが出來《でき》ません。何《なに》と申《まを》せばよろしいか、夢《ゆめ》を見《み》てゐる樣《やう》なとでも申《まを》しますか、顔《かほ》の筋《すぢ》がたるんでしまつて、遠《とほ》い所《ところ》を見《み》てゐる目《め》つきになつて、私《わたし》に話《はな》す聲《こゑ》さへも、變《へん》にうつろに聞《きこ》えたのでございます。そして、「お前《まへ》、私達《わたしたち》が探《さが》してゐた娘《むすめ》さんはこの中《なか》にゐるよ。」と申《まを》すのです。

『さう云《い》はれたものですから、私《わたし》は急《いそ》いでおあしを拂《はら》つて、覗《のぞ》きの眼鏡《めがね》を覗《のぞ》いて見《み》ますと、それは八百屋《やほや》お七の覗《のぞ》きからくりでした。丁度吉祥寺《ちやうどきちじやうじ》の書院《しよゐん》で、お七が吉三《きちざ》にしなだれかゝつてゐる繪《ゑ》が出《で》て居《を》りました。忘《わす》れもしません。からくり屋《や》の夫婦者《ふうふもの》は、しわがれ聲《ごゑ》を合《あは》せて、鞭《むち》で拍子《ひやうし》を取《と》りながら、「膝《ひざ》をつつらついて、目《め》で知《し》らせ」と申《まを》す文句《もんく》を歌《うた》つてゐる所《ところ》でした。ア、あの「膝《ひざ》をつつらついて、目《め》で知《し》らせ」といふ變《へん》な節廻《ふしまは》しが、耳《みゝ》についてゐる様《やう》でございます。

『覗《のぞ》き繪《ゑ》の人物《じんぶつ》は押繪《おしゑ》になつて居《を》りましたが、その道《みち》の名人《めいじん》の作《さく》であつたのでせうね。お七の顔《かほ》の生々《いき〳〵》として綺麗《きれい》であつたこと。私《わたし》の目《め》にさへ本當《ほんたう》に生《い》きてゐる様《やう》に見《み》えたのですから、兄《あに》があんなことを申《まを》したのも、全《まつた》く無理《むり》はありません。兄《あに》が申《まを》しますには「假令《たとひ》この娘《むすめ》さんが、拵《こしら》へものゝ押繪《おしゑ》だと分《わか》つても、私《わたし》はどうもあきらめられない。悲《かな》しいことだがあきらめられない。たつた一度《ど》でいゝ、私《わたし》もあの吉三《きちざ》の様《やう》な、押繪《おしゑ》の中《なか》の男《をとこ》になつて、この娘《むすめ》さんと話《はなし》がして見《み》たいと云《い》つて、ぼんやりと、そこに突《つ》つ立《た》つたまゝ、動《うご》かうともしないのでございます。考《かんが》へて見《み》ますとその覗《のぞ》きからくりの繪《ゑ》が、光線《くわうせん》を取《と》る爲《ため》に上《うへ》の方《はう》が開《あ》けてあるので、それが斜《なゝ》めに十二階《かい》の頂上《ちやうじやう》からも見《み》えたものに違《ちが》ひありません。

『その時分《じぶん》には、もう日《ひ》が暮《くれ》かけて、人足《ひとあし》もまばらになり、覗《のぞ》きの前《まへ》にも、二三人《にん》のおかつぱの子供《こども》が、未練《みれん》らしく立去《たちさ》り兼《か》ねて、うろ〳〵してゐるばかりでした。晝間《ひるま》からどんよりと曇《くも》つてゐたのが、日暮《ひぐれ》には、今《いま》にも一雨來《あめき》さうに、雲《くも》が下《さが》つて來《き》て、一層壓《そうおさ》へつけられる様《やう》な、氣《き》でも狂《くる》ふのぢやないかと思《おも》ふ様《やう》な、いやな天候《てんこう》になつて居《を》りました。そして、耳《みゝ》の底《そこ》にドロ〳〵と太鼓《たいこ》の鳴《な》つてゐる様《やう》な音《おと》が聞《きこ》えてゐるのですよ。その中《なか》で、兄《あに》は、ぢつと遠《とほ》くの方《はう》を見据《みす》ゑて、いつまでもいつまでも、立《た》ちつくして居《を》りました。その間《あひだ》が、たつぷり一時間《じかん》はあつた様《やう》に思《おも》はれます。

『もうすつかり暮切《くれき》つて、遠《とほ》くの玉乘《たまの》りの花瓦斯《はなぐわす》が、チロ〳〵と美《うつく》しく輝《かゞや》き出《だ》した時分《じぶん》に、兄《あに》はハツと目《め》が醒《さ》めた様《やう》に、突然私《とつぜんわたし》の腕《うで》を摑《つか》んで「アヽいゝことを思《おも》ひついた。お前《まへ》、お頼《たの》みだから、この遠眼鏡《とほめがね》をさかさにして、大《おほ》きなガラス玉《だま》の方《はう》を目《め》に當《あ》てゝ、そこから私《わたし》を見《み》ておくれでないか。」と、變《へん》なことを云《い》ひ出《だ》しました。「何故《なぜ》です。」つて尋《たづ》ねても、「まあいゝから、さうしてお呉《く》れな。」と申《まを》して聞《き》かないのでございます。一體私《たいわたし》は生《うま》れつき眼鏡《めがね》類《るゐ》を、餘《あま》り好《この》みませんので、遠眼鏡《とほめがね》にしろ、顯微鏡《けんびきやう》にしろ、遠《とほ》い所《ところ》の物《もの》が、目《め》の前《まへ》へ飛《と》びついて來《き》たり、小《ちひ》さな蟲《むし》けらが、けだものみたいに大《おほ》きくなる、お化《ばけ》じみた作用《さよう》が薄氣味惡《うすきみわる》いのですよ。で、兄《あに》の祕藏《ひざう》の遠眼鏡《とほめがね》も、餘《あま》り覗《のぞ》いたことがなく、覗《のぞ》いたことが少《すくな》い丈《だ》けに、餘《よ》計《けい》それが魔性《ましやう》の器械《きかい》に思《おも》はれたものです。しかも、日《ひ》が暮《くれ》て人顏《ひとがほ》もさだかに見《み》えぬ、うすら淋《さび》しい觀音堂《くわんのんだう》の裏《うら》で、遠眼鏡《とほめがね》をさかさにして、兄《あに》を覗《のぞ》くなんて、氣違《きちが》ひじみてもゐますれば、薄氣味惡《うすきみわる》くもありましたが、兄《あに》がたつて頼《たの》むものですから、仕方《しかた》なく云《い》はれた通《とほ》りにして覗《のぞ》いたのですよ。さかさに覗《のぞ》くのですから、二三間向《げんむか》うに立《た》つてゐる兄《あに》の姿《すがた》が、二尺位《しやくくらゐ》に小《ちひ》さくなつて、小《ちひ》さい丈《だ》けに、ハツキリと、闇《やみ》の中《なか》に浮出《うきだ》して見《み》えるのです。外《ほか》の景色《けしき》は何《なに》も映《うつ》らないで、小《ちひ》さくなつた兄《あに》の洋服姿《やうふくすがた》丈けが、眼鏡《めがね》の眞中《まんなか》に、チンと立《た》つてゐるのです。それが、多分兄《たぶんあに》があとじさりに歩《ある》いて行《い》つたのでせう。見《み》る〳〵小《ちひ》さくなつて、たうとう一尺位《しやくくらゐ》の、人形《にんぎやう》みたいな可愛《かあい》らしい姿《すがた》になつてしまひました。そして、その姿《すがた》が、ツーッと宙《ちう》に浮《う》いたかと見《み》ると、アッと思《おも》ふ間《ま》に、闇《やみ》の中《なか》へ溶《と》け込《こ》んでしまつたのでございます。

『私《わたし》は怖《こは》くなつて、(こんなことを申《まを》すと、年甲斐《としがひ》もないと思召《おぼしめし》ませうが、その時《とき》は、本當《ほんたう》にゾッと、怖《こは》さが身《み》にしみたものですよ) いきなり眼鏡《めがね》を離《はな》して、「兄《にい》さん」と呼《よ》んで、兄《あに》の見《み》えなくなつた方《はう》へ走《はし》り出《だ》しました。ですが、どうした譯《わけ》か、いくら探《さが》しても探《さが》しても兄《あに》の姿《すがた》が見《み》えません。時間《じかん》から申《まを》しても、遠《とほ》くへ行《い》つた筈《はず》はないのに、どこを尋《たづ》ねても分《わか》りません。なんと、あなた、かうして私《わたし》の兄《あに》は、それつきり、この世《よ》から姿《すがた》を消《け》してしまつたのでございますよ……それ以來《いらい》といふもの、私《わたし》は一層遠眼鏡《そうとほめがね》といふ魔性《ましやう》の器械《きかい》を恐《おそ》れる様《やう》になりました。殊《こと》にも、このどこの國《くに》の船長《せんちやう》とも分《わか》らぬ、異人《いじん》の持物《もちもの》であつた遠眼鏡《とほめがね》が、特別《とくべつ》にいやでして、外《ほか》の眼鏡《めがね》は知《し》らず、この眼鏡丈《めがねだ》けは、どんなことがあつても、さかさに見《み》てはならぬ。さかさに覗《のぞ》けば凶事《きようじ》が起《おこ》ると、固《かた》く信《しん》じてゐるのでございます。あなたがさつき、これをさかさにお持《も》ちなすつた時《とき》、私《わたし》が慌《あわ》てゝお止《と》め申《まを》した譯《わけ》がお分《わか》りでございませう。

『ところが、長《なが》い間探《あひださが》し疲《つか》れて、元《もと》の覗《のぞ》き屋《や》の前《まへ》へ戻《もど》つて參《まゐ》つた時《とき》でした。私《わたし》はハタとある事《こと》に氣《き》がついたのです。と申《まを》すのは、兄《あに》は押繪《おしゑ》の娘《むすめ》に戀《こひ》こがれた餘《あま》り、魔性《ましやう》の遠眼鏡《とほめがね》の力《ちから》を借《か》りて、自分《じぶん》の身體《からだ》を押繪《おしゑ》の娘《むすめ》と同《おな》じ位《くらゐ》の大《おほ》きさに、縮《ちゞ》めてソッと押繪《おしゑ》の世界《せかい》へ忍《しの》び込《こ》んだのではあるまいかといふことでした。そこで、私《わたし》はまだ店《みせ》をかたづけないでゐた覗《のぞ》き屋《や》に賴《たの》みまして、吉祥寺《きちしやうじ》の場《ば》を見《み》せて貰《もら》ひましたが、なんとあなた、案《あん》の定《ぢやう》、兄《あに》は押繪《おしゑ》になつて、カンテラの光《ひか》りの中《なか》で、吉三《きちざ》の變《かは》りに、嬉《うれ》し相《さう》な顏《かほ》をして、お七を抱《だ》きしめてゐたではありませんか。

でもね、私《わたし》は悲《かな》しいとは思《おも》ひませんで、さうして本望《ほんまう》を達《たつ》した、兄《あに》の仕合《しあは》せが、涙《なみだ》の出《で》る程嬉《ほどうれ》しかつたものですよ。私《わたし》はその繪《ゑ》をどんなに高《たか》くてもよいから、必《かなら》ず私《わたし》に讓《ゆづ》つてくれと、覗《のぞ》き屋《や》に固《かた》い約束《やくそく》をして、（妙《めう》なことに、小姓《こしやう》の吉三《きちざ》の代《かは》りに洋服姿《やうふくすがた》の兄《あに》が坐《すわ》つてゐるのを、覗《のぞ》き屋《や》は少《すこ》しも氣《き》がつかない様子《やうす》でした）家《いへ》へ飛《と》んで歸《かへ》つて、一伍一什《ぶしじふ》を母《はゝ》に告《つ》げました所《ところ》、父《ちゝ》も母《はゝ》も、何《なに》を云《い》ふのだ。お前《まへ》は氣《き》でも違《ちが》つたのぢやないかと申《まを》して、何《なん》と云《い》つても取上《とりあ》げてくれません。をかしいぢやありませんか。ハハ、、、、。』老人《らうじん》は、そこで、さも〳〵滑稽《こつけい》だと云《い》はぬばかりに笑《わら》ひ出《だ》した。そして、變《へん》なことには、私《わたし》も亦《また》、老人《らうじん》に同感《どうかん》して、一緒《しよ》になつて、ゲラ〳〵と笑《わら》つたのである。

『あの人《ひと》たちは、人間《にんげん》は押繪《おしゑ》なんぞになるものぢやないと思《おも》ひ込《こ》んでゐたのですよ。でも押《おし》繪《ゑ》になつた證據《しようこ》には、その後《のち》兄《あに》の姿《すがた》が、ふつつりと、この世《よ》から見《み》えなくなつてしまつたぢやありませんか。それをも、あの人《ひと》たちは、家出《いへで》したのだなんぞと、まるで見當違《けんたうちが》ひな當《あ》て推量《すゐりやう》をしてゐるのですよ。をかしいですね。結局《けつきよく》、私《わたし》は何《なん》と云《い》はれても構《かま》はず、母《はゝ》にお金《かね》をねだつて、たうとうその覗《のぞ》き繪《ゑ》を手《て》に入《い》れ、それを持《も》つて、箱根《はこね》から鎌倉《かまくら》の方《はう》へ旅《たび》をしました。それはね、兄《あに》に新婚旅行《しんこんりよかう》がさせてやりたかつたからですよ。かうして汽車《きしや》に乘《の》つて居《を》りますと、その時《とき》のことを思《おも》ひ出《だ》してなりません。やつぱり、今日《けふ》の様《やう》に、この繪《ゑ》を窓《まど》に立《た》てかけて、兄《あに》や兄《あに》の戀人《こひびと》に、外《そと》の景色《けしき》を見《み》せてやつたのですからね。兄《あに》はどんなにか仕合《しあは》せでございましたらう。娘《むすめ》の方《はう》でも、兄《あに》のこれ程《ほど》の眞心《まごゝろ》を、どうしていやに思《おも》ひませう。二人《ふたり》は本當《ほんたう》の新婚者《しんこんしや》の様《やう》に、耻《はづ》かし相《さう》に顔《かほ》を赤《あか》らめながら、お互《たがひ》の肌《はだ》と肌《はだ》とを觸《ふ》れ合《あ》つて、さもむつまじく、盡《つ》きぬ睦言《むつごと》を語《かた》り合《あ》つたものでございますよ。

『その後《ご》、父《ちゝ》は東京《とうきやう》の商賣《しやうばい》をたゝみ、富山《とやま》近《ちか》くの故郷《こきやう》へ引込《ひつこ》みましたので、それにつれて、私《わたし》もずつとそこに住《す》んで居《を》りますが、あれからもう三十年《ねん》の餘《よ》になりますので、久々《ひさ〴〵》で兄《あに》にも變《かは》つた東京《とうきやう》が見《み》せてやり度《た》いと思《おも》ひましてね、かうして兄《あに》と一緒《しよ》に旅《たび》をしてゐる譯《わけ》でございますよ。

『ところが、あなた、悲《かな》しいことには、娘《むすめ》の方《はう》は、いくら生《い》きてゐるとは云《い》へ、元々《もと〴〵》人《ひと》の拵《こしら》へたものですから、年《とし》をとるといふことがありませんけれど、兄《あに》の方《はう》は、押繪《おしゑ》になつても、それは無理《むり》やりに形《かたち》を變《か》へたまでゞ、根《ね》が壽命《じゆみやう》のある人間《にんげん》のことですから、私達《わたしたち》と同《おな》じ様《やう》に年《とし》をとつて參《まゐ》ります。御覧下《ごらんくだ》さいまし、廿五歳《さい》の美少年《びせうねん》であつた兄《あに》が、もうあの様《やう》に白髪《しらが》になつて、顔《かほ》には醜《みにく》い皺《しわ》が寄《よ》つてしまひました。兄《あに》の身《み》にとつては、どんなにか悲《かな》しいことでございませう。相手《あひて》の娘《むすめ》はいつまでも若《わか》くて美《うつく》しいのに、自分《じぶん》ばかりが汚《きたな》く老込《おひこ》んで行《ゆ》くのですもの。恐《おそ》ろしいことです。兄《あに》は悲《かな》しげな顔《かほ》をして居《を》ります。數年以前《すうねんいぜん》から、いつもあんな苦《くる》し相《さう》な顔《かほ》をして居《を》ります。それを思《おも》ふと、私《わたし》は兄《あに》が氣《き》の毒《どく》で仕様《しやう》がないのでございますよ。』

老人《らうじん》は暗然《あんぜん》として押繪《おしゑ》の中《なか》の老人《らうじん》を見《み》やつてゐたが、やがて、ふと氣《き》がついた様《やう》に、

『ア、、飛《と》んだ長話《ながばなし》を致《いた》しました。併《しか》し、あなたは分《わか》つて下《くだ》さいましたでせうね。外《ほか》の人達《ひとたち》の様《やう》に、私《わたし》を氣違《きちが》ひだとはおつしやいませんでせうね。ア、、それで私《わたし》も話甲斐《はなしがひ》があつたと申《まを》すものですよ。どれ、兄《にい》さん達《たち》もくたびれたでせう。それに、あなた方《がた》を前《まへ》に置《お》いて、あんな話《はなし》をしましたので、さぞかし耻《はづ》かしがつておいでゞせう。では、今《いま》やすませて上《あ》げますよ。』

と云《い》ひながら、押繪《おしゑ》の額《がく》を、ソツと黒《くろ》い風呂敷《ふろしき》に包《つゝ》むのであつた。その刹那《せつな》、私《わたし》の氣《き》のせいであつたのか、押繪《おしゑ》の人形達《にんぎやうたち》の顔《かほ》が、少《すこ》しくづれて、一寸耻《ちよつとはづ》かし相《さう》に、唇《くちびる》の隅《すみ》で、私《わたし》に挨《あい》拶《さつ》の微笑《びせう》を送《おく》つた様《やう》に見《み》えたのである。老人《らうじん》はそれきり默《だま》り込《こ》んでしまつた。私《わたし》も默《だま》つてゐた。汽車《きしや》は相《あひ》も變《かは》らず、ゴトン〳〵と鈍《にぶ》い音《おと》を立《た》てゝ、闇《やみ》の中《なか》を走《はし》つてゐた。

十分《ぷん》ばかりさうしてゐると、車輪《しやりん》の音《おと》がのろくなつて、窓《まど》の外《そと》にチラ〳〵と、二つ三つの燈火《あかり》が見《み》え、汽車《きしや》は、どことも知《し》れぬ山間《さんかん》の小驛《せうえき》に停車《ていしや》した。驛員《えきゐん》がたつた一人《ひとり》、ぽつつりと、プラツトフオームに立《た》つてゐるのが見《み》えた。

『ではお先《さき》へ、私《わたし》は一晩《ばん》こゝの親戚《しんせき》へ泊《とま》りますので。』

老人《らうじん》は額《がく》の包《つゝ》みを抱《かゝへ》てヒヨイと立上《たちあが》り、そんな挨拶《あいさつ》を殘《のこ》して、車《くるま》の外《そと》へ出《で》て行《い》つたが、窓《まど》

から見《み》てゐると、細長《ほそなが》い老人《らうじん》の後姿《うしろすがた》は（それが何《なん》と押繪《おしゑ》の老人《らうじん》そのまゝの姿《すがた》であつたか）簡略《かんりやく》な柵《さく》の所《ところ》で、驛員《えきゐん》に切符《きつぷ》を渡《わた》したかと見《み》ると、そのまゝ、背後《はいご》の闇《やみ》の中《なか》へ溶《と》け込《こ》む様《やう》に消《き》えて行《い》つたのである。

# Ⅱ　懐かしき夢魔

# 残虐への郷愁

僕にとって、それは遥かなる郷愁としてであって、夢の世界にだけ現れて来る、あの抑圧されたる太古への憬れとしてであって、全く現実のものではない。そして、それは又、狂画家大蘇芳年のあの無残絵に現れたところのものでもあった。

僕はひと頃、本当の血の夢を知っている芳年の彩色画版にひきつけられたことがある。だが、芳年に刺激されて無残小説を書いたなんてことはありはしない。僕自身の「火星の運河」を郷愁した心が、同じ夢の国の住人を愛したのに過ぎない。

石子責め、鋸《のこぎり》引き、車裂き、釜ゆで、火あぶり、皮剥ぎ、逆磔殺《さかさたくさつ》などの現実を享楽《きょうらく》し得るものは、神か、無心の小児か、超人の王者かであって、現実の弱者である僕には、それほど深い健康がない。しかし、それらのものが、ひとたび夢の世界に投影せられたならば、たとえば、その実父を殺し、その実母と結婚しなければならなかったエディポス王の運命の残虐を歌った、あのギリシャ悲劇さえも、たとえ当時のギリシャ観客のような力に満ちたほがらかな現実感をもってではなくとも、又別の、もっと幻影の国的な恐ろしさで、享楽することができる。

芳年の無残絵は、単純でもあり、大きさや深さは欠いているけれど、結局僕の幻影の国では、ソポクレスの傑作悲劇と同室して、その末席をけがしているのだと云ってもいい。幻影の国の残虐の部屋。

その赤い部屋にはまた、世界各国の神話と、古代伝説と、聖書、仏教経典などが、高い天井に届くほどの大入道になって、いかめしく控えている。それらのものの残虐への郷愁の豊かさと深さはどうだ。それにはたった一つの「創生記」のあのアブラハムの試みの話を思い出すだけでも十分すぎるほどであろう。一人子イサクを神への犠牲として、われわれが手で惨殺するために、アブラハムはわが子を殺すべきモリアの地へ、犠牲のわが子の手を引いて三日の旅をした。彼にとってその三日間は数千年にも感じられたに違いない、あの恐怖と戦《せん》慄《りつ》の物語を思い出すだけでも十分すぎるほどであろう。

　この部屋にはしかし、だんだら染めの尖《とん》り帽子《が》を冠った道化者もいないのではない。ドン・キホーテの冒険がどうしてあんなにも読者を喜ばせ、笑いこけさせたのか。そこには赤い道化服で包まれた、特別においしい残虐があったからである。

　芳年の血の絵は道化者ではない。生真面目《きまじめ》な顔をした可愛らしい残虐の部屋の玩具の一種である。しかし玩具とは云え、あれには狂人的稟質《ひんしつ》を持つもののみが覗くことのできる、遥かなる太古の夢がある。何千年抑圧された残虐への郷愁がある。

「魁題百選相」の中の冷泉隆豊切腹の図では、腹部の切り口から溢れ出る血と百尋のすさまじさ。もう半分地獄を覗いている顔の大写し、顔面は鼠色がかった薄緑、目は真赤に充血して、唇と舌とは紫色だ。芳年はお化粧が何と巧みであったことか。

「英名二十八衆句」では「鮟鱇《あんこう》をふりさけ見れば厨《くりや》かな」の稲田新助裸女つるし斬りの図。「紅逆に裁つ鮭の手料理、庖丁嬲切《なぶりぎり》にす西瓜《すいか》の割り方」アア西瓜が割れている。天井から逆さまに縄でつるした全身が火星の運河である。その漆をまぜた血の色の光沢《こうたく》。だが彼女はまだ死にきってはいない。下の方、畳とすれすれにぶら下がった青ざめた顔が、逆さまに刀におびえて細い横目を使っている。

同じ「二十八衆句」の直助権兵衛、顔の皮剝ぎの図。「あたまから蛸《たこ》に成けり六皮半」額に切り口を拵《こしら》えておいて、そこを摑んでメリメリと、顎の辺まで顔一面の肉を剝ぐと、下には血まみれの骸骨が、まんまるになった目を引きつらせ、長い長い歯を食いしばっている。グッと握りしめて、青畳の上に芋虫のようにころがっている両腕の構図。あの腕の表情の恐ろしさは、別の「東錦浮世稿談」の蝙蝠安《こうもりやす》の斬りつけられてヨロヨロと逃げ出している手と足の、あるにあられぬ表情と共に、芳年構図の圧巻であろう。

神は残虐である。人間の生存そのものが残虐である。そして又本来の人類がいかに残虐を愛したか。神や王侯の祝祭には、いつも虐殺と犠牲とがつきものであった。社会生活の便宜主義が宗教の力添えによって、残虐への嫌悪と羞恥を生み出してから何千年、残虐はもうゆるぎのないタブーとなっているけれど、戦争と芸術だけが、それぞれ全く違ったやり方で、あからさまに残虐への郷愁を満たすのである。芸術は常にあらゆるタブーの水底をこそ航海する。そして、この世のものならぬ真赤な巨大な花を開く。芳年の無残絵も、その幻影の花園の小さい可愛らしい一つの花だ。

芳年の無残絵は、優れたものほど、その人物の姿態はあり得べからざる姿態である。しかし、あり得ないけれども真実なる姿態である。写実ではない。写実でないからこそレアルである。本当の「恐怖」が、そして「美」がある。

## 郷愁としてのグロテスク

グロテスクは、人類にとっては太古のトーテム芸術への郷愁であり、個人にとっては幼年時代の鬼や獅子頭《ししがしら》への甘き郷愁ではないであろうか。いずれにもせよ、グロテスクの美は「今」と現実とからは全くかけ離れた夢と詩の世界のものである。

地下深く埋没されていた古代建築の壁模様から名付けられたこの言葉の起源そのものに、すでに人類の郷愁が含まれてはいなかったか。ラファエルをしてそのグロッタ絵を建築の装飾模様に応用せしめたものは、巨匠《きよしよう》の怪奇と神秘への郷愁ではなかったか。

郷愁としてのグロテスクは、国宝の宗教美術から地獄極楽の見世物に至るまでのあらゆる等級のうちに、そして又、ダンテの「神曲《しんきょく》」や「ファウスト」や「マクベス」などの歴史的作品から現代怪奇小説に至るまでのあらゆる等級のうちに、人類の遥かなるトーテム時代への夢をそそっている。パン神にも、サテュールにも、西洋中世の宗教画の悪魔にも、東洋の地獄絵にもムンクの怪奇画にも、写楽や暁斎《きょうさい》の版画にも、初期人形芝居にも、大南北の恐怖劇にも、馬琴、京伝の怪奇物語にも、泉目吉の生き人形にも、下っては場末の覗きカラクリの押絵看板にさえも、われわれはグロテスクの甘き郷愁を感じることができるであろう。

私は無学にして「グロテスク文学」とハッキリ名付けられるような作者なり作品なりが存在するかどうかを知らない。だが郷愁としてのグロテスクは、どの時代どの国の文学にも多かれ少なかれ含まれていたのではないか。近世の小説で云えば、エドガア・ポオの「ホップ・フロッグ」その他幾つかの作品、「プラーグの大学生」の作者エーヴェルスの諸作、スティヴンスンの「ジーキル博士とハイド」、詩人シエリ夫人の「フランケンシュタイン」、そしてマーク・トゥエンの怪奇と滑稽のある作品にすらもわれわれは多量のグロテスクを感じるのであるが、中にもドイツ浪漫派の巨匠アマディウス・ホフマンの「砂男」その他の怪奇作品は最もグロテスク文学の名にふさわしいものであろう。

それから私の愛するもう一人の作家を云えばイギリスのアーサー・マッケンである。この文明世界に古代ギリシャの悪魔が実在することを信じきっているかのごとき彼の数々の怪奇物語は「グロテスクへの郷愁」そのもののごとくに感じられる。

明治以後の日本文学では広津柳浪、泉鏡花氏のある作にグロテスクを感じ得るし、谷崎潤一郎氏の初期の作品や芥川龍之介の一、二の作からもその濃厚な匂いを嗅ぐことができる。しかし云うまでもなくこの人々をグロテスク作家と呼ぶことはできない。私はむしろ畑違いの洋画家村山槐多《かいた》を日本グロテスク派と名付けたいように思うのだ。「乞食と貴婦人」などという彼の怪奇な油絵もグロテスクの名に当らぬことはないが、私の意味は彼の文学である。遺稿「槐多の歌へる」には彼みずから探偵小説と呼んだところの三つの作品が収められているが、探偵小説というよりは怪奇の夢を描いたものであって、猫のように刺のある真赤な舌を持つ怪青年の物語は、今でも私の記憶に焼きついて離れはしない。その作品は未成品ながら、彼もグロテスクに甘い郷愁を感じた一人に相違ないのである。

日本現代の怪奇作家はほとんど例外なく探偵作家の名称に統一されているが、その中からグロテスクの郷愁を持つ優れた作者を拾い出してみるならば、横溝正史、妹尾アキ夫、渡辺啓助、葛山二郎、瀬下耽《たん》の諸氏がそれであろう。彼等はむろんグロテスクのみの作家ではない。しかしグロテスクの甘さと恐ろしさと滑稽味とを、やや体得している人々ではないかと思う。

# 人形

## 1

人間に恋はできなくとも、人形には恋ができる。人間はうつし世の影、人形こそ永遠の生物。という妙な考えが、昔から私の空想世界に巣食っている。バクのように夢ばかりたべて生きている時代はずれな人間にはふさわしいあこがれであろう。

逃避かもしれない。軽微なる死姦《しかん》、偶像姦の心理が混っていないとはいえぬ。だが、もっと別なものがあるように思われる。

ハニワがどんな役目を務めたか。美しい仏像達が、古来どれほど多くの人間を、有頂天な信仰に導いたか。ということを考えただけでも、人形の持つ、深い恐ろしい魔力を知ることができる。

私は古い寺院に詣でて、怪異な、あるいは美しい、仏像群の間をさまようのが好きである。そこでは私という人間が、何と空々しいたよりない存在に見えることであろう。あの仏像達こそ、生き物ではないかもしれぬが、少なくとも、われわれ人間に比べて、ずっとずっと本当のものであるという気がするのだ。

私は幼い時分、ことさら人形を愛玩した記憶はない。人形について初めてある関心を持ったのは、母からか祖母からか、おそらくは草双子ででも読んだのであろうか、ある怪異な物語を聞かされてからであった。

ある大家のお姫様の寝室で、夜ごとにボソボソと人の話し声がする。ふとそれを聞き付けた乳母が、怪しんで、唐紙《からかみ》の外から立ち聞きしているとも知らず、中の話し声はなんなんとして続くのだ。

相手は正しく若い男の声、ささやくのは恋の睦言《むつごと》である。いやそればかりではない。二人はどうやら一つしとねに枕を並べている気配だ。

乳母が翌朝、そのことを告げると、「マア、あの内気な姫が」と親御達の驚きは一方でない。どこの男か知らぬが、姫を盗む大それた奴、今夜こそ目にもの見せてくれると、父君はおっとり刀で、時刻を計って姫の寝室へ忍び寄り、耳をすますと、案の定男女の甘いささやき声。やにわに唐紙を開いて飛び込んでみると……

これはまあ、どうしたことだ。姫が枕を並べて、寝物語を交していたのは、生きた人間ではなくて、日頃姫の愛蔵する、紫の振袖なまめかしい、若衆姿の人形であった。人形のせりふは、恐らく姫みずからしゃべっていたのであろうが。私の祖母(?)は、「でもね、古い人形には、魂のこもるということがあるからね」と聞かせてくれた。

六、七歳の時分に聞いたこの怖い美しい話が、その後ずっと私の心にこびりついて、今でも忘れられぬ。私はかつて、「人でなしの恋」という小説を書いて、この幼時の夢を読者に語ったことがある。

話はとぶが、それにつけて、ごく最近、私を非常に喜ばせた人形実話がある。今のところ、それが私の人形について心を動かした最後のものだ。

## 2

その話は、当時新聞や雑誌にものったことだから、詳しくは書かぬが、昭和四年の暮、大井某という人が、蒲田の古道具屋で、古い等身大の女人形を買い求め、家へ帰ってその箱を開くと、生きたような美人人形の顔がニッコリ笑ったというので、大井某は発狂してしまった。

こわくなって、箱ごと荒川へ捨てると、水は流れているのに、人形の箱だけが、ぴったり止まったまま、少しも動かぬ。重なる怪異に胆を消した大井某の妻女は、又その箱を拾いあげて、付近の地蔵院という寺へ納めてしまった。

調べてみると、箱のフタに古風な筆跡で「小式部」と人形の名が書いてある。だんだん元の持主を探ったところが、三十年ほど前に、熊本のある士族から出たもので、その男は、この人形と二人きりで、孤独な生活を営んでいたが、人形の髪なども、手ずから、いろいろな形に結ってやったりするのを、近所の人が見かけた、ということまでわかった。

さらに人形の由来を聴くと、文化の頃、吉原の橋本楼に小式部太夫という遊女があった。同時に三人の武家に深く思われ、三人に義理を立てるために、人形師に頼んで、自分の姿を三体刻ませ、武家達に贈ったのだが、不思議なことには、人形のモデルになっている間に、当の小式部はだんだん体が衰え、最後の人形が出来上がると同時に、息を引き取ったというのだ。

この話を読んだ時、私はすぐさま、エドガア・ポオの「楕円形の肖像」という物語を思いだした。事実と小説の符合というものは、あるものだなと、つくづく感じたことである。この話は正しく偶像姦といってもよいのだが、熊本の武士が、孤独の住居で、唯一の相手の人形の髪を結ってやっている有様を想像すると、私は、ほほえましく、その武士の心持に同感できるような気がするのだ。

「今昔妖談集」という本に、これとよく似た話が出ている。「いつの頃よりか、京大阪の在番の歴々、もて遊びとすることとあり、大阪竹田山本の類の細工人の工夫にて、女の人形を人ほどにこしらえ（中略）ぜんまいからくりにて、手足を引きしめ自由に動くことと生ける人のごとし」菅谷という武士が、江戸の遊女「白梅」というものに似せて、この人形を造らせ、ある夜、その人形とたわむれている時「いかに白梅、そなたはわれをかあいく思い給うか」と尋ねてみると、人形口を動かして「いかにも、いとしゅうこそ」と答えた。

驚いた菅谷は、きつね、たぬきの業《ごう》ならんと、枕許《まくらもと》のわき差し取って「白梅」の人形を真二つにしてしまった。

これは京都の出来事だが、ちょうどそれと時を同じゅうして、江戸吉原の本物の白梅太夫は、初会の客に斬り殺されていた（初会の客のことゆえ、殺害の理由は少しもなかったのだ）。という話である。

## 3

人形は生きているのだ。モデルがあれば、そのモデルと魂を共有するのだ。丑《うし》のとき参りのワラ人形の迷信などが生れてくるのも、決して偶然ではない。

この種の事実談（？）は古い本の到るところに散見する。人間の女がでくのぼうと契《ちぎ》って子を産んだ話。子なき女が赤ン坊の人形を作って、乳をのませる話。江戸中期男色全盛の頃、寵愛《ちょうあい》する若衆に似せた、「若衆人形」を作らせて、愛玩した事実。面白い話が、非常に沢山あるようだ。

人形が生きていることに関連して、当然思い出すのは、文楽の人形である。あれも創始時代は、ひどく簡単なでくのぼうであったのが、だんだん、指を動かし、腹をふくらませ、目、眉を働かす仕掛けで出来たあとを尋ねるのは面白い。遣い手も、最初は幕の陰にかくれて、一人で遣ったのが、今では三人がかりの出遣いと進化した。

そして、とうとう、あの人形め生命を吹き込まれてしまったのだ。芝居がすんで、一間にとじこめられた人形どもが、夜など、ボソボソ、ボソボソ話し合っているのが聞えるというくらいだ。あの人形に比べては、生きた役者の方が、ニセ物に見えてくるのは恐ろしいことだ。私は文楽人形が、舞台で静止している時の、あのかすかな息遣いを見ると、ふと怖くなることがしばしばである。

「夜の楽屋に師直と判官の人形、よもすがら争いたることあり。うしみつ頃楽屋に入れば、必ず怪異を見るということ、さもあるべきにや。首は切りてタナに目を開き、腕はちぎれて血綿のくれないにそみ、怒れるあれば笑うあり、もとこれ人の霊を写せしところなり」などというのが、本当らしく思われてくる。

昔の人形師が、製作に一心をこめたことはよく聞くところだ。かさを冠《かぶ》った木彫り人形が、年を経て、かさの部分がこわれたあとを見るとその下に、ちゃんと額から上の部分が細かく彫刻してあった話。着物を着せて飾る人形の身体に、丹念に刺青《いれずみ》を彫刻しておいた人形師の話など、面白い。

そういうたん念な人形師が、現代でもないことはない。浅草の花やしきをぶらついていると、時々ギョッとして立ちすくむことがある。さりげなく庭の隅などに置いてある人形を、本当の人間と思い違え、笑いかけても、先方はいつまでも不気味な無表情を続けている。気違いめいた恐怖だ。

私は花やしきの人形に感心したものだから（あれはこの新聞に「一寸法師」を書いていた時分で、作中に入用があったからだと思う）、館の人に人形師を尋ねると、山本福松氏だと教えてくれた。その後私ははにかみ屋だものだから、友達に頼んで福松氏を訪ね、いろいろ話を聞いてもらったことがある。

## 4

だんだん需要が少なくなって、人形師も亡びて行ったが、それでもまだ東京に三軒（？）ほど人形師の家が残っている。子供の時分聞きなれた安本亀八の第何世かも、自分では手を下さぬが、弟子に仕事をやらせている。現に仕事をしている人では、山本福松氏が昔ながらのたん念な人形師らしく思われる。

幕末の泉目吉の無残人形は有名だ。

「本所回向院前に住居して人形師なり。この者ゆう霊生首等をつくるに妙を得たり。天保の初め造るところの物を両国に見せたり。その品には土左衛門、首縊り、獄門女の首をその髪にて木の枝に結びつけ、血のしたたりしさま、又亡者をおけに収めたるに、ふたの破れて半《なかば》あらわれたる、また人を裸にし、数ヵ所に傷をつけ、咽《のど》のあたりに刀を突立てたるまま、総身血にそみて目を閉じず、歯を切りたる云々」

月岡芳年の血みどろ絵と好一対をなす、江戸末期の無残ものだ。これに類する見世物が、私の少年時代、明治四十年前後には、まだちょいちょいあった。私の見たのは例の八幡《やわた》のやぶ不知（メーズ）と組合せた見世物だが、薄暗い竹やぶの迷路を、おっかなびっくり歩いて行くと、鉄道の踏切りの場面などがあって、今汽車に轢《ひ》き殺されたばかりの血みどろの、バラバラに離れた五体が、線路の上に転がっているのだ。いやらしく、不気味ながら、何と人をひきつける見世物であったか。私は二度も三度もそこへ入ったものだ。

で、現代の山本福松氏にそのことを話して、今でもそんな種類の人形を作ることがありますかと、尋ねてもらったところ、「今では、許されもしませんし、そういう好みはなくなったようです。しかしご注文とあれば作らぬこともありません」とのことであった。

私は「蜘蛛《くも》男」という続き物に、全《まった》く空想で人形工場を書いたことがある。福松氏はそれを読んでいて、「あれは私の家をモデルにしたのではありませんか」と尋ねた由《よし》だ。聞いてみると、私の空想は大して間違ってもいなかった様子である。

生き人形の首は、桐の木に細いシワの一本まで彫刻して、ご粉を塗り、磨きをかけるのだが、この生首《なまくび》が、福松氏の家の押入れという押入れに、充満している光景は、ゾッとするほど物すごいものだと、私の友達が話した。

生首の物すごさでは、しかし、蠟細工《ろうざいく》の工場のたなの方が、もっと恐しい。これも右の友達を煩《わずら》わして見聞したのだが、東京には五、六軒蠟人形の工場がある。ショーウインドウの人形、ドラッグの人形、衛生博覧会の人形、下っては、飲食店のガラス窓に並ぶ、ご馳走の見本まで、そこで製作している。

その工場へ行くと、出来そこないの、青ざめた、奇妙な蠟人形の首ばかりが、たなの上に山と積まれ、それが、生きた目でこちらをにらんでいる有様は、何ともいえぬ恐ろしい感じだという。

蠟細工は、原料の合わせ方に秘伝があるばかりで、製作はきわめて簡単だ。特別の場合を除いては、何でもモデルになるものに、直接石膏とか寒天とかをぶっかけて、型を取り、その内側へ薄く蠟を塗って行く。

人体の場合も同じことで、女なら女のモデルをつれて来て、その膚に直接石膏を塗りつける。その方が美術家に頼んで彫刻を使うよりも、簡単でもあり、真に迫ったものが出来るということだ。

蠟人形について、いろいろ面白い話がある。蠟細工は前にも述べた通り、ごく薄く出来、多少の弾力もあるので、これを用いて、舞台の上で、完全に二人一役を実演することができるという話も、その一つだ。

## 5

そっくり同じ顔の人物が同時に舞台に現れる。たとえば「マッカレーの双生児の復讐」のごときものは映画でしか演じ得ないことと思っていたが、蠟面によると、それが現実の舞台でやれるのだ。現に猿之助と花柳章太郎とが、これを舞台に用いて、ある程度の成功をおさめている。

その方法は、その俳優の顔へ石膏を塗り、デス・マスクを取るようにして、生仮面を作り、それを他の俳優が、スッポリ耳のうしろまで冠って、同時に舞台に現れるので、むろん口はきけぬゆえ、ただ全く同じ顔の男が、二人いるということを、見物に見せるにとどまるけれど、それでも、探偵劇などには、何と持って来いの道具ではあるまいか。

ちょっと信じられぬようなことだが、現に実際に用いた俳優もあるのだし、蠟人形というものが、どんなに本物そっくりに出来るかを考えてみたら合点がゆくと思う。

ボツボツ紙数がなくなって来たので、いそいで、もう一つだけ、蠟人形の話を書くと、ある蠟細工工場へ、一人の青年が訪ねて来た(多分青白い、内気な青年であったことだろう)。そしていうことには、モデルは写真があるのだが、等身大の女の全裸像を作ってほしい。顔も身体の格好もモデルそっくりに出来るのでしょうね。姿は、あお向けに寝ているところです。それで、一体いかほどで出来ましょうか。という質問だ。

工場の人がいくらほどですと答えると、(何でも二百円くらいの値段だったと思う)思ったよりも高価なので、青年はあきらめて、すごすご帰って行ったという事実談である。

いろいろな邪推の可能な、面白い話だ。いや、考え方によっては、ゾッとするほど、恐ろしい話だ。偶像姦だとか、血みどろ人形だとか、いやらしいことばかり書いたが、そういう いかもの物は別として、私は仏像からあやつり人形に至るまでの、あらゆる人形に、限りなきみ力を感じる。

もし資力があったなら、古来の名匠の刻んだ仏像や、古代人形や、お能面や、さては、現代の生き人形や、蠟人形などの群像と共に、一間にとじこもって、太陽の光をさけて、低い声で、彼等の住んでいるもう一つの世界について、しみじみと語ってみたいような気がするのだ。

# 瞬きする首

　今はもうすたれたかと思うが、縁日の見世物小屋などに、若い女の首だけが小さな台の上にチョコンと乗っかっていて、その首だけの娘さんが、瞬《まばた》きしたり、笑ったり、歌を歌ったりするという薄気味の悪い趣向があった。あれはむろん西洋奇術の応用であって、鏡を使ったり、台の形をいろいろにして、そんな小さな台の中へ人間の胴体が納まるわけがないという錯覚を起こさせるトリックなのだが、例によってそういう変てこなものに異常の愛著を持つ私は、これを西洋伝来のイカモノとして珍重していた。ところが近頃になって「瞬きする首」の趣向は必ずしも西洋伝来でないことを知って、ちょっと驚かされ、日本人はアッサリしているようでいて、その実はなかなかの怪奇趣味者であることを、今さら感じたのである。私はごたぶんに漏れぬ元禄時代讃美の徒であって、当時の京大阪の風俗流行には、いろいろな意味で魅力を感じている中にも、初期歌舞伎劇の優婉《ゆうえん》怪奇の世界には魂を奪われるほどに思うのだが、その元禄劇の舞台に、ジゴマ、ファントマ以後の現代のわれわれの怪奇イカモノ趣味が、ふんだんに演ぜられていたということは、演劇史に暗かった私には、少なからぬ驚きでもあり喜びでもあった。

昔の怪奇といえば、支那《しな》伝来の怨霊《おんりょう》の類か、でなければ天狗、猫化け、妖狐の類かと思うと、そうではない。そういうものもむろん多分にあるけれど、そのほかに、もっと近代的な、いわば西洋イカモノめいた一種異様の思いつきが、至るところに使われている。「瞬きする首」の趣向もその一つで、たとえば元禄初期に京都で上演された富永平兵衛作の「丹波与作手綱帯」の狂言本によると、愛妾お菊が悪者のために斬られ、その首の斬り口から子供が生れるという怪異があり、さらに斬られた首が長押《なげし》の上に乗って、たちまち目を開くよと見ると、地上の胴体に飛び移りそのまま首は胴につながって、今出産した嬰児を抱いたまま行方《ゆくえ》知らず失せにけりという、何ともこたえられない場面がある。挿絵を見ると、お菊の首が長押の上にチョコンと乗っかっていて「おきくがくび、めをあき、どうへつぐ」と書き入れがしてある。このずば抜けた思いつきを、一体どのようにして演じたものか、まるでダンテ魔術団ではないか。

また元禄六年大阪で演じられた「仏母摩耶山開帳」には、もっと奇術的なものがある。正玄という家老が斬り殺されたといって、その息子達のところへ家来が首を持参する。息子の一人はイザ仇討ちにと行きかかるのを、今一人の息子が押し止どめ、「待て待てこれ兵庫。まずこの首をまことの死首と思わるるか。総じて死首には五つの見所あり、右眼左眼天眼地眼仏眼とてこの五つあり。しかるにこの首はろくろ暖かに額に脈あって息の通う事不思議なり。……正しくこれは床板を切り抜き、器物の中に親父首をつん出しておらるる。これ親父早く出られ」と首を捕えて引出せば、床板を首に入れほうほう這《は》い出し云々という場面で、結局息子達を叛逆《はんぎゃく》の味方に引入れるための手段として、こんなばかばかしい狂言を仕組んだとわかるのであるが、絵を見ると、正玄という老人が、首に首枷《くびかせ》のような板をはめて舞台の切穴の下へ胴体を隠し、首枷の板と舞台の板間とが同じ平面になるようにして、見物の眼を欺《あざむ》く仕掛けになっている。ちょっと見たのでは作りものの生首が板の上に乗っかっているとしか思えないのだ。「瞬きする首」はほんの一例に過ぎないので、元禄歌舞伎にはこういう種類のケレンというか、カラクリというか、今の言葉でいえばグロテスクな分子が非常に多く、男が女に変装して、それがまた男に変装するというような「裏の裏」を行く探偵小説的なドンデン返し等は、まるでそれが定法ででもあるようにほとんどすべての狂言に使われているし、(娘だと思っていい寄るとその実は若衆であったり、若衆と見て口説きかかると反対に娘であったり)「日本月蓋長者」という狂言には、われわれがジゴマやルパン物によって教えられた飾りものの鎧《よろい》の中に身を隠して、目の前の会話を盗み聞く趣向がちゃんと用いられているし、「閏《うるう》正月吉書始」では、鎧どころか、床の間に飾った大大根の中へ人間が隠れて盗み聞きをする。そのほか、水中奇術を応用した「水からくり」、空中飛行の「中からくり」とケレンというケレン、トリックというトリックが滅茶苦茶に使用されている。これは一つは当時盛んであった人形あやつりの影響でもあろうけれど、太平に退屈しきった元禄人のイカモノ好みでもあったに違いない。むろんこれらの趣向は後の時代の舞台にもたびたび使われているけれど、元禄時代ほど陶酔的ではない。人間が利口になってしまったものと見える。

怪奇イカモノの意味からだけでも元禄の昔は懐かしく思われる。

# お化人形

半年ぶりで大阪、神戸、名古屋と回って来ました。用事といえば大阪放送局から招かれたのですが、その方はまあきっかけみたいなもので、主に横溝正史さんと神戸の元町をぶらついたりなんかしたわけです。

ところがお話は、神戸名産お化人形なのですが、ご承知の方もおありでしょう。二、三寸の小さな木製人形で、全身真黒に塗りつぶして、目と口だけが、まるで南洋の土人のように、目は白くむき出し、口は赤くパックリと開いている、可憐なる小悪魔なんですよ。なぜお化人形だかというと、その小さなものに簡単なカラクリ仕掛けがついていて、ハンドルを回すと、黒法師がギャッと耳まで口をあいて、西瓜《すいか》をかじったり、黒達磨の目玉が、一寸ほども、ニョイと延びたり、何とも可愛っちゃないのです。

こいつが、何だか神戸を表しているような気がするのですね。というのは、そのおもちゃの趣味が日本と支那のあいのいの子という感じを持っているばかりでなく、神戸の町そのものが、どうやら、お化人形にみちみちているらしいのです。そのお化人形の一種に、チャンコロをのせたリキシャマンがあるのですが、神戸の町には、東京や大阪などとは比べものにならないほど、このリキシャマンが多い。そいつが東京趣味の異国人をのっけて、ハイハイと走っている。どうもお化人形の趣味ですよ。

それに神戸の町は、全体が大して広くもないのに、いやに秘密がかっていて、隅々を覗き回ると、途方もない、まあお化人形ですね、それがウヨウヨしているような感じを与えます。だからいやだというのではありません。むしろ、それゆえにこそ、私は神戸が好きなんですけれど。

お化といえば、元町通りには、何匹お化が目をむいていることでしょう。深夜そこを通りますと、ポンビキなんて変なお化は別として、屋根の上にね、「ホイ」と声を出して、思わず立ち止まるような、怪物の目玉が、ギラギラ光っているのですよ。

それが何だといいますと、商家の看板なのです。妙にチンチクリンな青銅の弁慶が太い鉄棒をふり上げて、往来を睨みつけていたり、われわれの二倍もあるような大黒様が、ニヤニヤ笑いながら、屋上にしつらえた硝子《ガラス》箱の中に、立ち上がっていたり（大黒様の微笑はよく見ていると、実に凄いものですよ）、そうかと思うと、幽霊のような木彫りの裸女が、まるで展覧会の彫刻室の台の上にのるように、これは商家の屋根の上に、ヒョロリと立っていたりするのです。数えて見ると、あの五、六町の元町通りに、そんなのが十近くもあったでしょうか。これは東京や大阪ではちょっと見られない景色です。もっとも昼間では、そんなでもないのでしょうが、夜更けて人通りが途絶えてからあすこを歩くと、ほんとうに異様な感じがします。ヒョイヒョイと、まるで生ある者のように、怪物どもが現れるのですからね。

今度の旅で一番深い印象はこの元町の屋根の上の怪物どもでした。今でも何だか目に見えるようです。

元町には、もう一つ、横溝さんの『サンデー毎日』の「飾窓の中の恋人」のモデルになった美人人形があったのです。何という店でしたか、呉服屋なんですが、そこのショーウインドウに四人ばかり、浴衣《ゆかた》姿の生人形がいて、その中の一人が、横溝さんにある種の感銘を与え、あの小説を書くきっかけを作ったわけなのです。もっともその生人形を盗み出したなんて事実は、跡形もないことですけれど。

それから、まだお化人形の続きなんですが、大阪で、春日野緑、大野木繁太郎、渡辺均、深江彦一の諸兄にご馳走になったその前でしたかに、ちょっと文楽《ぶんらく》を覗きますと、何とすてきなことには「四谷怪談」をやっていたのです。例の「髪すき」ですね。そこでお岩の人形が、片目が大きくなって顔がはれ上がって、そして、耳までさけた三日月形の真赤な口をパクリとひらいたわけなんです。その感じが、神戸名産お化人形そっくり。どうも今度は妙にお化に縁がありました。

帰りには例によって名古屋の小酒井さんへご機嫌伺いにお寄りしました。本田緒生《おせい》さんはご商売の手が抜けず、潮山長三さんと三人で、鳥屋をご馳走になり、それから、もう夜の十時頃でしたが、国枝史郎さんのところへ押しかけました。国枝さんでもさらにご馳走にあずかり、そこへ名古屋新聞の稲川さんも来合わせて、大いに話がはずみ、お暇したのは一時を過ぎておりました。しかし、国枝さんでは宵の内との事で、それならと安心した次第です。

ちょうどお約束の五枚になりましたから、これで擱筆しなければなりますまいが、これを要するに、今度の関西旅行では、神戸名産お化人形が一番強い印象だったような気がするのであります。

# レンズ嗜好症

中学一年生のころだったと思う。憂鬱症みたいな病気に罹《かか》って、二階の一間にとじこもっていた。憂鬱症は日光を恐れるものだから、家人に気がねしながら、窓の雨戸を閉めたままにして、暗い中で天体のことなど考えていた。そのころ父の書棚の中に、通俗天文学の本があって、私はそれによって宇宙の広さを知り、地球の小ささを知り、自分という生物の虫けら同然であることを感じて、憂鬱症の原因はそういうところからもきていたのだが、中学生としての勉強など無意味になってしまって、天体のことばかり考えていた。むろん肉眼で見えない太陽系の向うの天体のことである。

そんなふうにボンヤリしていて、ふと気がつくと、障子の紙に雨戸の節穴から外の景色が映っていた。茂った木の枝が青々として、その葉の一枚一枚までが、非常に小さくクッキリと映っていた。屋根の瓦《かわら》も肉眼で見るのとは違った鮮やかな色だったし、その屋根と木の葉の下に（そこに映っている景色はさかさまなのだから）広がっている空の色の美しさはすばらしかった。パノラマ館の背景のような絵の具の青さの中を、可愛らしい白い雲が、虫の這《は》うように動いていた。

私は永い間、その微小な倒影を楽しんだあとで、立って行って障子を開いた。景色は障子の紙の動くにつれて移動し、半分になり、三分の一になり、そして消え失せてしまった。景色を映していた節穴は、今度は乳色をした一本の棒となって、暗い部屋を斜めに切り、畳の上に白熱の一点を投げた。

私はその光の棒をじっと眺めていた。乳白色に見えるのは、そこに無数のほこりが浮動しているためであることがわかった。ほこりって綺麗なものだった。よく見るとそれぞれに虹のような光輝を持っていた。一本の産毛のようなほこりはルビーの赤さで輝き、あるほこりは晴れた空の深い青さを持ち、あるほこりは孔雀《くじやく》の羽根の紫色であった。

そのころ私の父は特許弁理士をやっていて、細かい機械などを見るために、事務室には大きなレンズが転がっていた。直径三寸ほどもある厚ぼったいレンズが、ちょうどその時、私の二階の部屋に持って来てあったので、私は何気なくそれを取って、節穴から光の棒に当てて見た。そして、焦点を作って紙を焼いたりして、子供らしいいたずらをしていたが、ふと気がつくと、天井板に何か薄ぼんやりした、べら棒に巨大なものが、モヤモヤと動いていた。お化けみたいなものであった。私は幻覚だと思った。神経が狂い出したのではないかとギョッとしないではいられなかった。

しかし、よく検《しら》べてみると何でもないことなのだ。畳の一点が節穴の光線に丸く光っている、その光の真上にレンズが偶然水平になったために、畳の目が数百倍に拡大されて天井に映ったのだ。

畳表の藺《いぐさ》の一本一本が、天井板一枚ほどの太さで、総体に黄色く、まだ青味の残っている部分までハッキリと、恐ろしい夢のように、阿片《あへん》喫煙者の夢のように写し出されていたのだ。

レンズのいたずらとわかっても私には妙に怖い感じだった。そんなものを怖がるというのは、多くの人にはおかしく感じられるかもしれない。だが、私は真実怖かったのだ。

その時以来、私の物の考え方が変ってしまったほどの驚きであった。大事件であった。

これは少しも誇張ではない。私はあのものの姿を数十倍に映して見せる凹面鏡の前に立つ勇気がない。いつも凹面鏡に出くわすと、ワアッと、いって逃げ出すのだ。同じ感じで、顕微鏡をのぞくのにも、少しばかり勇気を出さなければならない。レンズの魔術というものが、他人に想像できないほど、私には怖く感じられるのだ。そして怖いからこそ人一倍それに驚き、興味を持つわけである。

その以前にも、望遠鏡とか、写真機とか、幻灯機械などが好きで、よく弄《もてあそ》んではいたのだけれど、レンズというものの恐怖と魅力とを身にしみて感じたのは、その時が初めてであった。三十年に近い昔の出来事をまざまざと記憶しているゆえんである。

それから今日まで、レンズへの恐れと興味は少しも減じていない。少年時代にはいろいろとレンズの遊戯を楽しんだし、小説を書くようになっては、そういう経験に基いて「鏡地獄」その他レンズに縁のある小説を幾つも書いた。自分の子供が大きくなって、小学上級生になると、子供よりはむしろ親の方が乗り気になって、天体望遠鏡を買ってやったり、それでもって地上の景色を眺め暮したり、子供と一緒になって小型映画の器機でいろいろな実験をしたりして喜んでいるのである。

つい二、三ヵ月以前、何新聞であったか、東京の大新聞の一つが、アメリカで天体望遠鏡の二百インチレンズが半ば出来上がったことを、ニュースとして大きく報道したことがあったが、私はあの新聞編集者に敬意を表している。戦争や外交や株の記事ばかりがニュースではない。二百インチのレンズというものは、宇宙を何倍にも拡げてくれるのだ。人類の視覚が俄然として広くなるのだ。どうしても見えなかったものが、見え出すのだ。人類全体が、盲目が目明きになるほどの大事件だ。その重大性は戦争などの比ではない。

ウィルソン山の百インチ望遠鏡でさえも、どれだけわれわれに新しい宇宙を見せてくれたかわからない。われわれの宇宙観というものが一変したといっても過言ではなかった。それが今度は二百インチなのだ。十何畳敷もあるべら棒に大きなレンズなのだ。こいつが備えつけられた時には、どんなものがわれわれの視野に入って来ることであろう。そして、宇宙観が、物理学が、哲学が一つのレンズのためにどれほどの影響を受けることであろう。あれが完成するのは三年後だとかいうことであるが、直接それがのぞけなくても、のぞいた学者達の話を聞くためだけにでも、私はそれまで生きていたいと思っている。

# 旅順海戦館

稲垣足穂《いながきたるほ》氏が、何かの雑誌に、旅順《りよじゅん》海戦館という見世物の真似事をして遊んだ話を書いている。あれを読んで私は非常に懐かしい気がした。私もその旅順海戦館に感嘆した子供の一人であったし、それればかりか、やっぱりその真似事をやったことがあるのだ。知己《ちき》に出会った感じだった。

私の見たのは明治四十何年だったか、名古屋に博覧会が開かれた時、その余興の一つとして興行された旅順海戦館であった。キネオラマ応用とかで、当時としてはかなり大仕掛けのものだった。幕が開くと、舞台一面の大海原だ。一文字の水平線、上には青空、下には紺碧《こんぺき》の水、それがノタリノタリと波うっている。ピリピリと笛が鳴り、一とわたり兵士の説明が済むと、舞台の一方から東郷艦隊が、旗艦三笠を先頭に、勇ましく波を蹴《け》って進んで来る。ひるがえる旭日旗《きよくじつき》、モクモクと立ち昇る黒煙、パノラマ風の舞台で、おもちゃの軍艦が、見ているうちにさも本物らしく感じられる。

やがて、反対の方から、敵の艦隊が現れる。そして、初めは徐々に、次には烈しく、砲戦が開始せられる。耳を聾《ろう》する砲声、海面を覆う白煙、水煙、敵艦の火災、沈没。

それが済むと夜戦の光景となる。月が出る。今いうキネオラマとかの作用で、月の表を雲が通り過ぎる。船には舷灯《げんとう》がつく、灯台が光る。それが水に映って、キラキラと波うつ、大砲が発射されるたびに赤い一文字の火花が見える。船火事の美事さ。

ただそれだけの見世物だけれど、私達はどんなにチャームされたことか。それを見た翌日、私と私のもっとも仲好しであった友達とは、さっそく、私の部屋へその真似事を作る仕事に取りかかったものである。それは四畳半の離れ座敷であったが、そこの半分を黒い布で仕切って、そのまん中に、何十分の一縮小の旅順海戦館をしつらえたのだ。縮小といってもかなり大がかりで、黒い布でふちどった額縁《がくぶち》の大きさが、横一間、縦四尺はあった。幅の狭い波布が数十本、前は低くうしろほどだんだんに高く張り渡され、その隙間を敵味方の軍艦が動くのだ。おもちゃの軍艦に柄をつけて、波の下から手で動かす。舷灯は線香、煙は煙草、砲声はおもちゃのピストル、月は懐中電灯、船火事はアルコールをしませた綿。

出来上がると、近所の小さい子供等を集めて、見物させた。黒布のうしろから、私の友達の得意のせりふが響くのだ。小さい子供達がどんなに喝采《かっさい》したことか。私という男はなんとまあ今でも、こんなおもちゃなら拵えて見たい気がするのだ。

そうした癖は、考えてみると、私の生れながらのものであったのかもしれない。もっとずっと小さい時分から、それに似た遊びを好んでやったものである。一例を上げるならば「朝日」煙草二十個入りの空箱を貰って、それの一方に小さな穴をあけ、中にはボール紙の廻り舞台をしつらえ、芝居で云うなら大道具に相当する紙細工を立て、糸でつった紙人形を、その前でコトリコトリと動かして、声色《こわいろ》を使い、いわば、ダーク人形のまねごとをする。それを覗きからくりのように、自分より小さい子供に、前の穴から覗かせて、得意になっていたものだ。

その二、三寸の舞台が又、なかなか凝ったもので、大道具にはドアもあれば窓もついていて、そのドアがひらいて、舞台裏から紙人形が登場する。窓の向こうには遠見の書き割りがあって、その前を首だけ見せた人形が通り過ぎる。マッチ箱ぐらいの紙の箱が舞台の中ほどに置いてあって、糸のあやつりで、蓋があくと、中から舌切り雀の化物どもが、ろくろ首をのばしたりする。そして、チョンと木が入ると、ギーと舞台が回るのだ。

宇野浩二氏の小説には、おそらくそれは浩二氏自身のことなんだろうが、押入れの中で幻灯を映して楽しんでいる子供の話がある。私もやっぱりそれだった。当時影絵芝居というものがあって、それが又何とも魅力に富んだ興行物だった。舞台の前方に布《きれ》を張り、そのうしろに幻灯器械を何台もすえつけて、黒い所に白く人の形などを書き、それに着色した絵を映す。からくり仕掛けで、人が化物に早変りしたり、あるいは手を動かしたり、足を動かしたりする。一人の人物なり品物なりに一台の幻灯器械を使い、その筒口を動かして幕の上の人物を歩かせる。むろん声色鳴物入りだ。映す芝居は、南北といった味のもので、凄いのや血なまぐさいものが多かった。声色が又ずいぶん特徴のあるもので、多くはお爺さんの声色使いが、バスの声で、言葉尻を一層バスの声にしながら、どうでもいいといった、なげやりな調子で、安達ヶ原の鬼婆が子供を食う時の声色なんかをやるのだ。まっ暗な客席、黒い幕、そこへ映るあくどい色彩の夢の中の花のように印象的な人影、Uの字なりに裾の曲った幽霊、頭でっかちのお化、一つ目小僧、ろくろ首、その魅力がどんなに強烈なものであったか。私はそれを私自身の小さな幻灯器械で、真似してみようと思ったのである。二つの器械に、自分で描いたからくりつきのガラス絵をはめて、カタリカタリと動かしながら、お爺さんのバスを真似た声色で、「この赤ん坊は、あぶら気が足りぬわいな」なんて、独りで楽しんでいたものだ。

さて、それにつけても、思い出すのは、あのパノラマという見世物である。ガスタンクに似て、突然空高くそびえたあの建物の外形からして、まず子供の好奇心をそそらないではおかぬ。狭い入り口、トンネルのようにまっ暗な細道、それを出抜けると、パッと開ける眼界、そして、そこには今まで見ていたのとはまるで違う別個の宇宙が、空から地平線までちゃんと実物どおりに存在しているのだ。何というすばらしいトリックだ。私は最近何かの本で、パノラマ発明者の苦心談を読んだが、彼は、丸く囲んだ建物の中に、彼が思うがままの別の宇宙を作ってみたいという考えから、あの発明を企てた由であるが、世界を二重にするという彼の計画は実に面白い。丸い背景だからそこに描かれた地平線には端《はし》がない。空は見物席の天蓋《てんがい》にさえぎられて、その上方から、日光そのままの光がさしているのだから、やっぱり無辺際に高く感じられる。小さな輪の中にいて、広い実在世界と同じ幻覚《げんかく》を起こす。その小天地の外側に、もう一つのほんとうの世界があるのだ。現実化されたお伽噺である。少なくとも発明者の国の原作パノラマは、そんな感じを与え得たに相違ない。

そして、やはり少年時代の思い出として、もう一つ浮かぶのは例の幽霊屋敷、八幡の藪知らずである。私は影絵芝居を見、パノラマを見たそのおなじ町の中の広っぱで、この八幡の藪知らずをも見た。それら三つのものは、つながって私の記憶に浮かぶのだ。藪知らずについては、本号の編集者横溝君が、かつてこの雑誌に書いた事がある。彼もさすがに探偵趣味家である。神戸の町に開かれたその興行物を人波におされながら見物した由である。私は惜しいことに子供の時分だけで、その後つい見る機会を得なかったけれど、藪知らずで今も私の印象に残っているのは、酒呑童子《しゅてんどうじ》のいけにえか何かの若い女が赤い腰まき一枚で立っている姿。案内人が見物の顔色を見ながらその腰まきをヒョイとまくると、内部に精巧な細工がほどこしてある。子供心に驚嘆したものである。後に至って人形の歴史みたいなものを知るに及んで、昔元禄時代かに流行した浮世人形なるものは、皆やっぱりこの仕掛けがしてあって、広く愛玩されたということがわかった。

もう一つは、汽車の踏切りの轢死《れきし》の実況を現したもので、二本の鉄路、藪畳、夜、そこにバラバラにひきちぎられた、首、胴体、手足が、切り口からまっ赤な血のりを、おびただしく流して、芋か大根のように転がっているのだ。そのはき気を催すような、あまりにも強烈な刺激は、今に至っても心の底にこびりついている。谷崎潤一郎氏「恐怖時代」を形で現したといっていい。そのことを横溝君に話したところ、同君は大いに感激して、探偵小説にそういった味を採り入れるのは面白かろうと、さっそく「踏切り何とか」という一小説を物した由である。まだ発表されていないけれど、定めし面白いものに相違なく、発表の日を待っている、という。その味は、つまるところ大南北の凄味と一脈相通ずるものであろう。

さて、この一文、旅順海戦館はどこへ行ったのだ。そして又探偵小説とはどういう関係があるのだ。とひらきなおられると、いささか閉口である。稲垣氏の旅順海戦館から、ふと思い出して書き始めたのが、いつかこんなものになってしまった。読者諒焉《りょうせよ》。

# こわいもの（一）

「マンジュウがこわい」という落語があるが、その中の会話に、人間は自分のエナ（胎児が包まれていた胞衣、胎盤）を埋めた土の上を、最初に通ったものが、一生こわいのだという、昔からの云い伝えが出て来る。私の子供のじぶんには、この云い伝えが、まだ世間に生きていて、私の家庭でも、祖母などがよく口にした。お産のときのエナを土に埋めることも、地方によっては、現実に行われていた。

私のエナの上を最初に通ったのは、虫のクモであったらしい。私の父のそれも、やはりクモであったらしい。

父が子供の私に、あるとき、こんなことを話した。父の少年時代の出来事である。藩の重役であった祖父につれられて、小さなカミシモを着て、殿様にお目通りをしたという。明治二三年のころの話だ。武家屋敷の自宅の古い大きな部屋の、黒ずんだ壁に、一匹の巨大なクモが這っていいた。少年の父は、ただ一人その部屋を通りかかって、壁の上の巨大な怪物を見つけ、ギョッとして立ちすくんだ。しかし、武士の子だから、こわくても逃げ出しはしなかった。どこからか一本の鎗を持って来て、鞘をはずし、ヤッとばかり、壁の怪物の、丸くふくれあがった臀部を、刺し貫いたという。

黒い血が流れたか、赤い血が流れたか、父はそこまでは話さなかった。

クモの胴体だけが、茶呑み茶碗ほどもあったという。私の国は暖国だから、今でもそれに近い大きさのクモが、古い家にはいるだろうと思う。その巨大なクモが、父の鎗に刺されて、壁に縫いつけられたまま、苦悶の形相ものすごく、二つの大きな白い目で、グッと父の方を睨んだという。

父はその晩、熱を出した。それ以来、どんな小さなクモでも、ゾッとするほど、こわくなったというのである。私の祖母は、父のエナの上を最初に這ったのは、クモにちがいない。もしそれが蛇だったら、蛇がおなじようにこわくなるのだと解説した。

父のクモ恐怖症は、中年になっても治らなかった。畳の上を小さなクモが這っていると、自分では始末ができないで家人に殺させるか、捨てさせるかしたものである。父の四十歳前後の話だが、母や家のものは、父のクモぎらいは知っていても、自分たちはそれほどこわくないので、つい忘れて、とんだしくじりをしたことがある。

その頃、針金をこまかく螺旋に巻いて足にした、径二寸ほどの、タコとかクモだとかの、おもちゃが流行した。竹に糸をつけてその糸の先に赤いタコや、黒いクモが括りつけてあり、竹を釣竿のように持って、ヒョイヒョイと動かすと、螺旋針金の八本の足が、ブルンブルンとふるえてまるで生きているように見えるのだ。

私の幼い弟に、誰かが、そのクモのおもちゃをくれた。弟はそれを持って、朝早く、まだ寝ている父の枕もとへ行き、自慢らしく、それを父の顔の上にさし出してブルンブルンとふるわせて見せたのである。

ねぼけまなこの父は、それを本物の巨大なクモだと思った。黒い怪物が天井からクモの糸で、顔の真上にさがって来たのだと思った。

父は叫び声を立てて、寝床からとびおきた。そして母を呼びつけ、おそろしい形相で叱りつけた。まっ青な顔をして、ふるえていたという。この時も、やっぱり熱を出して二三日寝こんだと思う。

私はこの遺伝を受けていた。祖母に云わせれば私のエナの上を、最初にクモが這ったのである。そのころ、私の家に古い和本の大和名所図会があった。その見開きの大きな挿絵に化けグモ退治の図があった。甲冑に身をかためた武士が、空に大きな巣を張って、頭上からおそいかかって来る、人間よりも大きい化けグモに刀を抜いて斬りかかっている絵があった。

幼年の私は、祖母の説明を聞きながら、この名所図会を見るのが好きだったが、化けグモのところだけは、とばして見ることにしていた。こわいもの見たさに、そそられもしたが、見ればゾーッとする。その本の中に、その絵があると思うと、本そのものさえ、ぶきみであった。

# こわいもの（二）

前回には、青年時代私が虫のクモを怖がったのは父からの遺伝だということを書いた。クモのどこがこわいかというと、足の多いのがいやなのである。足をやぐらのように立ててあるく、臀のふくらんだクモもこわいが、壁の上を、壁と同じ色で、かすみのようにヘラヘラと、非常な速度で逃げる平グモも、おそろしかった。また庭の木の枝に巣を張って、八本の足を二本ずつ、ピッタリと合せて四本しか足のないような顔をして、空中にじっとしている、ケバケバしい極彩色の女郎グモも、いやらしかった。あの四本になった足の形がなんだか笑っている人間の表情に似ていてじつに気味がわるかった。

タコもイヤに足が多いけれど、ああいうグニャグニャしたのは、こわくなかった。足に節があって、ガサガサと、すばやく動くあの感じがおそろしかった。だから、エビ、カニの類は、やっぱりいやなのである。といって、ムカデやゲジゲジのように足が多くなると、こわいことはこわいけれども、クモほどではない。さらにそれが進んで、蛇のようにのたくるやつは、私はもう殆んどこわくなかった。蛇には却って一種の魅力を覚えるほどであった。

少年時代、クモとおなじぐらい、こわかったのはコオロギだった。黒いエンマコオロギではなく、それより大きくて、胴体にも足にも、茶色の縞があって、あと足が長くて、ピョンピョンと飛んで逃げる、あのコオロギなのだ。

私の一番こわい夢は、このコオロギの夢であった。何度も同じ夢を見るので、夜寝るのがおそろしかった。

そのころ私の家の庭は、いわゆる「坪の内」で、建物と塀とで四角に区切られた、狭い庭であったが、夢で、私はこの庭に降り立っていた。

空は昼でもなく、夜でもなく、夢にしかない、陰気な色をしていた。その空から、何かおそろしい速度で、私の真上に落ちて来るものがあったが、近づくにしたがって、一匹のコオロギとわかった。豆つぶほどのコオロギが、見る見る、大きくなり、アッと思うまに、それが四角な庭の空一杯の大きさになって、私の頭の上に、のしかかって来た。

女の帯ほどの巾の茶色の縞が、そいつのからだ一杯に並んでいた。下から見えるのは、そのコオロギの腹部であった。一番いやらしい腹部であった。

コオロギの足は、たしか六本だったと思うが、私にはもっと多く感じられた。その足が腹部の中心から生えて四方にひろがっている。腹部の足のつけ根のところは、茶色が薄くなって、異様に白っぽくなっていた。その薄白い足が、一ヵ所から、グジャグジャと四方に出ている部分が、私には形容も出来ないほど、おそろしいのだ。

その戦慄すべき部分が、実物の何十倍に拡大されて、私の頭上に迫って来たのである。夢の常として、私は金しばりにあったように、全く身動きができなかった。私の頬に、あのぶきみな足を八方にのばした、巨大なコオロギの腹部が、モヤモヤと蠢きながら、触れようとした。今でも、そのいやらしい腹部で、おしつぶされそうになった。そこで、私は絶叫して目をさますのである。すると、家中が寝しずまっていて、私の目の前には、ただ闇がはっきりあるばかりであった。

あの可愛らしいコオロギが、どうしてそんなにおそろしいのか、誰にも分らないだろうと思う。しかし、私の少年時代の夢をふりかえって見て、何がおそろしいと云って、あれほどおそろしかったものは、ないのである。

クモもコオロギも、今ではそれほどこわくはない。自分で紙でつまんで捨てることが出来る。しかし、こういう風に、少年時のこわいものが、次々と消えて行ったことを私は残念に思っている。

私はお化けがこわかった。夜墓場を歩くのがこわかった。ところが、青年時代、まだクモのこわさは衰えないのに、墓場のこわさは消えてしまった。友達は、深夜、広い墓場を通るのは、やっぱりこわいと云ったが、私は残念ながら少しもこわくなかった。そして、十年ほど前から、クモさえあまりこわくなくなってしまった。少年的なこわいものを、殆んど失ってしまった。

大人になると、人くさくなって、少年の肌を失うが、それと同じように、こわいものがなくなるのは、少年の鋭敏な情緒を失うことで、私には少しもありがたくないのである。もっとこわがりたい。何でもない人の笑うようなものに、もっとこわがりたい。

# 妖　虫

少年時代、うららかな春を楽しんだ事があったようだ。しかし今は春を知らぬ。自然を愛しない私は、春に接する機会に乏しいからであろう。

私は春という季節が悩ましいほど若くもなく、春の暖かさが待ち遠しいほど年寄りでもない。いつの期間にも孤独なる暗闇の部屋にいて、幻《まぼろし》を追うか、浮世の事に悩まされているものだから、春も秋も、私の部屋の雨戸の外を、素通りして行くばかりだ。

記憶をたどってみると、私は春があまり好きではなかった。好きではないというよりも恐ろしかった。

私は生れてから、無心の子供の時代は別として、みずから発意して花見に出かけたことは二、三度しかない。自然の桜花よりも、ガラスのかけらの万華鏡《まんげきょう》を、万華鏡よりも、目をつむって、暗いまぶた中の宇宙に、物の怪《け》のように浮んでは消えて行く、あのギラギラとした五色の花を愛するからである。

そのたった二度か三度の花見の記憶は、今でも私をいやあな気持にする。その時、私は友達と二人で、上野であったか、飛鳥山であったか、それとも荒川堤であったか、空一面に咲き乱れた桜の下を歩いていた。花よりもおびただしい人間が、酔いしれて狂い回り、空中にお酒の匂いが満ちていた。

お酒の飲めない、飲んでも酔えない私は、酔い乱れた人間どもが、非常に不思議な、人間ではないもののように見えた。花が酔わせたのか、酒が酔わせたのか、いずれにもせよ、空恐ろしく、ただ事ではないような気がした。

おびただしい群衆は誰も頭の上の花を見ていなかった。本当に唯の一人も、上を見ているものはなかった。なぜだろう。花は何か、人に見られてはならぬような、恐ろしい悪企みを企らんでいたからであろうか。そして、人の目を上に向かせぬ魔法でも使っていたからであろうか。

事実、私が目を上げようとした時、私のまぶたは、何かにさまたげられる感じで、妙に重かったけれど、無理にそれを上げて見た。空は煙のような満開の花で厚い天井を作っていた。白っぽい小さな花びらが、ウジャウジャとかたまって、青空を覆い隠していた。

私はそれをじっと見つめているうちに、だんだん変な気持になって行った。自然を愛する人達は蝶や蛾《が》を美しいというけれど、私はあれらの、全身毛むくじゃらの、ゾッとするほど鮮明な斑紋のある生き物を、恐ろしく思うのだが、今桜の花を見ていると、それと同じ恐ろしさに襲われ始めたのだ。

桜の雲は、無数の白い蝶が、羽根を重ねて、活人画みたいに、じっと身動きもしないでいるのではないかと思われた。又、木の枝から、千万の蜂の巣が、空を隠してぶら下がっているようにも見えた。その巣の中には、魔術使いの無数の白い蜂が身を潜めて、下界の人間どもをこのように狂い踊らせているのに違いなかった。

お酒は、目に見えぬ虫どもがウジャウジャと蠢いて醸成する。それと同じように、春は満天の虫どもによって醸し出されるのだ。そして、その虫の妖術が、人間を物狂わしく酔わせるのだ。花見の人々の狂態は、決してお酒ばかりのせいではない。花そのものの魔術なのだ。

その日は風がなかったので、花びらは少しも動かなかった。彼等はじっと息を潜めて、人間どもの血管の内部にまで、その不可思議な力を及ぼしていたのだ。

私は気が違いそうになって「帰ろうよ」と友達を促した。友達も変な顔をして私に同意した。それ以来、私は花見というものをしたことがない。

その後一度だけ、心にもなく吉野の花を見たことがある。谷を隔てて、向うの山の青葉の中に、ゾッとするほど巨大な斑紋をなしている桜を見たことがある。東京の花とは趣きが違っていたけれど、やっぱり妖術の美しさだ。女子供が楽しみ眺める美しさでは決してなかった。全山を春の妖虫が蝕んで、何町四方という巨大な腫れ物が出来ている。その気違いめいた美しさ恐ろしさのほかのものではなかった。春という言葉によって、私の心にまず浮んだものは、枯れ枝に群がり下る千万の妖虫どもの——というのは、つまり桜の花の満開のことだが——物狂わしき恐ろしさ、いやらしさであった。

# ある恐怖

恐怖もやはり進化するもののようである。昔の恐怖はもはやわれわれに通用しない。幽霊だとか化け物だとかを探偵小説に取り入れても、一向迫真性の出ないのはそのためだ。少なくとも科学的探偵小説の幽霊怪物は、結局、作り事だったという落ちのほかないので、そうきまっていては面白くもなんともない。

近頃流行《はや》るのは白昼の恐怖である。昼日中雑沓《ざっとう》の巷《ちまた》で、ふと感じる、あの恐怖である。ひいては心理的恐怖が流行する。錯誤の恐怖などそれだ。ルヴェルの作品の多くはこの心理的恐怖を取り扱っている。しかし、肉体的危険に対する恐怖、死の恐怖、血の恐怖などは永遠性がある。これは昔と変らない。医学的探偵小説の歓迎される所以《ゆえん》である。幻想の恐怖、夢の恐怖もわれわれに通用する。ド・クインシイは阿片《あへん》喫煙者の恐怖を生み出した。ひいては狂気の恐怖というものもあり得る。

その他さまざまの近代的恐怖がある。が、それを洩れなく列挙するのが私の目的ではない。私は、右に上げたものとはまた味の違う、私にとってはもっとも魅力ある数個の恐怖について書いてみようと思うのだ。

沙漠旅行者の恐怖——といっても、人畜を埋めてしまう沙漠のあらしや、「水の恐怖」を指すのではない。磁石《じしやく》を持たないで曇天つづきの沙漠を旅行する人の恐怖だ。見渡す限り何の目標もない。彼はただ自分の足を、あるいはラクダの足を信用して、目的の方角だと思う方へ進んで行くほかはない。ところが人畜の足は、右と左と歩幅がキッチリ同じだとはきまっていない。大抵は微少な差があるものだ。この歩幅の差が、一町や二町では現れて来ないけれど、何里という道を歩く内には、彼は歩幅の狭い方の足を内側にして、大きな円を描いて進んでいるような結果を持ち来す。一日で一周するか二日で一周するか、それはその人の両足の歩幅の差の大小によるがともかくも、彼は広い沙漠の中で、永久に円を描いて歩きつづけなければならない。竹藪もなにもない、目をさえぎるもののない「八幡の藪知らず」だ。

暗室の錯覚――ポオの「ザ・ピット・アンド・ザ・ペンデュラム」の恐怖だ。まっ暗な地下室へおし込められたとする。それは四角の壁と床のほかにはドアも何もない部屋だ。押し込められた男は、そこが部屋だか何だかまるで知らないのだ。彼はまず手探りで壁に達する。それから壁を伝わって歩き出す。一つの曲り角へ来る。さらに歩く。二つ目の角へ来る。また歩く。そうして四つ目の角に達する。それで彼は部屋を一周したわけだ。しかし暗闇の彼にはそれがわからない。彼は続けて歩く。どこかに出口がないかとあくまで手探りをやめない。そして第五の角に来る。これはすでに一度通った第一の角だけれど、彼にはそうとは思えない。そして、第六、第七、第八と、彼は永久に歩きつづける。第八の角へ来た時、彼はこの部屋は八角の部屋だなと思う。第十六の角へ来た時、彼は十六角の部屋だと思う。そして、歩くにしたがって角が増し、部屋の広さも増す。ついには、無限に広い、無限の角を持った多角形の部屋が想像される。

私は最近信濃の善光寺に詣でて、これと似た錯覚を経験した。善光寺の本堂の地下に、「戒壇巡り」と称する暗道がある。信者に云わせると大変やかましい物だ。一つの入り口から地下にはいって、又そこへ戻って来るのだ。道は両側に壁があって、迷うことはない。中へはいると真の闇だ。私はあんな暗さを経験したことがない。本当に何も見えない。触感があるだけだ。右の手で壁を触りながら進む。壁のところどころに太い柱が出ていて、そこで右の方へ曲り角度がついている。その柱が幾本もある。われわれは四本の柱を過ぎると、それで一周したような錯覚を起こす。それが幾本もあるものだから、幾周もしたような気持になる。暗道は、蝸牛《かたつむり》の殻《から》のように、渦を巻いて中心に向って進んでいるような感じがする。パッと明るくなって、もとの入り口へ出ると、非常に変な気持だ。あれでたった一周したきりなのかと驚ろかされる。その時私は、ポオの上述の作品を思い出して、しばらく暗中の錯覚について友達と語り合ったことである。

底無し沼——私は確か涙香訳の「山と水」という小説で、この恐怖を味わった。どこまで行っても柔らかい泥ばかりで、よほど深くはいらぬと底に達しないような、いわゆる底無し沼というものがある。おそらく日本にだってあるだろう。これを表面から見ると、普通の土地の泥濘と少しも変りがないので、人は誤ってそこへ踏み込んでもさほど驚かない。もがけば足を抜くことができると思っているところが、そこには底というものがないのだ。彼は騒げば騒ぐほど、少しずつ少しずつ沈んで行く。膝から腰の辺《あたり》までも沈むと、彼は初めて死の恐怖に打たれる。答えるもののない死にもの狂いの努力が始まる。青ざめた額に雨のような汗がしたたれる。そして腹、胸、頸と彼の身体は泥中に没して行く。その時彼はどんな叫び声を発することであるか。一つの木切れでも、一本の藁《わら》でも、彼は真剣になって摑もうとするのだ。何という恐ろしいことだ。やがて彼の全身は、沼の表面から姿を消して、ネバネバした無限の泥の中を、同じ速度で、遅々として沈んで行く。どこまでもどこまでも沈んで行く。

その他、書けばいろいろの恐怖がある。活動写真を見ている時の不可思議な戦慄もその一つだ。電話やラジオの声を聞いている時の異様な悪寒《おかん》もその一つだ。だが最後に、以上の何物にもまして恐ろしいのは、おそらく人間というものではないだろうか。すなわち私達が自分自身の内側を覗いた時の、深き深き恐怖ではないだろうか。私は世の中に何が恐いといって、私自身ほど恐いものはないような気がする。その卑近な一例は読者諸君、自分の顔を鏡に映して、じっと見つめてご覧なさい。諸君はそこにあるおのれの影に、ある深い恐怖を感じはしないでしょうか。

# 映画の恐怖

私は活動写真を見ていると恐ろしくなります。あれは阿片《あへん》喫煙者の夢です。一吋《インチ》のフィルムから、劇場一杯の巨人が生れ出して、それが、泣き、笑い、怒り、そして恋をします。スイフトの描いた巨人国の幻《まぼろし》が、まざまざと私達の眼前に展開するのです。

スクリーンに充満した、私のそれに比べては、千倍もある大きな顔が、私の方を見てニヤリと笑います。あれがもし、自分自身の顔であったなら！　映画俳優というものは、よくも発狂しないでいられたものです。あなたは、自分の顔を凹面鏡に写して見たことがありますか。赤子《あかご》のように滑《なめ》らかなあなたの顔が、凹面鏡の面では、まるで望遠鏡でのぞいた月世界の表面のように、でこぼこに、物凄く変っているでしょう。鱗《うろこ》のような皮膚、洞穴《ほらあな》のような毛穴、凹面鏡は怖いと思います。映画俳優というものは絶えずこの凹面鏡を覗《のぞ》いていなければなりません。本当に発狂しないのが不思議です。

活動写真の技師は、暗い部屋の中で、たった一人で、映画の試写をする場合があるに相違ありません。そこには音楽もなく、説明もなく、見物もいないのです。カタカタカタという映写機の把手《ハンドル》の軋《きし》りと、自分自身の鼻息のほかには何の音もないのです。彼はスクリーンの巨人達とさし向かいです。大写しの顔が、ため息をつけば、それが聞えるかもしれません。哄笑《こうしょう》すれば、雷のような笑い声が響くかもしれません。私達が、見物席の一番前列に坐って、スクリーンと自分の眼との距離が、一間《いっけん》とは隔たぬ所から、映画を見ていますと、これに似た恐怖を感じることがあります。それは多く、しばらく弁士の説明が切れて、音楽も伴奏をやめている時です。私達は時として、巨人達の息づかいを聞き分けることができます。

映写中に、機械の故障で、突然フィルムの回転が止まることがあります。今までスクリーンの上に生きていた巨人達が、ハッと化石します。瞬間に死滅します。生きた人間が突如人形に変ってしまうのです。私は活動写真を見物していて、それに遭うと、いきなり席から立って逃げ出したいようなショックを感じます。生物が突然死物に変るというのは、かなり恐ろしいことです。

はなはだ現実的な事を云うようですが、この恐怖には、もう一つの理由があります。それはフィルムが非常に燃えやすい物質で出来ている点です。そうして回転が止まっている間に、レンズの焦点から火を発して、フィルム全体が燃え上がり、劇場の大火を醸《かも》した例はしばしば聞くところです。私は、スクリーンの上で、巨人達が化石すると、すぐにこの劇場の大火を連想します。そして妙な戦慄《せんりつ》を覚えるのです。

「あなたには、こんな経験はないでしょうか」

私は、いつか、場末の汚い活動小屋で、古い映画を見ていたことがあります。そのフィルムはもう何十回となく機械にかかって、どの場面も、どの場面も、まるで大雨でも降っているように傷ついていました。多分時間をつなぐためだったのでしょう。それを、眼が痛くなるほど、おそく回しているのです。画面の巨人達は、まるで毒ガスに酔わされでもしたように、ノロノロと動いていました。ふと、その動きが少しずつ、少しずつのろくなって行くような気がしたかと思うと、何かにぶっつかったように、いきなり回転が止まってしまいました。顔だけ大写しになった女が、今笑い出そうとするその刹那《せつな》に化石してしまったのです。

それを見ると、私の心臓は、ある予感のために、烈《はげ》しく波打ち始めました。早く、早く、電気を消さなければ、ソラ、今にあいつが燃え出すぞ、と思う間に、女の顔の唇のところにポッツリと、黒い点が浮き出しました。そして、見る見る、ちょうど夕立雲のように、それが拡がって行くのです。一尺ほども燃え拡がった時分に、初めて赤い焔《ほのお》が映り始めました。巨大な女の唇が、血のように燃えるのです。彼女が笑う代りに、焔が唇を開いて、ソラ、彼女は今、不思議な嘲笑《ちょうしょう》を始めたではありませんか。唇を嘗《な》め尽した焔は、鼻から眼へとますます燃え拡がって行きます。元のフィルムでは、ほんの一分か二分の焼け焦げに過ぎないのでしょうけれど、それがスクリーンには、直径一丈もある、大きな焔の環になって映るのです。劇場全体が猛火に包まれたようにさえ感じられるのです。

スクリーンの上で、映画の燃え出すのを見るほど、物凄いものはありません。それは、ただ焔の恐怖のみではないのです。色彩のない、光と影の映画の表面に、ポッツリと赤いものが現れ、それが人の姿を蝕《むしば》んで行く、一種異様の凄味《すごみ》です。

あなたは又、高速度撮影の映画に、一種の凄味を感じませんか。

われわれとは全く時間の違う世界、現実では絶対に見ることのできぬ不思議です。あすこでは、空気が水銀のように重く見えます。人間や動物は、その重い空気をかき分けて、やっとのことで蠢《うごめ》いています。えたいの知れぬ凄さです。

私はある時、こんな写真を見たこともあります。

スクリーンの上半分には、どす黒い水がよどんでいます。下半分には、えたいの知れぬ海草が、まっ黒にもつれ合っています。ちょうど無数の蛇《へび》がお互いに身をすり合わせて、鎌首《かまくび》をもたげてでもいるような、海底の写真なのです。それが、いつまでもいつまでも何の変化もなく映っています。見物達が退屈しきってしまうほども。と、海草の間から、フワリと黒いものが浮き上がって来ます。やっぱり海草の一種らしく見えるものです。何であろうと思っていますと、その黒いフワフワしたものの下から、ポッカリと白いものが現れて、それが、矢のように前方に突進して来ます。ハッと思って見直すと、もうそこには、画面一杯に女の顔が映っているのです。藻《も》のようにかみの毛を振り乱した、まっぱだかの女の顔が、それから、彼女はいろいろに身をもがいて、溺死者《できししゃ》の舞踏を始めます。

水中の人間を、同じ水の中から見る物凄さは、海水浴などでよく経験します。そして、それは高速度撮影の映画から受ける、不思議な感じと似た味わいを持っています。

これも場末の活動小屋で発見した、一つの恐怖です。小屋の入り口で、お客に一つずつ、紙の枠に、右には赤、左には青のセルロイドを張りつけた、簡単な眼鏡を渡します。何のゆえともわからずに、私はそれを受け取って小屋の中へはいります。見ると正面の舞台には

「飛び出し写真」という文字を書いた、大きな立看板が立ててあります。なるほど、実体鏡の理窟で、映画に奥行きをつける仕掛けだなと、独《ひと》り合点をして、それでも、その飛び出し写真の番を待ちかねます。

やがていよいよそれが映り始めます。ただ見ると、赤と青とのゴッチャになった、何とも形容のできない（それゆえちょっと凄くも感じられる）、画面ですが、木戸で渡された色眼鏡を通して見ますと、それがちゃんと整った奥行きのある形になるのです。ここまでは至極《しごく》あたり前のことで、何の変哲もありません。が、さて映画の進むにつれて、実に不可思議な現象が起こり始めるのです。

写真はすべて簡単なもので、画面に人間とか動物とかが現れて、それがズーッと見物の方へ近付いて来るとか、何か手に持った品物を前方へつき出すとか、ほんのちょっとした動作を、幾場面も撮したものに過ぎません。たとえば一人の男が現れて、非常に長い木の棒を見物の方へそろそろと突き出します。ある程度までは、その棒は画面の中で延びています。たとい奥行きがついても画面の中で奥行きがついているに過ぎません（ここまでは普通の実体鏡と同じことです）。ところが、ある程度を越すと、棒の先端が画面を離れて、少しずつ少しずつ見物席の方へはみ出して来ます。そして、前の方の見物達の頭の上を通り越して、空中を進みます。まるでお伽噺《とぎばなし》の魔法の杖《つえ》のように、どこまでもどこまでも延びて来ます。私はあまりの恐ろしさに、思わず眼鏡を脱《はず》します。するとそこには、やっぱりゴチャゴチャした赤と青との画面が、無意味に動いているばかりです。

また、眼鏡をかけますと、棒の先端はもう眼の前二、三寸のところまで迫っています。それでもまだ少しずつ少しずつ延びているのです。そして、二寸、一寸、五分と迫って来て、ハッと思う間に、その棒の先が、グサッと私の目につきささります。

同じようにして、恐ろしいけものが、私に向かって突進して来たり、スクリーンから吹き出すホースの水が私の眼鏡をぬらしたり、もっと恐ろしいのは、一つの髑髏《どくろ》が、まっくらな空中を漂って来て、私の額にぶつかったりします。むろんそれらは皆一種の錯覚に過ぎないのですけれど、色眼鏡を通して見た、妙に陰鬱《いんうつ》な世界で、こんな不思議に接しますと、ちょうど、醒めようともがきながら、どうしても醒めることのできない、恐ろしい悪夢でも見ているようで、その映画が終った時、私の腋の下には、冷たい汗が一杯にじんでいたほども、変な恐怖を感じたものです。

これはよくあることですが、映画のあと先が傷つくのを防ぐために、不用なネガチブ（光と影とが正反対になっている）のフィルムが継ぎ合わせてある、それがどうかした拍子に、スクリーンへ現れることがあります。たとえば一つの映画劇が、おきまりのハッピイ・エンドで終るとします。見物達は多少とも興奮状態におります。そして、いよいよこれでおしまいだ。さて拍手を送ろうとしている彼等の前に、ふと不思議なものが映ります。それは、劇の筋とは全然関係のない、しかもネガチブの景色や人物などです。

一番恐ろしいのは、それが人物の大写しである場合です。そこには白い着物を着た白髪頭の、大仏のような姿が蠢いています。むろん顔はまっ黒です。そして、目と唇と鼻の穴だけ、白くうつろになっているのが、その人物を、まるで人間とは違ったものに見せます。あれに出っくわすと、私は、突然映画の回転が止まった時と同様の、あるいはそれ以上の恐怖を感じます。活動写真というものは、何と不思議な生き物を創造することでしょう。

映画の恐怖。活動写真の発明者は、計らずも、現代に一つの新しい戦慄を、作り出したと云えないでしょうか。

# 声の恐怖

影というものを、人間から切り離して考えるのと同じように、声というものを、抽象的に、それの発する源を別にして考えることは、かなり恐ろしいと思う。カンカンと日の照りつけた白昼銀座のペーヴメントかなんかを、黒い影だけがヘラヘラと歩いていたら、ずいぶん怖い。同様に、見渡す限り人影の見えぬ、野原かなんかを歩いていて、どこからともなく、囁《ささや》き声で、「モシモシ」なんて呼ばれたら、そして、いくら見廻しても人の姿がなかったら、こんな恐ろしいことはあるまい。

私は子供の時、母親からよく谺《こだま》の話を聞かされて怖がったものである。まだ実物を知らなかっただけに、一層変な感じがした。山の中で、「オーイ」と呼ぶと、まず一番大きな谺が「オーイ」と答える。それを聞いて二番目に大きな谺が少し小さい声で「オーイ」と応じる。そして第三、第四、第五と無数の、だんだんに小さな谺が、ウワー、ウワーとそれをくり返して、しまいに消えてしまう。私は谺という生き物がいるのだと信じていた。姿のない生き物という感じが、無性に怖いのであった。

幻聴というものが、声の恐怖の最も大きな題目かもしれない。幽霊は多くの場合幻視なのだが、幻聴の幽霊も往々《おうおう》にしてある。つまり、声だけのお化けなのだ。ポオの散文詩に「影」というのがあって、そこへ出て来る幽霊は、異常に大きな影と不気味な声とからできている。この世の二つの恐怖である影と声を組合せたところは、さすがにポオだと思う。その声の書き表し方が又、実にすばらしいのだ。

「そして、私達七人の者は、おじ恐れてたちまち飛び上がり、顔青ざめて、ぶるぶる顫《ふる》えながら立ちつくした。なぜというに、その影の声の調子は、ただ一人のそれでもなく、又群集のそれでもなく、一ことごとに調子が変り、沢山のなくなった友人達の、聞き覚えある音調となって、私達の耳に物凄く落ちて来たのである」

心理学の実験に、透明体凝視と貝殻聴聞という、互いに似通った変てこなものがある。前者は、西洋のうらないなどに利用されたが、水晶の球とかガラス球とかを、じっと見つめていると、その中へ、思うことが現れて来るというのだ。透明な球というものは、何となく神秘的で、潜在意識を呼び出すのに、最も好都合なのであろう。後者は海辺に落ちている貝殻を拾って耳に当てると、共鳴の理窟で波の音などが貝の中から聞えて来るような気がする。それをじっと続けていると、やっぱり一種の幻聴に相違ないのだが、意味のある言葉が聞え出すというのだ。心理学的に解釈のつくことだけれど、妙に怪談めいて、怖い感じがする。

幻聴というものは、軽微な神経衰弱によって、聞くことができる。耳鳴りが一種の幻聴だしそれが嵩《こう》じて言葉をなしたものでも、私は時々聞くことがある。汽笛《きてき》のような耳鳴りから、少し進むと、蜂《はち》のうなり声のようなものになり、さらに進むと、それが意味を持って来る。現実ではとても不可能なほどの恐ろしい早口で、「早く、早く、早く」とか、そうかと思うと、極度にのろい調子で、「ばかばかしい、ばかばかしい、……」とか、一つ言葉をくり返す。それがもう一歩進むと、本当の幻聴、つまり声の幽霊になるのかと思われる。

腹語法というものがある。日本では八人芸と云っている。口をとじて、鼻の穴から物を云う、一種の芸で、奇術師によくこの法を修得したものがある。やり方によっては、術者から遠く隔ったところで声がするような感じを与えることができる。劇場の天井裏から、変な言葉が響いて来たりすると、ちょっと凄いものだ。それの反対に、声の恐怖というではないが、例の読唇術なども、秘密曝露《ばくろ》の意味で、探偵小説的な凄味がある。

文明の利器というものは、多く変な凄味を伴うものである。科学に対する好奇心は一部分その凄味から来ていないかと思う。たとえば望遠鏡、顕微鏡。あれを覗く時、私はある戦慄を感じないではいられぬ。活動写真もそれである。映画の恐怖は谷崎潤一郎氏が「人面疽《にんめんそ》」に巧みに描いている。声に関するものでは、蓄音器、電話、ラジオ等がある。エジソンが蓄音器を発明した時、それをひそかに客間に備えつけて、友達にいたずらした話がある。誰もいない部屋で、突然人の声がする。友達は機械とは知らぬので、非常に驚いたということだ。人間から切り離された声の恐怖である。

電話というものも、考えて見れば、変に凄いところがある。声が切り離されているからだ。外国の探偵小説にはよく電話が使われている。中でも面白いと思ったのは、ある部屋で人が殺されている。探偵がそこへ駈けつけた時には、すでに明らかに死んでしまっているのに、その死人が妙な声を出すのだ。それがいかにも凄い感じで、シューシューというように響く。幽霊じみた凄さだ。ところが、よくよく検《しら》べてみると、被害者が苦しまぎれに、電話で警察を呼んだまま息が絶えたので、受話器がはずれている。そこへ相手の方から「一体どうしたのだ」と、騒がしく聞いて来る声が、送話口からシューシューという響きで、洩れていたことがわかる。ちょっと凄味が出ていた。

ラジオも同様に怖い感じがある。空中を一杯に、幾十万里にわたって、声が飛んでいる凄さだ。放送のない時、レシーバーを耳に当てて、じっと聞いていると、妙な感じがする。突然電車のスパークかなんかで、ビュウ……というような音が聞えたりする。そんな調子で、放送局以外のいたずら者が、とんでもない時分に、とんでもない放送をやり出しでもしたら、きっと気違いめいた凄さがあるに相違ない。

ラジオで思い出すのは、アメリカの都会などでは、放送のために雨量が変ったという話を聞くが、それに関連して、どこかの高山の頂上には、「高声にて話すべからず」という立て札が立ててあるそうである。なぜかと聞くと、そこで声を立てると、空気の加減で、山の麓《ふもと》へ雨が降るというのだ。一口噺《ばなし》めいているけれど、本当だとするといかにも凄い話である。

つまらない事を並べ立てたが、紙数もつきたようだから、このくらいにしておく、これを要するに声というやつは、たびたび云う通り、それだけ切り離すと、ちょっと凄味のあるものである。

# 墓場の秘密

あなたは死の不可思議について考えられたことがあるでしょうか。どこまでを生《せい》といい、どこまでを死というか、この、世にも恐るべき疑問について少しでも考えてみられたことがあるでしょうか。

古来多くの医家によって、このことはしばしば論議せられました。しかもそれは、今日に至るまで解決を見ないでいるというではありませんか。それらの医家は、死の徴候《ちょうこう》といわれているものがいかに曖昧《あいまい》な、たよりないものであるかを、多くの実例によって立証しております。

あなたは葬儀の最中に、棺桶の中でうめき声を発した死人の話を聞かれたことがありますか。私などは、縁者のものの実話としてそれを聞いたことがあります。あらゆる死の徴候を示し、医師も死と断定したものが、今や埋葬せんとする間際に甦《よみがえ》ったのです。これは何という戦慄すべき事柄でありましょう。もしすでに埋葬したあとで、このことが起こったとしたらどうでしょう。彼は果して棺桶を破り土を掘って、この世に出て来ることができたでしょうか。身体を動かすこともできない暗闇の箱の中で、刻々に迫る空気の欠乏に、衰えた手足をもがきながら、狂い死にに死んでしまうようなことはなかったでしょうか。

ある人は、死が確定されて後、解剖台の上で、一たちメスを当てられた時、突如《とつじょ》として甦りました。しかもその時にはすでに、メスによって新しき致命傷を与えられていたのです。これは何という痛ましい事実でありましょう。

彼の肉体は明らかに死の徴候を示し、周囲の人々は彼の死をいたみ埋葬の準備に着手している時、彼自身の心はまだ死なないでいて、意思を表示するすべもなく、その騒ぎを傍観していなければならないとしたら、その苦しみはどれほどでありましょう。そして、棺に納められ、読経《どきょう》の声を聞き、今や地下深く埋められようとする時、あるいは火葬の竈《かま》に入れられようとする時の心持、想像するだに身の毛がよだつではありませんか。これは事実あり得ることなのです。多くの蘇生者の経験談によりますと、彼等は皆、肉体こそ静止の状態にあっても、心は絶えず働いていたといいます。数時間水底に沈んでいて、明らかに溺死した人が、その間一瞬間といえども意識を失わなかったという実例を聞いたこともあります。

ところで、お話は「墓場の秘密」なのですが、以上の実例から類推しますと、墓場の中で人知れず蘇生し、そこから抜け出すほどの力もなく、また人知れず死んで行った人の数は、意外に多いかもしれないのです。埋葬ののち時を経て墓場を発掘して見たならば、その骨は納棺した時の姿勢と、まるで違った、苦悶《くもん》の様を現しているかもしれません。骸骨《がいこつ》の姿勢になって死者の一度甦ったことを推察するなんて、これほど痛ましいことがありましょうか。

エドガア・ポオは「早過ぎた埋葬」という小説の中で、この種の戦慄を生々《なまなま》しく描き出しています。それは様々の実例に充ちた医書にもまして、恐怖すべき記述であります。あなたがもし、すでにあの小説をお読みになっているならば、私の饒舌《じょうぜつ》はむしろ蛇足《だそく》でありましょう。でも、しかし、ここに一つポオが、まだ説き及ばなかった、世にも恐るべき「墓場の秘密」があります。もしあなたの神経が許すならば、それを今お話し致しましょうか。

一八〇〇年代フランスにあった事実です。妊娠中の一婦人が死亡し埋葬されましたが、しばらくして、ある事情からその墓場を発掘しなければならないことが起こりました。そして、墓を開き棺の蓋《ふた》を取った時、そこには見るも恐ろしき光景が展開されていたのです。

　婦人の唇は彼女自身の歯によってズタズタに噛みくだかれ、顔中がドス黒い血に染まり、握りしめた両の手、踏み拡げた両の足は、堪えがたき苦悶を現していました。なぜなれば彼女はさほどの苦しみを味わわねばならなかったのでしょう。それは、あなたもすでに想像なすったとおり、彼女は棺中に目覚め、目覚めると共に産気づいたのです。そして暗闇の土中に一児を分娩したのです。生れたばかりの嬰児《えいじ》の死体が、汚物にまみれてそこにころがっていたのです。

　ああ、あなたはあまりの気味悪さに顔をそむけていらっしゃいますね。ごもっともです。ごもっともです。しかし、これはいかに気味悪くとも、一応考えてみてもいい事柄ではないでしょうか。華やかに見える人生の隅っこには、どんなにみじめな事実が存在しているかを。そこが秘密というものの不気味さでしょう。

　埋葬後の分娩ということは決して右の一例にとどまらないのです。ハルトマン、ケンプナアなどの著書には、この種の実例が一、二ならず散見《さんけん》するのであります。土中に甦るというだけでもう充分に悲惨です。その上、いき苦しき暗闇の中で産みの苦しみをもがき、そして、生れた子供の泣き声を聞いた時の母親の心持は、まあ何という地獄でありましょう。頑丈《がんじょう》な棺桶は、女の細腕にどう押し破ることができましょう。泣けばとて叫べばとて、その声が土の上まで届くはずはありません。母親は、束の間の命を忘れて、その闇の世界で、泣きわめく愛子《いとしご》を抱きしめ頬ずりをし、その小さな口に、彼女の凋《しな》びた乳房を含ませはしなかったでしょうか。

共同墓地などを歩いていて、私はよく思うことです。あの何気なく押し黙った石塔の下には、人生の苦闘を逃れて安らかな眠りについたはずの人々が、実はこの世のいかなる苦しみにもました大苦悶にもがいているのではなかろうかと。耳をすませば、それらの死人どものうめき声が聞えて来るような気がします。まさか今の世に、生るべき嬰児を過って母体と共に葬るような事柄はないでしょうが、それでも、上記の実例などを聞きますと、墓地の底から、母親の苦悶の声や、嬰児の甲高い泣き声などが、まざまざと聞えるような感じさえするのです。

「墓地の秘密」についてはまだいろいろお話したいこともあるのですが、書いている私自身も少し気持が悪くなって来ましたし、それに指定の枚数も尽きたことですから、これで擱筆《かくひつ》致します。心ないことを書き記し、ご気分が悪くなったかもしれませんね。

# 「幽霊塔」の思い出

　私は子供の頃、先ず巌谷小波《さざなみ》山人の世界お伽噺《とぎばなし》に夢中になり、次に押川春浪《しゅんろう》の冒険小説に夢中になり、その次に黒岩涙香《るいこう》の翻訳小説に夢中になった。子供といっても涙香を読みはじめたのは、もう中学に入る頃、明治四十年前後であった。

　その頃はまだ貸本屋というものが盛んに営業していて、私の住んでいた名古屋市にも、方々に大きな貸本屋があった。近年のような古本屋の営業ではなく、専門の貸本業、店構えも普通の本屋とは全く違っていた。その頃貸本屋の棚の人気者は涙香と村上浪六で、この二人の著者はどこの貸本屋でも揃えていたものである。私は住居から程遠からぬ一軒の貸本屋へ日参して、涙香ものを読み猟り、一年ほどの間に涙香の全作品を読んでしまった。

その中で何が一番面白かったかと思い出して見ると、やはり大物の「巌窟王《がんくつおう》」と「噫無《ああ》情」が、最も感動的であった。そのほかでは「幽霊塔」「白髪鬼」「怪の物」「執念」（数多いボアゴベイものの内、「執念」だけは特別の怖さを持っている）などの恐怖の要素の多いもの、「山と水」「破天荒《はてんこう》」「人外境《じんがいきょう》」などの異境もの科学ものが面白く、「野の花」などの人情ものや、「人耶《ひとか》鬼耶《おにか》」などの探偵ものは、前に挙げた諸作ほどの面白さは感じなかった。人情ものでは、私はずっと後に出た「島の娘」が一番面白く、探偵ものではやはり「死美人」であろう。後に出た科学もの「八十万年後の世界」なども私の好きなものの一つである。大物の内「鉄仮面」は世評ほどには好きでない。そういうわけで、私の採点では「幽霊塔」は第三位ぐらいなのだが、しかし怖さを標準にすれば「幽霊塔」が第一位になる。

私は「幽霊塔」には特別の思い出がある。中学一年生の時だったと思う。母方の祖母が熱《あた》海《み》温泉に湯治《とうじ》に行っていて、夏休みに遊びにこないかと誘われたので、名古屋から出かけて行って、一月ばかり熱海で暮したことがある。夏の熱海行きはおかしいけれども、祖母はずっと滞在していたのだし、海水浴も出来るからというわけであった。当時は無論東海道線は熱海を通らず、国府津《こうづ》で乗りかえ、それから確か小田原まで普通の支線、小田原から熱海まではおもちゃのような軽便《けいべん》鉄道というものに乗らなければならなかった。煙突《えんとつ》のヌーッと伸びた小人島の汽車で、途中で動かなくなると、客が皆降りてあと押しをするという誠に風雅を極めた代物《しろもの》であった。

熱海温泉そのものも、今に比べればまるで田舎《いなか》の淋しい町で、そこの余り上等でない宿屋へ着くと、湯に入ったり、海水浴をしたり、写真を写し廻ったりして日を暮したが、宿で寝そべっている時には、たいてい小説本を読んでいた。熱海にも貸本屋が数軒あったので、そこから借りて読んだが、その時初めて「幽霊塔」に接したのである。(名古屋の貸本屋へ日参しはじめてから、まだそれ程日がたっていなかったのであろう)それは菊判の三冊本で明治三十四年の出版(「万朝報《まんちょうほう》」に連載したのは三十二年から三十三年にかけて)だから、私は出版後六七年たって読んだわけである。後年、涙香ものは初版で全部揃えたので、その中に当時読んだ型の三冊本の「幽霊塔」もあるが、これには菊判二頁余りの大きさの横に長い和紙の折込の口絵がついていて、永洗《えいせん》筆の着色画が、数度刷りの木版で印刷してある。一枚一枚手刷りにしたもので、裏を見るとバレンのあとが残っている。今のオフセット印刷に比べて遥かに雅味《がみ》の深いものがある。(しかし私はこんな風に綺麗《きれい》にならない前の、明治二十年代の涙香物の木版挿絵に一層興味を覚える。あの素朴な異国趣味は挿絵史上またなき一時代であろう)

その「幽霊塔」第一冊、即ち前編の口絵は、夏子がお紺《こん》婆さんに噛みつかれた手首をおさえて、現場から逃げようとしている所で、髪ふり乱した洋装美人のハンカチでおさえた手首から、タラタラと鮮血《せんけつ》が流れている。第二冊即ち後編の口絵は、ポール・レペル先生が夏子の蠟面を道九郎に見せている所、永洗の絵には大して凄味《すごみ》はないのだが、それでも、土気色《つちけいろ》の美女の蠟面には異様な恐ろしさがあり、十四五歳の私はこの絵を見ただけで、何とも云えない鬼気を感じ、堪え難きばかりの魅力を覚えたのである。第三冊、即ち続編の口絵は、時計塔の地下室で道九郎と夏子が宝物の箱を調べている所。これなど今見れば何でもない絵であるが、当時はこの絵さえも異様に物凄く感じたものである。

私は海水浴など忘れてしまって、昼も夜もぶっ続けて読み耽った。文字通り巻をおく能わずであった。熱海温泉の生活は夢で、「幽霊塔」の方が真実の世界だという錯覚に陥り、物語の中にはいり込んでしまっていた。

時計塔そのものの妖気、秀子のお能の面のように整いすぎた顔、長手袋の妙な装飾、アア何という強烈なサスペンスであったことか。壁の中から突き出される毒剣、池から引上げられた首無し死体、壁そのものがユラユラ動くように見える蜘蛛《くも》屋敷の怪異、壁に貼った美人画の目だけが生きている気味悪さ。時計塔の大緑鉄板の不可思議、「鐘鳴緑揺《しょうなりりょくうごく》、微光閃煌《びこうせんこう》」

実にたまらない魅力であった。そしてポール・レペル先生の人間改造術、あの穴蔵の中の蠟仮面保管室の場面が、この物語の数々の激情の頂点となっていた。

私は真夏の宿に寝そべって、二日間というもの「幽霊塔」の世界に没入し、怪奇と恐怖の天国に遊び、涙香の小説はどうしてこうも面白いのかと、あきれ果てた程であった。その夏の熱海行きは、私にとって初めての長旅であり、汽車も、富士山も、軽便鉄道も、海も、千人風呂も、宿屋暮しも、悉く珍らしくないものは無かったのだが、しかし、不思議なことに、熱海旅行の印象として最も強く残ったのは、「幽霊塔」三冊と、その怪奇の世界に遊んだ二日間で、これに比べては、他の旅行風景など、夢のように淡くはかないものに過ぎなかった。現実生活のあじきなさ、空想世界のすばらしさ、私は子供の頃からそういう気質を多分に持っていたものと見える。

二十歳前後になってポーやドイルを知り、一応涙香の伝奇小説と離れたけれども、しかし、正直に云って、二十歳でポー、ドイルを読んだ時の感銘よりも、十四五歳で涙香に親しんだ時の感銘の方が、遥かに強烈であったように思われる。

# Ⅲ　怪談入門

# 怪談入門

## 1　探偵小説と怪談

私は子供の頃には怪談に興味を持ったけれども、探偵小説が好きになってからは怪談は殆んど読んでいない。徳川時代の怪談はそれでもいくらか読んだが、西洋のものは全く読んでいないと云ってもよい。探偵小説と怪談とはミステリーを取扱う意味で相通ずる所があるけれども、前者は合理主義、後者は非合理主義、趣味として全く相反する両極にあるものだと強く思い込んでいたからである。

今になって考えて見ると、私はこの両者を峻別しすぎていたようである。最近ふとしたことから、英文怪談の傑作集を何冊も読み、そういう本に収録されている怪談の内容が私の考えていた怪談と可なり違っていることも分り、探偵小説と怪談とはそれほど分けへだてすべきものではないと考えはじめたのである。

いつか「宝石」に紹介したシーボーンの序文の中に、探偵小説の直接の祖先は十八世紀のゴシック恐怖小説であって、ポーはやはりその派の末期の作家の一人で、彼の三つ（或は五つ）の探偵小説はその変り咲きにすぎないというような論旨があり、探偵小説と怪談とを峻別していた私には、これが可なり意外に感じられたのであるが、文学史としては恐らく正しい見方であって、意外に感じる方がどうかしていたのであろう。

もう一つごく近年の批評家の言葉を引用すると、ジェームズ・サンドゥーは評論「心理的短剣」の中で、最近探偵小説界の主流を為している心理的スリラーはゴシック恐怖小説の現代化された再現であると云っているが、これも尤もな考え方で、ここ数年来の傾向だけを取出して云えば、探偵小説はゴシック恐怖小説より出発し、再びゴシック恐怖小説に立戻ったとも見られなくはないのである。

こういう歴史的な意味でも、探偵小説と怪談とは不可分な関係にあるが、又別の方面から両者の関係を考えて見ると、我々が広義の探偵小説と云っているのは実は探偵小説と怪談とを包含する名称なのであって、所謂《いわゆる》変格探偵小説の大部分は怪談であると云っても差支ないことを、今になって私は気づいたのである。

私の読んだ英文怪談集はオクスフォード大学版古典叢書の「怪談集」の正続と、ダグラス・トムソン編の「ミステリー・ブック」の怪談の部と、セイヤーズ編「探偵怪奇恐怖小説集」の怪談の部と、アメリカのマクスバッデン編の「怪談名作集」モンターグ・ジェームズ編「レ・ファニュー怪談集」ラヴクラフト短篇集「ダンウィッチの恐怖」ダットン社版「ブラックウッド傑作集」などであるが、最後の三冊は別として、これらの選集には古くはダニエル・デフォー、ウォーター・スコットから現代のモンターグ・ジェームズ、ブラックウッドに至るまでの各時代の代表的な作家が顔を並べている中に、どの選集にもポーとH・G・ウエルズとが必ず入っている。

私の読んだ本で云えば、ポーの「リジア」「アッシア館の崩壊」「ヴェルデマー氏事件の顚末」ウエルズの「見えぬ人」(透明人間)「透明な卵」「壁の扉」などであるが、こういうものが怪談だとすると、ポーの「ウイリアム・ウイルソン」「楕円形の肖像」をはじめ怪奇幻想小説の大部分、ウエルズの「盲人国」「モロウ博士の島」その他の所謂空想科学小説の大部分も当然怪談に属することになる。（ここで私が「怪談」と云っているのは、英語の Ghost Story ばかりでなく、Supernatural Story をも含んでいる。しかし、「超自然小説」という名称は日本にないのだから、これもやはり広い意味で「怪談」と呼んで差支ないであろう）

これらの怪談集を読んでいて、私は自分の昔の作品「押絵と旅する男」「鏡地獄」「人でなしの恋」などと、どこか着想の近似した名作に屢々接し、ハハア、すると自分も随分怪談を書いていたのだなと一種の驚きを感じた。私はああいう作を幻想怪奇の小説と呼んで、怪談とは考えていなかったが、ポーの前記の諸作が怪談だとすると、品は劣るけれども、私の昔の探偵小説でない諸作も大部分は怪談に違いないのである。

私は故萩原朔太郎氏の「猫町」という作品を非常に愛しているが、ブラックウッドの中篇「古風な妖術」はあれと酷似した幻想をもっと恐ろしく描いているし、又エドワード・ルーカス・ホワイトの「ルクンドゥー」という短篇は谷崎潤一郎氏の「人面疽《そ》」と同じ着想を別の形で取扱っている。そうすると「猫町」も怪談であるし、谷崎氏の初期の作品には「ハッサン・カンの妖術」その他幾つかの怪談が含まれていたことになる。

我々の仲間でいえば城昌幸君の幻想怪奇の散文詩は悉《ことごと》く怪談であり、小酒井不木、横溝正史、夢野久作、渡辺啓助諸作家の作品にも多くの怪談がある。又ウエルズの空想科学小説が怪談だとすると、海野十三君の作には多量に怪談を含み、新人香山滋君の諸作は殆んど悉く怪談だと云ってよい。

科学小説で通っているウエルズのものを怪談だと云うとちょっと変に聞えるが、私は昔からウエルズの作風は真に科学心を満足させるものではなく、科学小説の理想型はもっと違ったものである筈だと、漠然と考えている。ウエルズのは科学用語を使った幻想小説であって、科学的というよりは寧《むし》ろ超科学的であり、英語の所謂シューパーナチュラル、即ち怪談に相違ないのである。同じ意味で海野君のある作もそうであるし、香山君の作品に至っては更に一層強い怪談性を持っている。

こう考えて来ると、日本の所謂探偵小説の少くとも半分は怪談に属するわけで、英米では一般的に云って、怪談よりも本格探偵小説が盛んであるのに反し、日本では本格ものの読者は少数に限られ、怪談の方が圧倒的に歓迎されていることが分るのである。私の過去の経験に徴《ちょう》しても、「二銭銅貨」や「心理試験」よりも「白昼夢」や「人間椅子」や「鏡地獄」などの傾向のものが、知識度の高い読者にも、又一般にも、一層歓迎せられ、それが私の当時の創作態度に影響したことは否み得ないのである。

それからもう一つ、西洋怪談集を読んでいて、今更ら思い当ったことは、残虐と怪談との関係であった。日本では南北の怪談劇から馬琴、京伝の読本《よみほん》、更に草双紙の残虐怪談に至るまで、残虐と怪談とは切っても切れぬ関係にあったが、西洋でもこの両者は密接に結びついている。ポーの「黒猫」ホフマンの「砂男」などその一例である。

セイヤーズ編の「探偵怪奇恐怖小説集」の恐怖小説の部の目次は次のような分類になっているが、Bのマイクロコズモスの部は、疾病、狂気、残虐などに超自然の現象が伴う場合(例「黒猫」)だけが怪談であって、そうでない場合(例「アモンチリャドーの樽」)は単なる恐怖小説である。

A、マクロコズモス(超自然怪談)

1 幽霊、化け物

2 魔術的恐怖

a 妖魔

b 吸血鬼

c フランケンシュタインもの(人形怪談)

d 憑《つ》きもの、怨霊

e 運命の恐怖

3　悪夢、幻影

B、マイクロコズモス（人間そのものの恐ろしさ）

1　疾病、狂気

2　血みどろ、残虐

## 2　英米の怪談作家

この項には、極めて乏しい私の知識に基いて、英米の怪談作家をクロノロジカルに並べて、この方面の大体の推移を記し、次に、前記のセイヤーズとは少し違ったやり方で、テーマによる怪談の部類分けを試み、その実例を記して行こうと思う。

しかし、私は西洋怪談史というような本を何一つ読んでいないし、又どういう本がその権威書であるかも知らない。恐らくブリタニカには簡単な怪談史があると思うが、それすら今手元になく、又詳しい英米の文学史から怪談の部分を拾い出すというような努力は今は出来ない。ある怪談集の序文に Scarborough, "The Supernatural in Modern English Fiction" という参考書が引用してあるのを見たが、それも今は手に入らない。だから、この稿は極めて狭い視野による独合点のようなものにすぎないが、数十篇の怪談読後感を、私の癖で、少しばかり系統的に記して見ようとするまでである。

　中世以前の古い所は私の力に及ばないので、取りあえず十八世紀末から十九世紀初めにかけてのイギリス・ロマン文学復興期から始めるが、この期の代表的作家コールリッジ、シェリー、キーツ、スコットなどは、その思想の根底にシューパーナチュラリズムがあって、多くの詩歌に怪談的性格が附与され殊にスコットの如きは怪談小説をも幾つか書いている。

　しかし、純粋の怪談乃至《ないし》恐怖小説はこのロマンティック・リヴァイヴァルの影響下に起った所謂ゴシック・ロマンスの一群の作家によって書かれたのである。その先駆はいつかもこの雑誌（宝石）に書いた通りホレース・ウォールポールの「オトラント城」であって、それには後にスコットが長い讃辞を贈り、スコット自身この作の影響を受けているほどの有名な騎士道怪談小説であるが、これに続いてクララ・リーヴ女の「老男爵」アン・ラドクリフ女の「シシリー・ロマンス」「森林ロマンス」「ユドルフォのミステリー」「イタリー人」マシウ・ルイズの「僧侶・アンブロジオ」「驚異物語」チャールズ・ロバート・マチューリンの「漂泊者メルモス」変り種では詩人シェリー夫人の「フランケンシュタイン」など相ついで現われ、超自然の怪談物語が一世を風靡《ふうび》したが、それらの内最も多くの作を著し、最も人気のあったのはラドクリフ女であろう。彼女の作風はウォールポールを継ぐもので、到る所に抜け穴や地下道のある古城の廃墟を背景に、怪談と暴虐の恐怖を描いたものであった。（追記、上記の諸書は「オトラント城」の外は全部未読であったが、其後「僧侶・アンブロジオ」と「ユドルフォの秘密」を借覧することが出来た。後者はコリンズの「白衣婦人」をずっと古めかしくしたような、テンポののろい、複雑な、怪奇と恋愛と騎士道の織り交った、非常に古風な味のものであるが、前者「アンブロジオ」はもっと大胆不敵な不倫の作風で、当時のものだから、一方に騎士道とロマンスがあるけれども、一方には聖僧が堕落して行く径路、魔女の誘惑、淫猥と地獄風景の連続である。幽霊は出るけれども、それはごく僅かで、怪奇というよりは、古典的エロ・グロの書と云う感じの方が強い。現代人にも充分面白い作品である）

これらの一派とは別に、「ロビンソン・クルーソー」の作者ダニエル・デフォーはウォールポールなどよりも遥かに早く「ヴィール夫人」という短篇怪談を書いていて、怪談傑作集には漏らすことが出来ないほど有名になっている。又、ゴシック・ロマンスと同時代或はこれにつづく作家としては、先《ま》ずアメリカのワシントン・アーヴィングが幾つかの怪談を書いているし、それより少し後のイギリスの海洋小説家フレデリック・マリヤットも「人狼」その他幾つかの優れた怪談を残している。作者の出生年度順に言うと、その次にアメリカのホーソンとポーが来る。ポーがゴシック恐怖小説の影響を受けていることはいつかも書いた通りで、彼の探偵小説すらその変り咲きだと言われている程である。

それから英の小説家ガスケル夫人、文豪ディケンズ、「白衣婦人」のウイルキー・コリンズ、同じく英のマーガレット・オリファント女（この人の怪談では The Open Door というのが非常に有名である）など皆幾つかの優れた怪談を発表している。序《つい》でながら、ディケンズとコリンズの間には殆んど排他的と言ってもいい親交があり、互に影響を与え合っているが、コリンズの弟チャールズ・コリンズ（画家）はその縁でディケンズの女婿となり、義父のディケンズと共著で「殺人裁判」という短篇怪談を発表しているのは興味深い。

出生順では次に英の文学者ジョージ・マクドナルド（怪談「鏡中の婦人」の作者）とポーの再来と言われた米のアンブローズ・ビアスが来る。それからアメリカ生れで後にイギリスに帰化した文学者ヘンリー・ジェームズは探偵小説の作もあるが、怪談にも優れた才能を見せている。次に英のR・L・スチヴンソン、彼は「ジーキル・ハイド」ばかりでなく幾つもの純粋怪談を書いている。同じく米のマリオン・クロフォード、この人の The Upper Berth（船室の上段ベッド）は邦訳もあり傑作集に漏らすことの出来ない名篇である。

これらの作家はいずれも怪談専門家ではないが、十九世紀中葉の専門作家に英のシェリダン・レ・ファニュ Sheridan Le Fanu（1814―73）という大物がある。この人は日本では殆んど紹介されていないけれども、私の読んだ内で言えば中篇「緑茶」など決して古めかしいものではなく、非常に面白い。これなど充分翻訳する値打ちがあると思う。私はこの人の長篇を読みたいのだが、本が手に入らない。しかし私の持っているモンターグ・ジェームズ編のレ・ファニュー傑作集に作品年表と解説が載っているので大体のことは分り、又編者ジェームズが現代の著名な怪談作家なのだから、その評言は信用するに足り、大いに食慾をそそられている。

レ・ファニューには十二種の長篇怪談と短篇集六冊、外に雑誌にのせたまま本になっていない短篇が十数篇ある。ジェームズによると、長篇では Uncle Silas（1864）と The House by the Charchyard（1861—62）が最傑作であり、短篇集では In the Glass Darkly（1872）に最も優れた作が収められているという。（私の感心した「緑茶」は一八六九年に例のディケンズの主宰した雑誌 All the Year Round に掲載され、後にこの最良の短篇集の冒頭に収められた作である）ジェームズの解説を見ると、右の長篇は殺人の残虐恐怖と怪談とを綯《な》い交《ま》ぜたような作風らしく思われるが、短篇は必ずしもそういうものではなく、案外新らしい味がある。

さて、以上は十九世紀末までにその活動期を持った作家達であるが、今世紀に入っては、先ず長篇「ドラキュラ」の作者ブラム・ストーカー（英）が来る。この人は専門作家ではないが、怪談ばかり書いた人で、短篇も沢山ある。私の読んだものでは「蕃婦」というのが面白かった。刑具「鉄の処女」とポーの「黒猫」に似た猫の怨念と、針の先で目の玉を突かれる恐怖とが恐ろしく描かれている。やはり生年順に記せば、次はモンターグ・ジェームズ（英）で、専門怪談作家。前記レ・ファニューの傑作集を編纂しているほどで、作風もその影響を受けている。しかしこの人の作ではまだこれというものにぶつからない。

それから英のウイリアム・ワイマーク・ジェコブス（Jacobs）この人は本来ユーモリストで普通の小説家なのだが、怪談も幾つか書き、その一つ「猿の手」（邦訳あり）はどの傑作集にも必ず入っているほど有名である。次はロバート・スミス・ヒチェンズ（Hichens 英）これも専門家ではない。蛮地旅行の体験を織り込んだ小説などが多いのだが、How Love Came to Prof. Guildea という非常に優れた怪談を書いている。これについては後に詳しく述べる。その次にH・G・ウエルズが来る。前回にも記した通り、この人の所謂科学小説の多くが実は怪談であるほかに、純粋の怪談も幾つか書いている。

ウエルズの前にキプリング（一八六五年生れ）がいた。この人の「幻の人力車」は邦訳もあり、選集には必ず収められている著名作である。出生年度順でウエルズの次に米のエドワード・ルーカス・ホワイト（一八六六）が来る。この人は歴史小説で知られているが、

Lukundoo and Other Stories（1927）という短篇集があり、これには怪談乃至怪奇小説ばかりが収められている。表題の短篇は前にも記した通り人面疽を扱った非常に風変りな作品である。

次は英のエドワード・フレデリック・ベンソン（一八六七―一九四〇）この人も怪談作家ではなく歴史小説家、伝記作家であったが、やはり優れた怪談を幾つか残している。私の読んだ内では Negotium Perambulans というのがナメクジの怪を取扱っていて最も面白かった。

それから英のサキ（本名H・H・マンロ）（一八七〇―一九一六）が来る。この人は大戦中四十代で死んでいるが、その特異な怪奇恐怖の短篇小説はもっと日本に紹介されていい人である。

ビルマで生れた縁故からか筆名は「オーマー・カイアム」の文中から採ったものだという。この人の「スレドニ・ヴァシュター」という短篇は後にレイモンド・ポストゲイトの長篇探偵小説「十二人の審判」（一九四〇）の中心テーマとなっている点からも忘れることの出来ない極めて特異な恐怖小説である。

次は英の詩人兼作家ウォーター・デ・ラ・メイア（一八七三―）この人も探偵小説界には余り紹介されていないようであるが、サキ、ダンセニー、コリアなどと共に特異な幻想怪奇の作家の一人である。彼の言葉にこういうのがある。「わが望みは所謂リアリズム界から逸脱するにある。空想的経験こそは現実の経験に比して更らに一層リアルである」これによってその作風を想像することが出来るであろう。大抵の怪談集にはその作品が入っている。同じく英作家J・D・ベリズフォード（一八七三―）の唯一の長篇探偵小説 The Instrument of Destiny（1928）については、いつか「宝石」に書いたが、この人には怪談の作も幾つかあり、「人間嫌い」という短篇などは一種異様の怖さを持つ名作である。次に米のジャック・ロンドン（一八七六―一九一六）は漏らせない。無論怪談作家ではないが、短篇「光と影」（邦訳あり）は広義の怪談として最も特異な一つの型に属するものである。

英のロード・ダンセニー（一八七八―）にも幾つかの怪談があり大抵の怪談集に入っている。私の読んだ内では The Bureau d'Echange de Maux など面白い。「二瓶の調味剤」（邦訳あり）からも想像されるような一種異様の味を持つ作家である。それから英のデヴィッド・ガーネット（一八九二―）の「狐になった花嫁」（一九二二、邦訳あり）もやはり一種の怪談であって、これについては後に色々述べたいことがある。続いて英のジョン・コリア（一九〇一―）この人の作風については一昨年紹介したことがある（拙著「随筆探偵小説」所収）。先輩サキに比べられる特異なモダン・ゴースト・ストーリーの作家である。怪談としての代表作はやはり「緑色の思想」であろう。そのほかアメリカの怪談作家H・P・ラヴクラフトという人が優れた怪談を書いている。

Howard Phillips Lovecraft（1890—1937）はアメリカ大西洋岸北部、ニューイングランド地方のロード・アイランド州に生れ、病身のため、一生をそこにとじこもって、恐怖、超自然の空想に耽って暮らした異常の作家である。彼の作品は一九二四年から死亡の年に至るまでWeird Tales という雑誌に寄稿せられ、又一九三六年には The Shadow Over Innsmouth という短篇集が、彼に心酔するある人の私家版として出版せられたが、彼の生前での著書はこれ一つに過ぎなかった。

彼の死後一九三九年に至りウィスコンシン州の Arkham House 出版社がその著作集の出版を企て、The Outsider and Others. Beyond the Wall of Sleep. Marginalia. The Lurker at Threshold. 及び書簡集の五冊を出した。第四の作は他人と共著の長篇、第一第二の短篇集は既に絶版になっている。私は The Dunwich Horror and Other Tales という文庫本を読んだにすぎないが、その原本は絶版になった第一の短篇集から十三篇を抜いたものである。同書の編者はラヴクラフトを評して「彼の作風はアメリカのポーとイギリスのダンセニー、マッケンを通じて、ゴシック・ロマンスの精神を伝承するものであるが、それらの亜流ではなく、一つの新世界を開いたと云っていい。それにもかかわらず、アメリカの読者並に出版市場は彼を認めることなく、少くとも生前に於ては、彼はその生活に於ても文筆に於ても時代のアウトサイダーであった」と書いている。

彼の作には次元を異にする別世界への憂鬱な狂熱がこもっていて、読者の胸奥を突くものがある。その風味はアメリカ的ではなく、イギリスのマッケン、ブラックウッドと共通するものがあり、或る意味では彼等よりも更らに内向的であり、狂熱的である。彼は天文学上の宇宙とは全く違った世界、即ち異次元の世界から、この世に姿を現わす妖怪を好んで描くが、それには「音」「匂」「色」の怪談が含まれている。

さて、十九世紀のレ・ファニューに比すべき今世紀最大の怪談作家は云うまでもなく英のアルジャーノン・ブラックウッド（一八六九—）であろう。「二十世紀著述家辞典」によると、一九四一年、七十二歳の高齢でロンドンの大爆撃に遭い、辛うじて助かったとあるが、其の後の消息は私には分らない。彼は少年時代夢の世界に住み、幽霊を信じ、あらゆる怪異なる幻想に耽って、現実世界を嫌悪したという。真夜中に家を抜け出して近くの池のボートに乗り、怪談の世界に遊ぶような少年であった。心霊学、接神学、魔術、仏教書など彼の所謂《いわゆる》「東方の書」を耽読し大いに影響を受けた。二十歳の頃、学業半ばにしてカナダに渡り、北米に移り、あらゆる職業を転々して、世間を知り餓えを知り、質屋の味を知った。最後に新聞記者などをしてニューヨークに七年住んだのち帰英、一九〇六年に The Empty House を処女出版した。作家となってからもエジプト、コーカサス等の人跡稀な地を旅行することを好み、その経験が彼の怪談作品の背景となっている。彼は云う「新聞記者時代にも、ともすれば私はただ一人で大森林の中へ入って行きたい欲望にかられる事があった。人跡未到の大自然には人間世界と全く異る不思議な魅力がある」「私は所謂『心霊』の世界に最も心惹かれる。私の大部分の作品はその世界の空想的思索から発している。世人はこれを怪談と云い、私のことを Ghost Man と呼ぶが、私の真意は人間精神の可能性の問題にある」

先にも述べた通り私は怪談初学者なので、ブラックウッドすら今度読んだのが初めてであり、本が手に入らぬ関係から長篇は一つも読まず、僅かにニューヨークのダットン社版「ブラックウッド選集」の七篇のほか、諸種の怪談傑作集に収められた五六の短篇を見ているにすぎないが、それらの内では The Willows（新青年だったかに訳されている由）Ancient Sorceries（萩原朔太郎「猫町」に類す）The Listener などが最も面白かった。夫々《それぞれ》極めて濃厚で特異な怪談性があり、この人の作品は悉く読んで見たくなるほど強烈な魅力を持っていた。

次に「二十世紀著述家辞典」に記されているブラックウッドの三十冊近くの著作の内から題名の面白いものを抜き出しておく。

The Empty House.（1906）The Listener.（1907）John Silence.（1908）The Human Chord.（1910）Lost Valley and Other Stories.（1910）The Centaur.（1911）Pan's Garden.（1912）A Prisoner in Fairyland.（1913）Incredible Adventure.（1914）Day and Night Stories.（1917）The Wolves of God and Other Fey Stories.（1921）The Dance of Death and Other Tales.（1928）Shocks.（1935）

以上で英米怪談作家の年代的列記を終り、次にこれらの作家の作品中、私の最も面白く感じたものをテーマの部類分けをして、一々実例を示しながら、稍《やや》詳しく記して行こうと思う。作者の列記は英米のみに限ったが、実例の方は独仏の著名作にも及び、又怪談の国中国の古典作品などにも触れたいと思う。

先にセイヤーズの怪談分類表を記したが、私はそれとは違った項目に分けて語りたいと思う。別に系統的分類の意味ではなく、私の読み得た怪談を語るのに最も好都合な分け方をして見たまでである。その項目を予め示しておくと、

一、透明怪談

二、動物怪談

三、植物怪談

四、絵画、彫刻（人形）の怪談
五、音又は音楽の怪談
六、鏡と影の怪談
七、別世界怪談（四次元的怪談）
八、疾病、死、死体の怪談（医学的怪談を含む）
九、二重人格、分身の怪談

このほかに幽霊化物がそのまま姿を現わす素朴な怪談、化物屋敷、ウィッチなどの妖術、吸血鬼、ウエアウルフ、動物の憑《つ》きものなど無数のテーマがあるが、私の今語りたく思う実例は大体右の九項目に含まれるようである。

## 3　透明怪談

少年時代、ドイル風の探偵小説を知る少し前、翻訳の西洋怪談で私を魅了したものが二つある。少年時代日本の怪談は色々読んでいたが、それらとはまるで違う新鮮な恐怖に魂を奪われ、今に至るも当時の感銘を忘れ得ないほどの作品である。

その一つはモーパッサンの名作「オルラ」の全く目に見えぬ妖怪であった。「すぐ側の一輪の薔薇がまるで目に見えぬ手でねじられたように折れ曲り、摘みとられたようにもげ、そしてその花は、手が口に持って行く時に描くような曲線を描いて、スーッと上って行ったかと思うと、私の眼前三尺ばかりの透き通った空中に、恐ろしい赤いしみとなって、じっと静止した」この透明妖怪の想念は当時の私には全く初めてのものであり、柳の下に髪ふり乱した幽霊や、百物語の化物などに比べてどれほど恐ろしく感じられたことであろう。

西洋でも古典怪談には姿のある幽霊や化物が現われるが、近代の怪談はそれでは満足しなくなった。怪談作家は所謂幽霊化物の常套《じょうとう》を脱しようとして種々様々の妖異を造り出した。その種々相をこれから語ろうとするのであるが、「見えざる妖怪」「透明妖怪」はそれらの内の最も大きな創意に属するものであろう。

少年時代私が感銘を受けた今一つの作は、ジャック・ロンドンの短篇「光と影」であった。これは純粋の怪談ではないが、ウエルズの科学小説のあるものを怪談に加える考え方からすれば、やはり一種の怪談であって、「透明恐怖」を甚だ巧みに取扱っている。人体を見えなくする発明を相競う二人の科学者。一人は絶対の黒色は目に見えぬものだと主張して純黒の塗料を発明し、他の一人は人体を透明にすることによって視界からかき消す方法を発明する。つまり科学的隠れ蓑である。二人の科学者は嫉視反目し遂には相手を亡ぼさないではおかぬ敵意に燃え、ある日夫々自分の発明した隠れ蓑を着て、野外に雌雄を決する。立会いの友人には二人の姿は全く見えない。ただ太陽の光線を受けて、回転中のプロペラのようにギラギラ光るものと、一方は地上に印する人体の黒影のみである。その光と影とが演ずる長時間の恐ろしい死闘。そして結局双方とも動かなくなる。影は地上に固定し、光りものは地上に静止する。二人は相討ちとなって同時に命を失ったのである。科学的隠れ蓑の秘密も永遠の謎として残る。この作の創意の面白さは長い間私に憑いて離れなかったものである。

ところが、最近読んだ怪談集の中に、この「光と影」の透明化の方の着想に先行するものを発見した。英の Fitz-James O'Brien（1828—1862）作「何者」What Was It？である。これは前記「オルラ」よりも早く、次に記すウエルズよりも早く、私の読み得た内では透明怪談の元祖ともいうべき作品である。話の筋は左程ではないが透明怪談の恐怖は明瞭に描かれている。

ウエルズの「透明人間」The Invisible Man は数年前映画も来たし、邦訳も多いので周知と思うが、これがやはり前記二作についで少年時代の私を驚喜せしめたものである。「オルラ」と「何者」は無説明の透明怪談、「光と影」と「透明人間」は空想的科学操作による透明化である。

見えぬものの恐怖の着想はこれにとどまらず、その最も顕著な一つは保護色の応用であろう。カメレオンなどが環境に応じて体色を変じ、敵の目をのがれる保護色の作用を人体に応用すれば、又別個の透明怪談が成立つわけである。私の知っている範囲ではフランスの作家アポリネールの「オノレ・シュブラック滅形」（新潮社世界文学全集「近代短篇小説集」に邦訳）がそれである。その主人公は、着衣を脱ぎすてて道路の塀に平蜘蛛のように身をつけると、保護色によって他人には見えなくなる。日本の科学怪談作家香山滋君の「白蛾」にもこの保護色滅形の着想が甚だ色っぽく使われている。

このほか透明怪談に属する作品には古くディケンズとチャールズ・コリンズ合作の「殺人裁判」The Trial for Murder があり、アンブローズ・ビアスの「妖物」The Damned Thing（世界大衆文学全集の綺堂訳「世界怪談集」に収む）がある。又全身透明でなく手首だけが見えて、からだの他の部分は全く見えぬ妖怪を取扱ったものではクィラー・クーチの「一対の手」A Pair of Hands があり、この手だけの怪物の着想を探偵小説に応用したものではカーの短篇「新透明人間」The New Invisible Man がある。

以上の例は何人にも見えない透明怪談であるが、ある特定の人又は動物だけに見える妖怪の物語が色々ある。それらの中で一番恐くて淋しいのは、まだいとけない幼児の目にのみ映る妖怪の話であろう。私の読んだ範囲では、これに属する古典傑作が三つある。（いずれも中篇）その一つはガスケル夫人の「老乳母の物語」The Old Nurse's Story で、幼い女の子だけに見える幽霊、然もその幽霊がまた同じように幼い女の子なのである。旧家の歴史にからまる恋愛と犯罪の物語。深夜ガラス窓の外の暗い庭に佇《たたず》む幼女の幽霊、それを見て親愛の情を示す邸内の生きた幼女、あどけなく、哀れに、物恐ろしい女児幽霊の怪談である。

その二はオリファント夫人の The Open Door で、この主人公は幼い男児。森林の中の廃屋、扉などあとかたもないその廃屋の入口あたりに、幼児の幽霊の悲しい声のみが漂う。「お母さん、ここ開けてよう。お家へ入れてよう」主人公の少年は薄闇の森の中で度々その声を聴き、声の主が可哀相でたまらなくなり、大人達にその子を救ってくれるように頼むが、なかなか取上げてくれない。しかし幼児の幽霊に憑かれた少年は熱病のようになり、日に日に衰えて行くので、遂に大人達も廃屋を調査すると、彼等の耳にもあの物悲しい「お母さん、ここあけてよう」の声のみが聞える。この小説には廃屋の歴史や幼児虐待の因縁話などはつけ加えられていない。

その三はヘンリー・ジェームズの The Turn of Screw という著名作。これの主人公はやはり幼い少年と少女であって、彼等のみに見える幽霊を二人の間の秘密として大人には打ちあけない。それを保姆の側から見た記述、コッソリと幽霊と意を通じ合っている幼い兄妹、幼児の秘密なるが故の一種異様の物凄さが主題となっている。

この三つの物語の共通の特徴は、幼児や少年が幽霊を怖がるというよりは、憑かれたるが如き親愛の情を示し、大人達はその心理を理解し得ないという不可思議な恐怖感を出していることである。子供を使って泣かせ笑わせる芝居や物語と同様、怪談にも子役を使って怖がらせる手法がある。右の三篇はその最も巧みな実例であろう。幼児のみに見える幽霊に似た着想では、夫には見えないで妻だけに見える幽霊を描いたウィルキー・コリンズの Mrs. Zant and the Ghost があり、盲人のみに感じられる幽霊を描いた岡本綺堂の半七物語「春の雪解」がある。

動物（例えば犬）だけに見える妖怪の物語は東洋怪談の諸所に散見するが、西洋怪談で私の読み得たものではヒチェンズとブラックウッドの作に面白い実例がある。ブラックウッドの A Psychical Invasion は、西洋怪談には至極ありふれた、憑かれた家 Haunted house の物語であるが、そこに出る幽霊が人間の目に見えぬ一種の透明妖怪で、その存在を確かめる為、一人の学者が犬と猫を連れて、その化物屋敷に一夜を明かすという着想に新味がある。敏感な猫の目には幽霊が見えるらしく、その者に身をすりつけて甘える仕草などをする。やや鈍感な犬の方もやはり幽霊の気配を感じ、色々妙な動作をするが、主人の学者の目には終始何者も映らない。人間にとっては完全な透明妖怪なのである。
〔追記、犬だけに見える幽霊の恐怖はドイツの文学者ハインリヒ・フォン・クライストの短篇「ロカルノの女乞食」にも巧みに描かれている。古城の中で死んだ女乞食の怨霊が仇をするのだが、それが城主の飼犬にだけ見える話。昭和二十五年出版、思索選書の一冊クライスト短篇集「決闘」には、各種の異常な物語が多く収められている〕
次に挙げたいのはヒチェンズの作「魅入られたギルディー教授」How Love Came to Prof. Guildea というので、私はこの作を非常に面白く読んだ。主人公は恋愛は勿論一切の愛情を極度に嫌悪する厭人病の哲学者。この風変りな学者がある時目に見えぬ妖怪にとりつかれる。その目に見えぬ奴は彼の邸内に侵入し、絶えず学者の身辺につき纏《まと》っているらしいことが何となく感じられる。しかもこの妖怪は人間の女らしいのであるが、少しも目には見えない。併《しか》し書斎の籠の中の鸚鵡《おうむ》には何か見えるらしく、ただならぬ様子を示す。鳥だけに見える幽霊である。
やがてこの妖怪は愈々《いよいよ》学者の身辺に近づき、遂にからだが触れ合うようになる。他の五官には感じられぬが触覚だけには感じたのである。相手は段々大胆に学者に触り、愛情に堪えぬものの如く抱擁し、接吻もしかねまじき痴態《ちたい》を示す。先にも記した通り愛情嫌悪の主人公にはそれがどれほどいやらしく恐ろしく感じられたか。幽霊の恐怖に加うるに愛情の恐怖である。愛情、しかも肉感的愛情を示す透明女幽霊という着想を私は非常に面白く思った。

姿ある幽霊の愛情は東洋でも屢々描かれているが、西洋の例で面白いのはブラックウッドの The Woman's Ghost Story という短篇で、女主人公が男の幽霊に出会い抱擁接吻を求められ、その願いを叶えてやると、幽霊はたちどころに成仏得脱するというエロ怪談。ところが上には上があるもので、これを更に一歩推し進めたのが日本の香山滋君であった。同君の「白蛾」には保護色作用によって人間の目に見えなくなった女性（幽霊ではない）と同衾《どうきん》し悦楽する情景が描かれている。透明女性との抱擁、接吻、同衾、見えざるが故に幾倍の魅力ある異常愛慾。

東洋には西洋風の、つまり「インヴィジブル・マン」の系統の透明怪談は殆んど無いように思っていたが、「子不語」の「空心鬼」という話には、ほんの少しばかりこの味がある。読んで字の如くこの鬼は胸から下が透明で、その向側にあるものがガラスのように透いて見えるというのである。

## 4　動物怪談

中国の古典文学は殆んど怪談だと云ってもよく、その怪談の中でも動物怪談は圧倒的に多い。狐狸の怪は勿論、蜘蛛《くも》の怪、蛇怪、虎怪、魚怪、鼠怪、猫怪、犬怪、兎怪、猿怪、蛙怪、河獺怪、牛怪、蟻怪、螻蛄《けら》の怪に至るまで、動物として怪談の対象とならぬものは無いほどである。古くは「捜神記」をはじめとして「酉陽雑俎《ゆうようざっそ》」「夷堅志」「太平広記」から下っては「子不語」に至るまで何百何千の志怪の書の内容の大半は動物怪談だと云ってよい。そして、それらの大部分が、日本にも輸入されているのである。

しかし東洋の怪談は今日の我々には一向怖くない。ただお伽噺風の面白さを感じるにすぎない。西洋の動物怪談も中には童話味の勝ったものもあるが、東洋のそれとはどこやら違った味があり、古いものでも描写が現実的に克明で、今読んでもやはり怖い所がある。

西洋動物怪談では前項に記した「オルラ」「光と影」と同じように少年時代の感銘忘れ難い作品が一つある。作者も題名も今は思い出すすべもないが、三十数年以前英和対訳本で読んだもの。人跡未到の蛮地の山上湖の畔りで、二人の探検家が前世紀の巨大爬虫類、恐竜の如き怪物に出会い、どういう順序であったか忘れてしまったが、結局探検家の一人の脳髄を恐竜の脳髄と入れ替え、人間の脳を移殖せられた恐竜が段々人間らしい表情を示し、人語を解するようになり、その苦悶見るに堪えぬものがあるという、身の毛もよだつ恐ろしさが今でも記憶に残っている。その後色々な人に尋ねても、原作者が分らない。若し思い当る方があったら御教示を得たい。

この頃読んだ古い所ではマリヤャットの「人狼《ひと》」The Werewolf がやはり名作の名に恥じぬ怖さを持っている。狼が美女に化けて猟師の後妻として入り込み、二人の先妻の子がその奇怪残忍な所業に恐怖する物語。これにも子役が巧みに使われている。中国の「広異記」などにも狼が人に化ける話はあるが、西洋の「人狼」の怖さはない。「人狼」は必ずしも狼が人に化けるのではなく、日本の「狐つき」に類する「狼つき」なのであって、人間にして狼の孤独性と残忍性を持つ所に、異様の恐怖が生ずる。カーの「夜歩く」にはこの恐怖が濃厚に取入れられている。

しかし、色々読んだ動物怪談の中でも最も感銘の深かったのは、前世紀ではレ・ファニューの「緑茶」The Green Tea 今世紀ではブラックウッドの「古き魔術」Ancient Sorceries であった。「緑茶」は猿の幻覚を取扱った中篇で、書斎や居間や往来や到る所で、主人公の身辺に一匹の小猿が現われ、つき纏うが、主人公以外の人々の目にはそれが少しも見えないという恐怖。前項に記した特定の人だけに見える透明怪談の逆であって、見得ないが故の怖さではなく、ただ一人、自分だけに見える怖さである。この簡単な題材を中篇に書いて充分面白く読ませるレ・ファニューの筆力に敬意を表する。

「古き魔術」が萩原朔太郎の「猫町」に似ていることは前にも記した。ある男が、人間の姿をした猫のみによって形造られている大きな町にまぎれ込み、あどけない乙女の姿をした牝猫と恋をするが、しかし、猫どもの饗宴の恐ろしさに、遂にこの猫町を逃出し、元の人間世界に戻るという中篇小説。この小説の筋は雑誌「小説の泉」の探偵小説特集号にやや詳しく書いておいた（別項「猫町」を見よ）。私は嘗《か》つて狂言の老名人が演じた「釣狐」を見て、狐の化けた白蔵主の物凄い仕草に恐怖を覚えた記憶がある（滑稽なものとばかり思っていた狂言を見てゾッとしたのはあれが初めて。芝居の「釣狐」はもっと俗化凡化している）。ブラックウッドの「古き魔術」には狐と猫の相違はあるけれども、やはりあの白蔵主風の、しかしもっと艶かしい女性怪猫の物恐ろしい仕草が実に巧みに描かれている。この作は後に記す「柳」と共にブラックウッドの傑作中の傑作であろう。

動物怪談の内の昆虫に関するもので先ず思い浮ぶのはポーの「スフィンクス」。窓枠に垂れた蜘蛛の糸を伝い落ちる死頭蛾を見て、遥か彼方の禿山を駈け下る巨大怪獣と錯覚するあの恐怖は私の最も愛する所のものである。「黄金虫」もある意味で昆虫怪談に属するが、ポーにこれらの動物怪談があるようにその通俗的後継者ドイルにも「バスカービルの犬」があり、又短篇 The Fiend of the Cooperage のあることは注意してよい。後者は蛮地に於ける人喰い大蛇を描いた純怪談である。

昆虫怪談でほかに思いつくのはドイツの怪奇作家エーウェルスの「蜘蛛」という短篇。ホテル階上の同じ部屋の窓の外に、原因不明の縊死者が続出する話。私は嘗《か》つてこれを改作して「目羅博士の不思議な犯罪」を書いたが、原作の方は結局蜘蛛の精の為せる業ということになっている。

尚昆虫の怪談ではイギリスのE・F・ベンソンの Negotium Perambulans というナメクジ怪談が面白い。表題はこの怪虫のラテン名。こいつは被害者の血と肉を根こそぎ吸取って骨と皮ばかりを残す。香山滋君の「海鰻荘《かいまんそう》奇談」の怪鰻も骨と皮ばかりを残すが、ベンソンの怪物は必ずしも「海鰻荘」のようなエロチックな吸取り方をするわけではない。香山君と云えば、魚や虫ばかりの科学怪談をあれほど続けざまに書いた作家は西洋にも類がないと思う。その点だけでも彼は特異な作家に相違ない。

イギリス現代の異色作家ジョン・コリアの処女作「猿妻」His Monkey Wife は邦訳がある

と聞いたがまだ読んでいない。東洋にも「太平広記」に袁氏という猿妻の話があるが怖くはない。そこで思出されるのは英のガーネットである。

イギリスの異色作家デヴィッド・ガーネットの「狐になった新妻」Lady into Fox は怪談として書かれたものではないかも知れぬが、充分怪談味を持っている。この人の A Man in the Zoo という作も非常に風変りなもので、失恋した男が、厭世の余り、動物園の檻の中に住むことを志願し、人間も動物の一種なのだから、動物園に人間の見本を飼って置くのは当然だという理窟で、この途方もない志願が許され、猛獣の隣りの檻の中に定住するという話。ガーネットは現代英文壇一流の作家と聞くが、実に異様な着想を持つ人である。イギリス国民は全体として常識的なようでいて、実は非常に風変りな作家を生んでいる。前記コリアなどもその一人。

「狐になった新妻」の筋は、愛妻を連れた夫が森の中を散歩していると、チラと傍見をした隙に、うしろにいた妻の姿が消えうせ、その丁度同じ場所に一匹の雌狐が立っている。それきり妻は二度と現われない。つまり狐に変身したのである。夫はこの雌狐を家に連れ帰り同棲する。狐は人語を解し、夫の愛情を受け容れる。しかし、段々けだものの本性を現わして来て、元の棲家の森を恋して家出し、森の中の雄狐と交って何匹かの子供を生む。人間の夫はそうなってもまだ狐妻が忘れられず、雌狐を求めて森の中をさまよい、恋敵の雄狐と出会ったり、親狐の目を盗んで仔狐を可愛がったりするが、結局雌狐は猟師に撃たれ、人間の夫の胸に抱かれて息を引きとるという人獣交婚の物語である。

筋は日本の信田妻《しのだづま》に似ているが、これは信田妻のように美女に化けた狐に執着するのでなくて、逆に美女が狐と化し、その狐の姿のままを愛するのだから、そこに非常な相違がある。

ほかに動物怪談としては、涙香訳の「怪の物」（明治二十九年訳、英のエドワード・ドーニイ作という）ストーカーの「ドラキュラ」（一八九七年）などの謂わば、「動物憑き」の系統がある。前者は蛇の性を受けた人間、それ故草むらを這い廻る習性を持つ怪物が主人公であり、後者の主人公は人目のない時には戸口からではなくて窓から這い出し、蜥蜴《とかげ》のように壁をさかさまに伝い降りる習性を持っている。日本でも古くは上田秋成の「蛇性の淫」や道成寺の伝説「安珍清姫」などがあり、近くは村山槐多の怪奇探偵小説「悪魔の舌」（大正初期）がある。これには、針を植えたようなささくれのある肉食獣の舌を持つ怪人物が登場する。私の通俗長篇「人間豹」は涙香の「怪の物」と槐多の「悪魔の舌」の着想を借りている。

## 5 植物怪談

これは動物怪談ほど多くは書かれていない。今度私の読んだものの内には殊にこの種の怪談が少なかった。

植物怪談で従来最も多く書かれたのは食虫植物の巨大なるものを想像して、それに人間を食わせるという着想であった。虫取りスミレが蠅などを捕えて溶かしてしまうように、人間を溶かす巨大植物の恐怖である。又怪樹が枝や蔓を伸ばして人間を抱きこみ、これを食餌するという着想も少なくない。ウエルズにも、人喰い茸の話があったと思う。これらを今一歩おし進めたものに、前記コリアの Green Thoughts がある。人喰い蘭に喰われた人間の顔がその蘭の花となって咲く。喰われた人間の心持が動物から植物へと変って行く経過が描かれている所にこの作の新味がある（拙著「随筆探偵小説」中に梗概を記す）。

〔追記、人喰い植物の物語は、いろいろ読んだように思うが、皆作者を忘れている。ただ一つ、この程「新青年」を見ていて、スタックプールの「人喰樹」というのが、昭和四年八月増刊に訳されているのを気附いた。蛮地の大樹が無数の蔓をのばして人を捉え殺す話である。スタックプールはイギリスの作家、詩人、探偵小説の作もある。一九一〇年頃から沢山著書があり、ギリシァ古典の英訳などもある。王立地理学会会員〕

ナサニエル・ホーソンの Rappaccini's Daughter（世界大衆文学全集の「世界怪談名作集」に邦

訳あり）は毒物学者が自分の娘を、幼児から自庭に栽培した猛毒植物に親しませ、娘のからだそのものを有毒にする実験に成功した話で、その有毒美貌の娘に恋する青年の恐怖を描いたものである。この「毒の園」の着想は他にも例があったと思うが、今その作者を思出せない。

〔追記、思い出せなかったのはロシアのフョードル・ソログーブの「毒の園」であった。昇曙夢訳、明治四十四年出版。前記ホーソンの作と殆んど同じ内容である。ソログーブの方は、虐げられた奴隷の子孫が美しい毒娘を作って、仇敵の貴族達を誘惑し、娘の接吻によって次々と殺して行くという話。動機がはっきりしている点がホーソンと違っているだけである。作者の生歿年から云ってもホーソンの作の方が早いことは云うまでもないが、ソログーブがホーソンからヒントを得たかどうかは分らない。恐らくこういう話は昔から一つの伝説として広く行われていたのではないだろうか〕

樹木や花の精の物語は、内外共に少なくない。「捜神記」巻三の「昔武王時雍州城南有一大神樹」の項は大樹の中に棲む青年の怪を記し、又「酉陽雑俎」巻十七、十八の夥《おびただ》しい異樹異草の説話には草木怪談が少なからず含まれているなど、中国にも植物怪談は多いが、これらは古典怪談或は伝説の世界のものである。日本でも三十三間堂棟木の由来の柳の精をはじめ、松の精、芭蕉の精などの物語が多いけれども、いずれも恐怖小説ではない。

## 6 絵画彫刻の怪談

これも亦伝説としては東西ともに夥しい類型を持つが、近代の小説で絵画怪談としてはオスカー・ワイルドの「ドリアン・グレイの肖像」とポーの「楕円形の肖像」が代表的なものであろう。二つとも周知の物語だから説明を省くが、描かれた人の生命が肖像画に乗り移るという着想は、名画の中から動物が抜け出す伝説などに比べて、一歩進んだ面白さと怖さを持っている。

絵画でもそうだが、殊に人形の場合、人間そっくりの人形を造り出すことが出来れば、そのものは当然生命を附与され意志と感情を持つという考え方は、太古から現代に至るまで我々の胸奥に巣喰う一つの不思議な心理である。宗教上の偶像崇拝も何らかこの心理につながりがあり、名人の作った人形に魂が入って動き出すという各国古来の説話も、この心理から発している。近代に至って、そこに「人造人間」という新らしいアイディアが附加された。人造人間には二つの系統がある。一つはチェッコの作家チャペックの戯曲から流行語となった「ロボット」、今一つはチャペックよりも一世紀も前に詩人シェリーの夫人が書いた「フランケンシュタイン」の物語から一般語となった凶悪無残の人造人間である。

ロボットなりフランケンなりを題材とした怪奇文学は相当の数にのぼると思うが、セイヤーズは恐怖小説集の中に「フランケンシュタイン・テーマ」という一項を設け、その実例としてジェローム・K・ジェロームの The Dancing Partner とアンブローズ・ビアスの Moxon's Master を掲げている。

前者は機械仕掛けの玩具製作の名人が、娘達の為にダンスの相手を勤める自動人形を発明して、あるダンス・パーティーへ連れて行き、一人の娘にそのネジの捲き方を教えて一緒に踊らせる話。機械人形は人間の青年達のように疲れるということがない。皆踊り疲れて休んでしまっても、人形の一組だけは益々狂暴に踊り狂う。相手の娘は機械をとめようとするが、鉄で出来た人形はもう生きていて自由にならない。人形の鉄の腕は娘をしっかりと抱きしめて縦横無尽に踊り廻る。遂に娘は抱かれたまま失神してしまうが、人形はまだ平気で乱舞している。にこやかな蠟製の顔で気を失った美女を抱えて、残忍な気違い踊りを永遠に踊りつづける。

もう一つのビアスの作は、腹話術師が自分の使う人形を、舞台のそとでも生きた人間のように取扱い、いつも二人で話をしている。ある時腹話術師に恋人が出来るが、その恋人が人形を親切に扱ったというので嫉妬を起し、それが嵩じて人形と大喧嘩をはじめる。相手の人形の罵り声は自から腹話術で代弁しながらの、しかも真剣な喧嘩である。そして遂に、手斧で人形をメチャメチャに斬りくだいてしまう。人形を生きた人間と考えている腹話術師にとっては、正に殺人罪を犯したわけである。彼は殺人の恐怖の為に窓から屋外に逃出して、行方をくらます。それから八年の後、彼はやっと元の興行地へ姿を現わすが、まだ殺人犯人としてのおたずね者の恐怖が抜けず、髭を剃りおとして変装し、以前の知人に会ってもそ知らぬふりをしているという話。

私はこの二つの人形怪談を非常に愛しているが、これと並んで今一つ忘れられない作品がある。

それは一年程前何かの英語本傑作集で読んだのだが、どうしてもその本が思出せない。だから作者も題名も忘れているが、ただ筋だけをいうと、ある学者が食虫植物の蔓や葉の動き、鉱物の結晶などを、動物と同様の意志作用と考え、リズムによって生命を作ることが出来るという信念から、人造人間の製作に没頭し遂に成功する。彼はそのロボットに将棋を教え、ある嵐の夜、さし向いで将棋を指すのだが学者の方が優勢で人形は段々旗色が悪くなる。人形の機械で出来たからだに敗者のイライラした様子がぎこちなく現われる。遂に学者の勝ちとなって勝負が終ると、ロボットは激怒して立上り、ダイヴィングのような恰好で学者に飛びかかり、凄惨な格闘がはじまる、そして、学者は自分の作ったロボットに頸を絞められて無残な最期をとげるという話。それを第三者が目撃した手記という風になっている。

サックス・ローマーの Tchériapin という短篇も異色ある人形怪談に属する。生きた大きな動物を一二寸の彫刻に変えてしまう力を持った男の話。一人の人間がその魔力にかかってミニアチュアの可愛らしいおもちゃになってしまう。拙作「押絵と旅する男」の人間が一尺位の押絵になる着想と、どこか似ている。そんなに小さくなっても、拡大鏡で見れば、一本の産毛までちゃんと揃っているという、あの微小なるものの可憐なる怖さ。

邦訳のあるものではW・L・アルデンの「専売特許大統領」（戦前の春陽堂版青表紙小型探偵小説全集第二十一巻、横溝正史、グリーン「XYZ」他十七篇の内にアルデンの作が五つ入っている。いずれも風変りな怪奇作品）という諷刺小説がやはり人形怪談である。南米のある小共和国の大統領が絶えず暗殺の危険に曝《さら》されているので、鋼鉄製の大統領人形を作り、それを馬車にのせて町を練り歩かせるという話だが、国民達がまんまとだまされる所に一種の凄味があって、滑稽から生れる恐怖というようなものが私を喜ばせた。

しかし、人形怪談の古典としては、何といってもアマデュース・ホフマンの「砂男」を挙げなければなるまい。大学教授が二十年を費して、自分の娘として作り上げた自動蠟人形オリンピア嬢は、人形なるが故に本当の人間よりも美しい。ナタニエル青年は生きた娘達を捨てておいてこの人形に夢中になる。「砂男」には人造人間の怪奇と、人間の眼玉を盗み歩く詐欺師の恐怖とが結び合され、又、生ける人形の怪奇美と偶像恋愛の心理とが織りまざっている。拙作「人でなしの恋」は「砂男」を読む以前に書いたのだが、あとになってはこの着想の模倣と云われても仕方がないようである。

しかし偶像恋愛の説話は歴史と共に古い。古代ギリシァの神殿に於ける女神像姦淫の物語、キリスト信仰が聖母マリアへの恋愛心理と変形し、これが中世の騎士道的恋愛と結びついた事実（十八世紀のゴシック・ロマンスとして著名なM・G・ルイスの「僧」The Monk にも僧侶のマリア像への恋愛が描かれている）、日本にも仏像への恋愛と姦淫の伝説は古くから行われている。谷崎潤一郎氏の「二人の稚児」などもこの心理を美しく取扱った作品の一つである。

人形の怪奇について、私は十数年以前「人形」という随筆を書いたことがある（戦後出版の随筆集「幻影の城主」に収む）。それには人形を妻として同棲していた武士の話（これにはポーの「楕円形の肖像」とそっくりの挿話がついている）文楽人形が深夜楽屋で相争う話、その他日本の人形怪談の数々を記しておいた。あれに書かなかったものでは、化け地蔵の怪談、肉つき面の奇談など、信仰に結びつけた人形怪談も少なくない。日本の随筆に現われた人形怪談については「広文庫」や「日本随筆索引」の人形の項を見るのが最も便利である。

## 7　音又は音楽の怪談

日本では古来、笛、琵琶、琴などの音が怪談に結びついている。芝居では狐忠信の鼓の音、講談では円朝の「牡丹灯籠」のカランコロンという下駄の音など、音の怪談というものは広く行われている。私の子供は幼い頃祭の獅子舞のあのグロテスクな獅子頭を非常に怖がって、囃《はやし》の笛の音がその恐怖に結びつき、夜戸外に笛の音がすると脅えて泣き出したものである。横笛の音というものは妙に淋しくて、引入れられるような凄味と魅力がある。能を見物していて、私はいつも笛と鼓の凄味にうたれる。琴もそうである。電灯の無かった昔、これらの淋しい楽器の音が色々な怪談を生み出したのは尤《もっと》もなことに思われる。

西洋怪談の王座を占める例の化物屋敷 haunted house は音の怪談と切っても切れない関係を持っている。化物屋敷の幽霊は多くの場合色々な物音である。日本にも狸囃《ばや》しの怪談があるが、西洋の化けものも恐ろしいドンチャン騒ぎをやることがある。笑い声やすすり泣きの怪もこれに属するし、衣ずれの音の恐怖も西洋にもある。日本独特のものは障子に触る女幽霊の髪の毛の音であろう。コツコツ戸を叩くラッピングなどもやはり音の怪談で、アメリカの百姓フォックス家に起ったラッピングの怪談は近世心霊現象研究の発端となっている程である。

音楽怪談として近年のものでは、そのレコードをかけると必ず不吉があり、それを聴いて自殺したものさえあるという例の「暗い日曜日」の譜が適例だが、楽器又は音楽に結びつく怪談は西洋にも昔からある。私がこの頃読んだ内には、音楽怪談は割合少なかったが、その中で最も純粋に音楽怪談といい得るものは、ラヴクラフト（米）の The Music of Erich Zann（1925）であった。エリヒ・ツアンというドイツ人の老ヴァイオリニストが、奇妙な町の廃墟のようなアパートの屋根裏部屋に独り住んで、夜な夜な、世界のどこの音楽にも無いような不気味な調子の弾奏をしている。それはどうやら屋根裏部屋のたった一つの窓の外の暗闇に蠢《うごめ》く、何かの妖気のさせる業らしい。その暗闇からも同じリズムが響いて来る。窓を開いてみると、当然下に見える筈の市街の灯火が全く無くて、ただモヤモヤした暗黒にとじこめられ、そこから異様な風が吹きこんで来る。老人は恐怖の為に、狂気の如くあの不気味な曲をかき鳴らす。その音は刻一刻狂暴となり、未だ嘗つて人間界の誰もが聴いたことのないような物恐ろしい騒音となる。同じ廃屋の一室を借りた男がこれを見聞して、恐怖の余り逃げ出すが、再びその町へ行こうとしても、町そのものがどうしても見つからない、地図には全く無い町であったという話。

単なる音の怪談としては、私の読んだ内では、ブラックウッドの「柳」と、ラヴクラフトの The Dunwich Horror（1929）が最も優れていた。この二作は異次元怪談であって、後にやや詳記する機会があるから、ここにはごく簡単に触れておくが、「柳」はある探検家が人跡未到の黒海に近い大河の川中島の柳の密生した林の中で経験する怪異だが、この物語の主人公はそこが地球上で異次元の別世界と最も接近した個所だと信じている。耳をすますとその他界からのおどろおどろしき音が聞えて来る。地底で太鼓をたたいているような音である。後者の「ダンウイッチ怪談」ではマサチュセッツ州の或る古い部落に近い谷間から、同じような他界の音が聞えて来る。いずれも異次元の音響の恐怖が巧みに描かれている。

音と音楽の怪談は東洋にも少なくないが、「稽神録」の中の「桃末木」という一篇は右の二作とやや似た味を持っている。ある村の土地が一夜震動して、地下で数百の太鼓をたたくようなおどろおどろしき音がしたかと思うと、翌朝田の稲が悉《ことごと》く無くなってしまった。土を掘起して見ると稲は皆土中へさかさまに生えていたというのである。このほか「酉陽雑俎」「地北偶談」などにも音の怪談が散見する。

色と匂の怪談はその項を設けなかったので、序《つい》でにここに記しておくが、ラヴクラフトの短篇「異次元の色彩」The Colour Out of Space（1924）は色の怪談として、私の知る限りでは他に類のない作品である。ある農地に一夜異様な光り物が落下する。隕石ではないかというので、大学へその破片を持って行って調べるが、隕石とは全く違う物質である。スペクトル分析をして見ると、宇宙の如何なる物質にも無いスペクトル線が現われる。やがてその落下した附近の農作物が異常発育をはじめ、花も葉も果実も驚くほど巨大となり、その上、未だ嘗つて人間が目にしたことのないような色彩を持つ。この世に無い色である。この力は昆虫、動物、人間にまで影響し、種々の怪異が起るが、最後にはその辺一帯の樹木や建物の屋根からこの世ならぬ色の光が発し、数日の間巨大な火焔となって天に冲する。作者はこれを一種異様な狂熱の文体で描写している。

同じくラヴクラフトの前記「ダンウイッチ怪談」には、足跡と匂だけの透明妖怪が現われる。これもこの世のものならぬ異次元の匂である。ブラックウッドの The Wendigo という短篇にも、やはり足跡と何とも云えない異様な匂の怪物が描かれている。

科学的原理を知らぬ時代の人々には、鏡というものがどれほど奇怪神秘に感じられたことであろう。鏡は先ず神体としてあがめられ、下っては、闇室で唯一人鏡をのぞけば、未来の夫の姿が写るなどの迷信ともなったが、怪談にも密接に結びついていた。昔話「松山鏡」は孝子物語のほかに姦通笑話などの色々な変形を生じたが、その原形にはやはり一種の怪談性が感じられる。

## 8 鏡と影の怪談

西洋では、周知のエーウェルス（独）の「プラーグの大学生」が鏡怪談を代表するものであろう。今度私の読んだ英米の作品では、英詩人ジョージ・マクドナルド（一八二四―一九〇五）の The Lady in the Mirror とラヴクラフトの The Outsider（1926）がそれであった。前者は恋愛怪談で、鏡の中に写る自分の部屋が一つの別世界の様相を呈し、その別世界に美しい娘が現われる。現実の部屋を振向くとそこには誰もいないが、鏡に写る部屋には女人が現われる。その美人との不思議な恋愛の物語である。「新青年」昭和四年春増刊に妹尾アキ夫君の邦訳がある。

〔追記、右の「プラーグの大学生」と、マクドナルドの作との関係その他について、妹尾アキ夫君の面白い考証があることを発見したので、ここに抄出しておく。「エーウェルスの『プラーグの大学生』はジョージ・マクドナルドの『鏡中影』（前記「新青年」に訳あり）を書直したものに違いないということを、最近になって知った。誰から聞いたわけではないが、同じように鏡に写った影が、本当の人間になって出て来るのだし、それに年代から考えても、マクドナルドは（一八二四―一九〇五）だから、独逸のエーウェルスより昔だし、第一『鏡中影』は主人公をプラーグの大学生と断ってあるのだから、『鏡中影』が『プラーグの大学生』の祖先であることは動かせないと思う。独逸の怪奇作家エーウェルスは『鏡中影』に少しばかりのポーの『ウイリアム・ウイルソン』と、少しばかりのシャミソーの『影を売る男』（新青年昭和三年春増）を混合して、あの驚嘆すべき『プラーグの大学生』を作ったのだろうと思う。そして、似たりよったりの四つ子であるところの、マクドナルドの『鏡中影』と、ポーの『ウイリアム・ウイルソン』と、エーウェルスの『プラーグの大学生』と、シャミソーの『影を売る男』の大元の祖先は、ホフマンの『失われた映像の話』なのである。この話は昭和十一年八月、石川道雄という人が山本書店の十銭文庫のなかに『鏡影奇譚』として訳している。ポーがホフマンの影響を受けたことは、あらゆる書が明記しているし、マクドナルドがホフマンの影響を受けたことは、年代を調べて見ると、ホフマンの死後二年たって彼

が生れたのを見ても、大抵想像できるのである」――ぷろふいる、昭和十二年一月号「ホフマン其他」〕

前に記した「アウトサイダー」はラヴクラフトの作中で最も優れたものの一つであろう。これも詳しくは「別世界怪談」の項に譲ってごく簡単に記すが、他界人《アウトサイダー》として廃墟のような古城に生れ、そこにとざされていた主人公が、人間世界をあこがれて、異次元の断層を通過し、この世に姿を現わして、とある大邸宅に迷い込み、大鏡の前に立って、そこに写る恐ろしい怪物におびえるが、それは実は自分の姿であったという筋。無論ユーモア小説として書かれているのではない。

中国の怪談では「原化記」の一話が最も面白い。小さい鏡が漁師の網にかかるが、それをのぞくと、写った人間の内臓や骨まで見えるというレントゲン怪談。「原化記」はX線など夢にも知らぬ唐代の著述である。私自身の作で云えば、「鏡地獄」がやはり鏡怪談に属すると思う。

影の怪談は東洋にも多く、ある人に限って地上に影が映らないという怪談、人間の姿でありながら異様な怪物の影が映るという怪談などがあるが、西洋ではドイツ浪漫派のシャミソーの代表作 Peter Schlemihl（1814）が影怪談を代表するものであろう。この作の映画は二十余年前、前記エーウェルスの「プラーグの大学生」の映画と前後して輸入され、怪奇趣味者を喜ばせたものである。悪魔の誘惑にかかって影を売り渡すと、忽ち自分の足下から黒い影がヘラヘラと消えて行く恐ろしさ。

ポーの散文詩「影」も優れた影怪談の一つである。あの作にはその上に声の怪談が織り交ぜられ、一層の魅力を添えている。

## 9 別世界怪談

別世界怪談とは我々の正常な五官を以ては感じることの出来ない、次元を異にする恐怖の世界を描いた作品。ユートピアや桃源の無何有郷ではなくて、恐るべき地獄の無何有郷。プラトンの「アトランチス」やモーアの「ユートピア」ではなくて、ダンテの「地獄篇」やスエデンボルグの地獄幻想の方向のものである。

「正法念処経」をはじめ多くの経文に含まれる「地獄品」或は泥犁《ないり》経といわれるものは、皆恐怖戦慄の異次元世界を細叙し、つい百年前までどんな片田舎の仏壇の引出しにも収められていた「仮名往生要集」の地獄描写なども、この異次元恐怖を以て善男善女をおびやかしていたのである。八大地獄の呵責、輪廻の恐怖は、宗教的戒諭としてばかりでなく文学的興味としても、古くは「日本霊異記」から江戸末期の草双紙に至るまで、あらゆる形で描かれている。又中国怪談の半ばは別世界怪談、異次元怪談と云ってもよく、これが日本に伝わって、お伽草子の昔から所謂「隠れ里《ざと》」の物語は無数にある。

一体、怪談というものは三次元世界の論理では解くことの出来ない怪異を語るものだから、広くは凡《すべ》ての怪談が異次元の物語に相違ないのだけれど、ここには正面から別世界を描いている怪談だけを、別に撰り出して記すわけである。

前世紀末以来の英米怪談では、私の読んだ限りではマッケンとブラックウッドとラヴクラフトの作品が最も印象的であった。

Arthur Machen（1863―）マッケンと読む。一九四二年の人名辞典には健在となっているが、その後の消息を知らない。この小文の冒頭の作者列記の中には漏らしたが、私はマッケンとは古いなじみであって、この人については昭和九年度の「ぷろふいる」に「マッケンの事」昭和十年度の「中央公論」に「群集の中のロビンソン」という二つの文章を書いている。（二つとも随筆集「鬼の言葉」に収む）マッケンは山の向うに妖魔の世界が実在することを信じていた。そこにはブラックウッドや萩原朔太郎の「猫町」ではなくてギリシァの妖神サチュロスの国があり、あの尻尾のある怪物が山のこなたの森の中までチロチロと姿を現わすのを、マッケンはまざまざと見ていたのである。そういう味の最も濃厚な作は The Great God Pan（1894）であろう。彼の自伝小説 The Hill of Dreams（1907）は私の所謂「町の真中のロビンソン」なのだが、これにも狂気と異次元憧憬が多量に盛られている。

ブラックウッドでは、先にも触れた中篇 The Willows が最も異次元性に富んだ傑作である。人跡未到の蛮地の、柳の密生した川中島にキャンプする探検家、それまでに通り過ぎた部落の蛮人から聞き伝えた様々の異様な伝説、そこは、何人も恐れて近寄らない人間世界の果てであり、怪物の棲む別世界と紙一重で隣りあっているという異境である。どこからともなくおどろおどろしく聞えて来るその別世界の物音、深夜、キャンプのまわりに残される巨大な「もの」の足跡、柳の密林から空ざまに立昇る朦朧《もうろう》たる妖気、そこには作者の異次元世界への信仰と思慕とがあり、それが現代人をも心から慄え上らせる力を持っている。

ラヴクラフトでは、前に述べた The Dunwich Horror. The Colour Out of Space. The Outsider. など、いずれも異次元の妖気を描いた名作。作者の執拗なる妖異信仰が読者を打つ。中篇「ダンウィッチの恐怖」は、或る百姓の娘が異次元から訪れた怪物と交って双生児を生むが、娘の父はこの怪物の子を村人にひた隠しにして育てる。双生児の一人は、見る見る異常の発育をするので、これを隠すために大きな二階家の床をぶち抜いて大仏殿のようなものを拵《こしら》え、その中へ入れて厳重に戸締りをしておく。やがて、怪物のからだはその大きな二階家に充満し、遂に屋根を突きぬいてしまう。これを正面から書かないで、中に何がいるか分らない建物が、段々改造されて行く外形のみを、巧みに描写しているので、未知なるものへの何とも云えぬ恐ろしさに打たれる。この「もの」はその建物を破って逃れ出で、村中をあらし廻って、幾つかの百姓の家をおしつぶすが、人の目にはその姿が少しも見えない。ただ巨大な足跡と、何とも云えぬいやな匂が感じられるばかりである。最後にこの怪物は、人々に追われて向うの山に駈けのぼるが、ある学者の発明した薬品を大きな噴霧器で怪物にかけると、その瞬間だけ正体を現わす。村人達は望遠鏡で遥かにこれを眺めるのだが、現れた怪物の姿は太いグニャグニャした縄がメチャクチャにもつれ合ったような巨大な塊りで、その到る所に、いやらしい目と口と、奇妙な手足が数知れずついているという妖怪、これが異次元の生物なのである。

「異次元の色彩」は前項に記した通り。「他界人」は異次元の生物自身の側からその心境を描いたもので、甚だ異色ある怪談。無限の森にかこまれた古城の中にただ一人成人した主人公は、どうかして森の外の陽の当たっている世界を見たいと考え、禁制を破って、朽ちた古塔の頂上にのぼる。すると忽然《こつぜん》としてそこが平地となり、そのまま歩いて別世界（即ち人間世界）に入る。とある大邸宅にたどりついて窓の中に明りがあり賑《にぎや》かな人声がするので、喜んで入って行くと、人々は愕然として逃げ去ってしまう。彼は空家のようになった邸内を、あちこち歩いていると、大きな鏡の前に出る。そこに写ったのは形容を絶して恐ろしく醜い「もの」の姿であった。彼は生れて初めて自分の正体を見たのである。

この妖怪自身の側から書いた怪談で思出すのは、宋時代の「稽神録」にある「青州客」の一話である。ある人の船が暴風に流されて、見知らぬ国に上陸するが、そこの住民にはこの人が全く見えないらしく、話しかけてもそしらぬ顔をしている。つまりその国では、こちらが透明妖怪だったわけである。その上、国王は彼の妖気にあてられて原因不明の病気になるという話。中国怪談の中でも異色ある着想だと思う。

H・G・ウエルズは科学的ユートピアとしての別世界小説を沢山書いているが、一方では恐怖の別世界を描いた作品も少なくない。「盲人国」などもその一つだし、「タイム・マシン」もある意味でそうだし、短いものでは The Door in the Wall というのが科学的説明のない「隠れ里」物語である。少年時代に通学の途次、見知らぬ町へ迷い込み、長い塀に沿って歩いていると、緑色の扉が少し開いていて中に美しい花園があり、美しい少女が遊んでいる。入って行くと大いに歓待せられ、楽しい一ときを過して帰るが、さて次の日、もう一度そこへ行こうとして、いくら探しても、その長い塀と緑色の扉が発見出来ない。成長するまで、幾度となく探し廻るけれども、その町にはそういう場所が全く無い。つまり彼は異次元の世界をチラと覗かされたのである。同じウエルズの The Crystal Egg という短篇の、水晶玉の中に火星人の生活が映る話も、やはり異次元怪談に属する。

J・D・ベリズフォードの The Misanthrope という短篇は、甚だ異色のある異次元ものである。この物語の主人公は、何の仕掛けもお膳立てもいらない、ただ頸をまわして、後を振り向きさえすれば、そこにいる友人達の姿が、忽ち妖怪になる、つまり振向くという一動作によって、一飛びに異次元に入り得るのである。うっかり振向こうものなら、忽ち悪夢を見なければならないのだから、その人に取っては堪え難い苦痛である。遂に厭人病となり、無人の島に逃がれて孤独な生活をしているという話。日本の伝説にも、うつむいて自分の股の間から覗くと、向うの景色が異様なものに見えるというのがあり、葛山二郎君の出世作「股から覗く」もこの着想によったものである。私の作で云えば「押絵と旅する男」が異次元怪談に属する。

上述の異次元怪談に似た興味を扱ったものに、異境探検怪談ともいうべき一連の作品がある。探検小説が科学の領域を越えて幻想的怪異の世界に入って行くと、それはもう怪談である。アフリカ奥地に高度文化の白人種の国があるなどというハッガード風の幻想もそれであるし、空中、地底、深海などの探検小説にも超科学の怪談がいろいろあるが、一例をあげるとドイルの短篇「高空の恐怖」(改造社ドイル全集第四巻に邦訳)は非常に優秀な飛行機で高空四万フィートに上昇した探検家が、大空一面に浮游している巨大なクラゲのような怪物群に出会う話。それは直径百尺の球形の殆んど透明な生物で、二つの朦朧とした皿のような目があり、敵意に燃えて飛行家を睨みつける。謂わば四万呎の上層には巨人のシャボン玉のような生物が充満しているという幻想である。ドイルは案外多くの科学小説を書いているが、その半ばは超科学怪談に属する。中篇「マラコット深海」なども、香山滋君の「オラン・ペンデク後日譚」を聯想せしめるような怪談性を持っている。これらの科学怪談はその超科学の程度に従って、異次元世界への憧景を含んでいると云っていい。私の「パノラマ島奇談」などは、探検記ではないけれども、やはりこの種の怪談に近いところがある。

## 10 疾病、死、死体の怪談

中国志怪《しかい》の書の内容の半ばは奇病異疾に関するものであるが、その多くは奇談珍聞の記録であって、小説的技巧は殆んど用いられていない。それらの異疾奇病の内、最も面白いのは離魂病と人面疽《そ》であろう。離魂病については次項に書くのでここには省き、先ず人面疽について記すと、この奇病の最も早い文献が何であるかは知らないが、私の目に触れたものでは、唐代の「酉陽雑俎」巻十五の一話が古い。その文中には人面疽という名称はなく、左膊上有㆑瘡如㆓人面㆒とあって、こいつに物を食わせると喜んで食うし、酒を呑ませると人面の腫物が赤くなる。医者に相談すると、あらゆる金石草木を食わせて見れば、適薬が分るだろうということで、やって見ると、貝母《ばいも》というものを与えると腫物は眉をしかめて口を閉じたので、これなる哉と、無理に口をこじあけて、それを呑ませたところ、人面疽は死亡し、腫物が治癒したというのである。この人面疽の怪談は日本でもいろいろの物語に翻案せられ、私など子供の時分、桃太郎や舌切雀といっしょに、この話を聞かされたものである。明治以後では谷崎潤一郎氏の短篇「人面疽」が最も優れた作品であろう。ああいう風に扱えばこの古典怪談もやはり怖いのである。

　私はこの奇病は東洋の発明であって、西洋にはないのだろうと考えていたところ、この程読んだ西洋怪談の中に、そっくりの話があったので、ちょっと驚いた。それは前にも記したアメリカのエドワード・L・ホワイト（一九三四年歿）の Lukundoo（妖術というアフリカ語）と題する短篇で、アフリカの小人族探検家が、奥地の森林のテントの中で、足や肩などに腫物の出来る奇病にとりつかれて寝ているが、だんだん友人を自分のテントへ寄せつけなくなる。一度に二つも三つも出来る大きな腫物を、友人には少しも見せないようにして、自ら剃刀で切り取っている。切っても切っても、あとから出来て来るらしい。その内に妙なことが起る。病人がただ一人寝ているテントの中から、時々人の話声が聞えて来る。一方は病人の太い声だが、一方は四五歳の幼児のような弱々しい細い声である。蛮語なので意味は分らない。それが病人の独り芝居でない証拠には、強弱の声が重なり合って聞えることもある。又病人の太い声が喋っている最中に、一方では口笛の音が聞える。それはまるで、四五歳の幼女が無理に口をとんがらせて吹いているような弱々しい口笛である。或る夜更け、友人が不審に堪えなくなって、懐中電灯を持ってテントの中へはいって見ると、眠っている病人の肩の所に、大きくなった腫物が露出していた。その腫物は握り拳ぐらいの蛮人の大人の首の形をしていて、小さな目が恨めしそうに見開き、小さな口はブツブツと呪咀の言葉をつぶやいていたのである。この人面疽ではなくて人頭疽とも云うべき腫物は、何十個となく、からだの到る所に発生したのだが、病人はそれを悉く剃刀で切断していたのである。奇病の正体は嘗つて探検家があやめた小人族の呪医の呪いであったという話。これがさもまことしやかに巧みに描かれている。

ほかに疾病怪談として思い浮ぶのはポーの「赤き死の仮面」とブラックウッドの The Listener などで、後者は自殺した癩病患者の部屋の下に下宿した人物が、這い廻って歩く人の姿など幻覚する怪談である。

疾病に関聯して、不具者製造の恐怖談がある。幼児を箱詰めにして育て、一寸法師を造る話、人間の皮膚にけものの皮を植えて熊娘などを造る話、これらの出所はやはり中国の志怪《しかい》の書で、「虞初新誌」にもあり「子不語」にもある。これを事実とすれば残虐奇談となり、実際には不可能とすれば怪談となる。私は嘗つて森鷗外の随筆でこのことを読み、それを双生児製造にまで発展させて「孤島の鬼」を書いた。西洋にこの種の説話があるかどうかは知らないが、外科の動物実験で、不具の鼠などを造り得ることから、これを人体に応用した外科怪談ともいうべきものがある。海野十三君の「俘囚」はこの不具者製造の着想を更らに一歩おし進めて科学的に幻想したものである。又、熊娘製造から一歩深入りすると動物怪談の項に記した「怪の物」や「悪魔の舌」のような人獣交婚怪談となる。

〔追記、不具者製造の話はユーゴーの「笑う人」（邦訳「ユーゴー全集」第四巻）の中にあることを山田風太郎君から教えられた。幼時手術によって笑い顔とされ、一生涯、悲しい時にも笑い顔のほかは出来ない人物が登場する。フランスに Comprochicos という小児売買の団体があって、不具者を作ることもやったと書いてある」

この項目の中には医学怪談を含ませてもよいと思う。例えば小酒井不木氏の医学的恐怖小説の内、医学上可能な出来事を取扱ったもの（「手術」「遺伝」「痴人の復讐」など）は単なる恐怖小説であるが、現代医学では不可能な空想に属するもの（「恋愛曲線」など）は怪談に接近して来る。

ドイルの医学短篇集「ラウンド・ザ・レッド・ランプ」では「最初の手術」と「サノックス夫人事件」が恐怖小説だが、これは怪談ではない。電気死刑の実験を書いた一篇は空想科学ではあるが、ユーモア小説に属する。「大学の怪異」のミイラの殺人未遂は明白に怪談だけれど、疾病ではなくて後に記す死の怪談に属する。

死の恐怖に関する作品には、ポーの「早過ぎた埋葬」などがあるけれども、これは吸血鬼伝説の部分が怪談性を持っているだけで、棺中蘇生の恐怖そのものは怪談ではない。ポーの死の怪談としては寧《むし》ろ「モノスとユナの対話」などを挙げるべきであろう。一般に単純な死の恐怖は怪談とは云えない。それに何か超自然な構想が伴う時はじめて怪談性を持つので、古来死そのものの怪談よりは死体に関する怪談の方が遥かに多いのである。

日本では死者の枕頭に短刀を飾って魔をよける習慣があるが、この事が直ちに死体というものの怪談性を裏書きしている。何事がなくても死体は怖いのに、それが若し瞬きをしたり、ヌーッと起き上ったりしたらと考えると、怪談の材料としてこれ程恰好なものはない。随《したが》って死体怪談は東西とも夥《おびただ》しく書かれているが、吸血鬼、ウイッチクラフトなどと結びつき、最もありふれた古典的怪談の形を採るものが多い。そうでないもので、先《ま》ず思い浮ぶのはポーの「長方形の箱」だが、これは厳密に云えば怪談ではないかも知れない。今度読んだ中には、ビアスとラヴクラフトと米の普通作家のウイリアム・フォークナーのものに死体怪談があった。

ビアスの The Boarded Window は森の中の一つ家で病死した妻の死体を、一匹の豹が窓から忍び込んで奪い去ろうとする。主人はこれに気づいて銃を発射し、豹は逃げ去ったが、妻の死体を見ると、喉を嚙み切られている。しかし、それだけではなかった。死体の口の中に豹の耳が、嚙み切られて残っていたというのである。

ラヴクラフトの In the Vault は、ある墓番が棺の寸法が足りない為に、死体の足首をちょん切って納棺し、墓穴の中へ安置したが、墓番の過失で入口の頑丈な扉が閉ってしまい、中からはどうしても開かない。一人の力では破ることも出来ず、わめいても近くに人家はない。仕方がないので、非常な苦心をして、墓穴の天井の空気抜きの穴を掘り拡げて、やっとのがれ出たが、その時足首に大けがをする。足首を切られた死体の復讐であったという話。

フォークナーの A Rose For Emily は、小さな町の旧家の一人娘が、近隣と少しも交際しないで、ただ一人とじこもって暮らしている。ある時珍らしく道路人夫の頭《かしら》と恋に陥り、町の人の無言の非難を受けるが、気位の高い娘は傲然として、この身分のつり合わぬ男と逢っている。そして、今にも結婚しそうに見えていたが、人夫頭は突然その町を立去ったらしく、姿が見えなくなる。娘は再び全く一人ぼっちの暮らしをつづける。その頃二つの妙な出来事があった。一つは彼女が町の薬屋で砒素を買求めたこと。それから暫くして、彼女の家からいやな匂が発散し、近隣の問題となったこと。しかし別段のこともなく月日がたって、彼女は年をとり、髪の毛が殆んど白くなった。全く人嫌いの生活で、誰にも会わないのだから、人々は窓越しに彼女のだんだん年をとって行く姿を垣間見るばかりであった。遂に彼女は病死するが、近くに身寄りもないので、町の人々があと始末の為に初めてその家に入って見ると、死んだ老婆のほかに、別室の寝台に嘗ての人夫頭とおぼしき人物が、骨ばかりになって横たわっていた。そしてその横にあるもう一つの枕には、長年のほこりにまじって、長い白髪が一本ついていたという話。

死体といえば、ミイラも死体の一種に相違ない。これは探偵小説に凄味をつける為に従来屢々《しばしば》使われて来たが、それとは別に純粋のミイラ怪談もあるわけで、前記ドイルの「大学の怪異」などもその一例。ミイラが再生して棺の中から這い出し、屋外をさまよって人に危害を加える話である。

中国の志怪《しかい》の書には死体怪談が非常に多いが、私の目にふれた内で面白かったのは「子不語」(清代)の走屍の話である。死体が或人を見込むと、起き上ってその人の動作を真似、逃げ出せばどこまでも追っかけて来て、遂には噛みつくという。又同書には鉱山の坑内で生埋めになった人間が「カンキシ」というミイラのようなものになって、坑内をさまよい、坑夫は時々これに出会うが、これを坑外につれ出し、陽の目を見せると、忽ち溶けて液体になってしまうというのである。

## 11 二重人格と分身の怪談

二重人格怪談の代表的作品は云うまでもなくスティヴンソンの「ジーキル博士とハイド氏」である。親しい友人(乃至は恋人)だと信じ切っていた人物が実は妖怪であったという恐怖は、凡てこの二重人格性から来るのだから、怪談と二重人格とは切っても切れない関係にある。「お化け」即ち化けるということは、つまる所二重人格なのである。随って作例は前記各項に挙げたものの中に少なからず含まれている。

二重人格怪談を裏返しにして、これに合理的説明を加えたものが、探偵小説の一人二役である。「ジーキル・ハイド」は超科学的薬品の作用によって、心ならずも二重人格となるのに反し、探偵小説では、悪人が欺瞞《ぎまん》の為に故意に二重人格を造るという相違がある。しかし、一人二役の方にもどこか怪談めいた怖さがあり、それがこのトリックを単なる謎以上に面白くしていることは確かである。

次に分身怪談としてはポーの「ウイリアム・ウイルソン」とエーウェルスの「プラーグの大学生」が最もよく知られている。いずれも双生児ではなくて、自分と寸分違わぬ人間が、この世のどこかにもう一人いるという怖さである。鏡に写る自分の影がどこかこれに似ている。鏡というものを初めて見た人間は、恐らくウイリアム・ウイルソンと同じ恐怖を味わったにちがいない。

私はこの分身怪談の西洋に於ける原形が何であるかを知らないが、東洋にも昔から同じ着想があった。離魂病である。「捜神後記」巻三の「宋時有一人云々」の一話が古いものの一つであろうと思う。外出した夫が、妻から、もう一人の自分がまだ床の中に寝ているという知らせを受け、帰って見ると、確かに自分が寝ているので、その姿をソロソロとさすっていると、段々朦朧《もうろう》となって、遂に消えてしまったが、それ以来夫は訳のわからぬ病気にかかって死亡するという話。

これが日本に伝わって、離魂病の事はいろいろの怪談書に書かれているが、その最も古いものが何であるかは、今調べている暇がない。手元にある徳川期のものでやや古いのは正徳二年版、北条団水撰の怪談書「一夜舟」で、その巻三に「離魂病の娘」と題する一話がある。大家の娘が結婚間際に離魂病にかかり、姿が二つになった為、式を挙げることも出来ず、修験者を招いて祈禱をさせ、漸く快癒したという話。これにはろくろ首の挿話がつけ加えてある。

この「一夜舟」には大阪見開きの挿絵があって、屛風の前に全く同じ振袖姿の美しい娘が二人並んで立っていると、その前に壇を設けて山伏が祈っている場面が、古風な絵柄で挿入されている。離魂病をこんなに明瞭に絵に現わしたものを、私はほかに知らない。

随筆にもこの奇病はいろいろ書かれているが、今手元にあるものを記すと、曲亭馬琴が評註をした「奥州波奈志」という本に「影の病」（離魂病の別名）の一項がある。或る男が外出から帰って見ると自分の部屋の机に向かっている男の後姿が、着衣から髪形から自分とそっくりなので、怪しんで近づくと、相手は細目に開いていた障子からスーッと外に出て、そのままかき消すように見えなくなってしまった。それ以来男は病にかかり遂に死亡するが、その家には父子三代同じことが起ったという。奥州の実話としてある。馬琴はこれに註して、離魂病の出典として捜神記のほかに「本草綱目」と羅貫中の著書を挙げている。

私は大正八九年の頃「中央公論」の中間読物で、自分と全く同じ人間がいることを知って恐怖する話を読んで、今に忘れぬほど深い感銘を受けたことがある。この作は恐らく「ウイリアム・ウイルソン」或は日本の離魂病から着想を得たものであろうが、私には非常に怖い感じがした。作者は村松梢風氏か故沢田撫松か、其後度々考えて見るのだが、どうもハッキリ思出せない。いずれにしても梢風氏の「談話売買業者」が「中央公論」にのった前後のことである。

分身怪談を裏返して合理的説明をつけると、やはり探偵小説になる。私はこれを「猟奇の果」という長篇に試みたことがある。甲が友人乙に化けて諸所に姿を現わし、乙をして自分と同じ人間がもう一人いるという恐怖心を抱かせるトリックである。西洋にはこの作例は余り無いように思われる。これと似たので、犯人が殺人の後、当の被害者に化けて時間的アリバイを作るトリックや、犯人が別人の替玉になりすまして財産横領を企てたり、又犯人が第三者に嫌疑をかける為に、その人に化けて偽証を作るというような一人二役トリックは非常に作例が多いけれども、この怪談の根本興味である化けられた当人がもう一人の自分の存在を恐怖する味を探偵小説に採入れ、これに論理的な説明を加えたものはすくないように思われる。

分身怪談に関聯して、幼時老人から聞かされ、今に忘れ難い怪談が二つある。一つは厠《かわや》の戸を開いたら、中に自分自身がしゃがんでいたという話。もう一つは夜道で化物に出会って逃出し、知人に会ったのでその話をすると「その化物はこんな顔だったか」というその知人の顔が、さっきの化物とそっくりだったという話。これも中国伝来の説話だが、西洋にはない話かと思っていたところ、イギリスの女流探偵作家の長篇 I, Said the Fly（コック・ロビンの童謡の一節を題にしたもの、一九四五年出版）を読んでいたら、その中に右の後の方のと同じ話が出て来たのでびっくりした。作者が少女時代から知っていた話のように書いてあるのだから、この怪談は西洋にも昔からあったものと見える。

さて、永々とつづいた怪談随筆もこの辺で打切ることにする。一二回のつもりが、つい一年になってしまった。ここに書いた外にも怪談の種類は非常に多いが、冒頭にも断った通り、今読んでは余り怖くない古典もの、素朴な幽霊、お化けのたぐい、悪霊、邪眼、憑きもの、吸血鬼、悪魔、妖婆、化物屋敷、前兆、凶運の類は一切省いたし、又、この小文は英米怪談の読後感なのだから、中国、日本の怪談はそれに関聯あるものの外は触れなかったわけである。

# 恋愛怪談（「情史類略」）

怪談随筆を書き出した頃から、怪談の本場である中国の諸書や、日本の怪談古書を猟《あさ》りはじめ、古書展の目録などに散見するものを気付くに従って購入していたので、いつの間にか相当の冊数になった。英米の探偵小説を読むのに追われて、それらの古書をゆっくり見ているひまがないけれども、購入した際ごく一部を卒読しただけでも、「怪談入門」の稿に書き加えたいような事項も少なくなかった。しかしそれらを丹念に拾い出す時間もないし、又、そういうものを悉《ことごと》く書き加えていては際限のない話だから、甚だ心残りながら、それは断念したが、一つだけここに書き添えておきたい書物がある。

中国の怪談書と云えば、「入門」中に引用した「捜神記」以下の諸書のような所謂《いわゆる》志怪の書だけを念頭に置いていたが、意外なところに、怪談を非常に含んでいる周知の書物があった。それは清の詹々外史が撰んだ「情史類略」二十四巻である。この本は日本でも明治十一年に嘲々酔士という人が各巻から数話ずつを抜萃《ばっすい》し、訓点をつけて「情史抄」と題し、和綴じの三冊本にして出版しているくらいで、中国の軟派書としてよく知られたものである。私はこの本の中国版三種と「情史抄」とを早くから持ってるのだが、その中にこんなに怪談があるとは、つい気づかないでいた。この頃同書を何気なく繙《ひもと》いていて、驚いたようなわけである。そして、情史にこれほど怪談があるのは偶然ではない。怪談と恋愛とは昔から切っても切れない関係を持っているのだということを、今更のように痛感した。そこで、「恋愛怪談」という小見出しで、少しばかり書き加えておくことにしたわけである。

恋愛に結びついた怪談は、西洋にも東洋にも非常に多い。「入門」の中の各項にも、西洋の恋愛怪談については屢々《しばしば》言及しておいた。東洋のもので、さし当って思い浮ぶのは「遊仙窟」である。少しも怖くはないけれども、無何有郷の恋愛を描いたものとして、絶品だと思う。凄味のあるものでは、「牡丹灯記」（牡丹灯籠）と、男女の恋愛ではないが、上田秋成の「菊花の約」と、幸田露伴の「対髑髏」などが忘れ難い感銘を残している。そこには怪談なるが故の、現実の企て及ばざる美しさがある。この世のものならぬ愛情、この世のものならぬ美人、怪談の恋愛は、たとえ閨房が描かれていても、不思議にプラトニックな感じを持っている。非現実の、夢幻の美しさである。しかもその中に奇妙なエロティシズムがある。美女は凡《すべ》て凄艶である。凄いほどのなまめかしさ、怖いほどの美しさ、情慾と恐怖が超自然の通路で結びつけられると、恐ろしさと艶かしさの混り合った一種云い難き色調が生れる。怪談の中で恋愛怪談が特別の座を占める所以《ゆえん》であろう。

さて「情史類略」は種々の古書に記された史実と伝説八百数十篇を蒐集し、これを類によって二十四巻に別った恋愛談の集大成である。少なきも一巻十余話、多きは一巻六十余話に及ぶ。平均して一巻三十余話である。試みにその二十四種の分類項目を記して見る。（括弧内は註）

①情貞類（貞節）②情縁類（奇縁）③情私類（秘恋）④情俠類（俠恋）⑤情豪類（豪奢、豪華）⑥情愛類（深情）⑦情痴類（痴情）⑧情感類（恋情感応）⑨情幻類⑩情霊類⑪情化類⑫情媒類（各種の恋愛媒介者、神仙より鬼、野獣、虫類に至る）⑬情憾類（哀傷）⑭情仇類（悲恋）⑮情芽類（帝王、聖人、聖僧の恋）⑯情報類（恋愛の余慶）⑰情穢類（淫楽、変態性欲）⑱情累類（恋愛の余殃《よおう》）⑲情疑類⑳情鬼類㉑情妖類㉒情外類（男色）㉓情通類（動、植、鉱物間の恋情、

鉱物では例えば相思石）㉔情蹟類（恋愛詩文）

右の内、註をつけなかった⑨⑩⑪⑲⑳㉑の六巻は純然たる怪談に属する。次にこの六巻の内容をやや詳しく記す。

【情幻類】夢幻（異次元恋愛）離魂（分身怪談の離魂に同じ）付魂（死霊、生霊の恋）招魂（仙術等にて亡き恋人の姿を現わす話）画幻（絵画怪談、画中の美女抜け出して恋愛をする話）事幻（恋人死して水底に住む異性と交り、再び地上の恋人の前に姿を現わすなど）術幻（幻術によって恋人を授かる話、異次元怪談の味）計二十八話。

【情霊類】愈病（恋人の愛情にて悪疾癒ゆ）再生（死せる恋人不思議の再生）同死（情死の怪）死後償願、死後践盟、死後尋歓、再生償願、再生伝言、死後見形（以上いずれも恋情は死を超越し、あるいは死後に恋人との約を果し、あるいは再生して恋人にまみゆるなど）柩霊（恋情により死者の棺に異変生ず）計四十一話。

【情化類】恋人との別離を悲しんで石となるたぐい、化女、化石、化鉄、化蛇、化怪草、又、相思の二人が双雉となり、双鶴となり、鴛鴦となり、連理の樹となるなど、計十八話。

【情疑類】仏国（須弥山の北の架空の国の奇異なる人種とその恋愛）天仙、雑仙、仙女、地仙（以上いずれも西洋のフェアリーに類する無何有郷の美女物語、天界の牽牛織女なども出て来る）山神、水神、洛神、廟像の神（これは彫刻怪談にも通ず）竜神、雑神、計五十五話。

【情鬼類】宮闈《きゅうい》名鬼、才鬼（いずれも史上著名の美女の幽霊）塚墓之鬼、攢瘞《さんえい》之鬼、旅櫬之鬼（いずれも美女の屍怪）幽鬼、無名鬼、幽婚、皆異次元恋愛怪談の味が濃厚である。計三十八話。

【情妖類】人妖（百歳老女の恋愛）異域（無何有郷の恋）野叉《やしゃ》、獣属（馬、猩々《しょうじょう》、狸、狐、猿、猴、虎、猪、狼、鼠、獺《かわうそ》などの精美女と現わる）羽属（鴛鴦、白鷗、烏、鶏などの精）鱗属（大蛇、白蛇、赤蛇、長蛇、白魚などの精）介属（鼈《すっぽん》、蝦などの精）昆属（蜂、いなご、蟾蜍《ひきがえる》、蚯蚓《みみず》などの精）草木属（柳、桂、白蓮、菊、芭蕉などの精）無情之物（火怪、石妖）器物之属（泥人形、石獅、石砧杵、牛骨、琵琶、琴、箸、枡、箒などの精いずれも美女と現われて恋愛す）無名怪（雑）計五十八話。

実に至れり尽せりである。右の大部分が私の分類で云えば動物怪談、植物怪談、彫刻怪談などに属する。

# 猫　町

ユートピア即ち無何有郷の物語は人間の社会生活の極楽境を夢想する倫理面、政治面、経済面のものが、古来最もよく人に知られている。古くはプラトンの「アトランチス」から、トマス・モーアの「ユートピア」ベイコンの「新アトランチス」ウイリアム・モリスの「無何有郷便り」その他数え切れないほどの理想社会夢物語がある。

しかしユートピア物語はこういう固くるしい方面ばかりでなく、衣、食、住から恋愛その他あらゆる感情に亘り、恐怖に関する（即ち怪談の）ユートピアすら夥しく書かれている。

恋愛乃至肉欲のユートピアとして手近かに思い浮ぶのは西鶴の「一代男」遡《さかのぼ》っては「源氏

物語」のある巻々、そしてこれらに影響を与えた唐の「遊仙窟」。この「遊仙窟」は純粋の愛慾ユートピア物語としてある意味で世界の絶品である。

怪談の方はユートピアではおかしいから無何有郷といえば無難であろう。西洋古代については今智識がないが、東洋では「山海経」の昔から「捜神記」以下の志怪の書の到る所に怪談無何有郷が語られている。無何有郷とは今の言葉でいえば四次元的世界であろう。宗教上の地獄描写の如きも一種の怪談無何有郷であるが、もっと遊戯的な不思議の為の不思議世界があらゆる形で語られている。

例えば「酉陽雑俎」巻十五の「開成末永興坊百姓云々」の項から縁を引く「伽婢子」巻九の「下界の仙境の事」の地底王国の金殿玉楼。仙境といい、桃源といい、竜宮といい、必ずしも恐怖のユートピアではないが、これが怪談の書に用いられると妖異の四次元世界となる。これに似たものでは「酉陽雑俎」巻十三「劉晏判官季邈云々」のやはり地底の別世界（山田風太郎の探偵小説「みささぎ盗賊」は直接にか間接にかこれから示唆を受けている）もう一つ例を出すと、宋時代の「稽神録」にある「青州客」という怪談、ある人が暴風に会って不思議の国に漂着する。その国の有様は別に現実世界と変りはないがいくらこちらから挨拶しても誰も相手になってくれない。つまり彼等の目にはこちらの姿が全く見えないのである。モーパッサンの「オルラ」をはじめ西洋怪談には目に見えぬ妖怪の話が沢山あるが、「稽神録」のはその逆を行って、話の主人公自身が見えぬ妖怪となり、その妖気によって漂着した別世界の王様を病みつかせるという、宋の昔にしては恐ろしく新らしい怪談である。

H・G・ウエルズの「壁の扉」という短篇はふと行きずりの町の塀の内部に、思いもかけぬ別世界、夢の国を発見し、再びその町へ行った時、同じ塀の扉を探すけれども、いくら探してももう二度と再びその別世界を見ることが出来なかったという話であるが、西洋にも東洋にもこの種の無何有郷怪談は無数にある。

さて、怪談無何有郷の内に動物無何有郷とでも云うべき一連の説話がある。「捜神後記」の「林盧山下有一亭云々」の話はその家に集う男女の群が悉く犬の顔をしていたというのであり、「剪灯新話」巻三の「申陽洞記」は地底の猿と鼠の王国を空想している。これを翻案した「伽婢子」の「栗栖野隠里の事」の挿画には人間の服装をした猿共の御殿が描かれていて、一層「猫町」の感じに近い。

突然「猫町」と云っても分らぬであろうが、右の犬の家、猿や鼠の王国の話は、日本の詩人萩原朔太郎の短篇小説「猫町」を思い出させるのである。昭和十年の末、版画荘から単行した同書一冊を贈られ今も愛蔵しているが、著者自案の装幀、厚いボール芯の表紙には一面の煉瓦、その真中に石で畳んだ窓があり、窓の上には Barber と書かれ、横には理髪店の看板の青赤だんだらの飴ん棒がとりつけてある。そして窓一杯に覗いている大きな猫の顔。つまり、その町の住人は悉く猫であって、床屋の窓の中からも猫の顔が覗いているというわけである。詩人朔太郎の魂は、見慣れた東京の町に、ふと「猫の町」を幻想する。その町へいつも行きつけない方角から迷い込むと、左右前後があべこべに感じられ、そのあべこべが忽《たちま》ち第四次元の別世界を現出する。見慣れた町が一瞬間、まるで見知らぬ異境となり、そこの住民は妖怪となる。「猫町」ではその住民が悉《ことごと》く猫の顔を持つのである。

「見れば町の街路に充満して猫の大集団がうようよ歩いてゐるのだ。猫、猫、猫、猫、猫、猫、猫。どこを見ても猫ばかりだ。そして家々の窓口からは、髭の生えた猫の顔が、額縁の中の絵のやうにして、大きく浮き出して現れてゐた」

私はこの怪談散文詩をこよなく愛している。朔太郎の詩集や数々のアフォリズムと同様に、或いはそれ以上に愛している。

ところが、この頃私は西洋の怪談集を幾つか読む機会があって、その中に「猫町」とそっくりの着想を発見し、朔太郎のこの作を今更らのように懐しみ、前記の支那怪談にまで類想したのであった。

作者はイギリスのアルジャーノン・ブラックウッド、作品は中篇「古き魔術」、その意味は主人公の一人物の前世が猫であったかのような錯覚があり、その古い記憶の甦りを寓意しての「古き」である。ブラックウッドは誰も知る今世紀に於ける怪談文学の大家、ゴースト・マン（幽霊男）と呼ばれたほどの恐怖作家である。

あるイギリスの旅行者が、フランスの淋しい田舎の小駅で、ふと途中下車がしたくなる。都会の喧騒をそのまま運んでいるような汽車の騒音が堪らなくなり、静かな田舎町に一夜を過そうとしたのである。ところが、下車した時、窓の中から鞄を渡してくれた一人のフランス人が、何か警告するような口調で、低い声でペラペラと喋ったのだが、旅行者はイギリス人なのでフランス語が完全には聴きとれなかった。ただ眠りがどうかして、猫がどうかするというような言葉だけが耳に残った。

駅を出ると前方に小山があって、その山の向うに古めかしい尖塔などが見えている。静かな懐しげな町。旅人はその山を越えて町に入る。町全体が一世紀も前の古めかしい建築で、何の物音もなく眠ったように静かである。旅人はこの町の静寂を破るのを恐れて、彼自身も抜き足をして歩いて行く。暫く行くと一軒の古風な宿屋があったので、そこに部屋を取る。曲りくねった廊下の突き当りにある孤立のねぐらのような部屋、天鵞絨《ビロード》を張りつめた感じで、部屋そのものも音に絶縁されている。安息の部屋。眠りの部屋。旅人はそれが大いに気に入った。

宿のお神は無口な大柄な女で、いつもホールの椅子にじっと腰かけて監視している。客の行く方へ首を動かす様子がひどくしなやかで、どことなくまだらの大猫を聯想させる。旅人はこの女の前を通る度に、今にもパッとこちらへ飛びかかって来そうな感じを受ける。

しかし、この宿には妙な吸引力がある。旅人は早急に出立する気にはなれないように思う。やがてその引力の主が彼の前に現われる。ある夜薄暗い廊下を自室へと辿っていると、曲り角で柔いものにぶつかる。それは人間の形をしていたが、フカフカと柔かく暖くて、愛らしい仔猫に触ったような感触であった。そのものは彼にぶっつかると、ヒョイと体をかわして、非常なすばやさで、併《しか》し少しも物音を立てないで、彼方の闇に消えて行ったが、すれ違う時一種魅力ある匂いと暖い呼吸が感じられた。そして、もう中年を過ぎた旅人は、胸のどこやらに少年の頃の初恋の感情が甦《よみがえ》って来るのを覚えた。あとで分ったのだが、その暗中の柔いものは、その宿の若い娘、あのまだら猫のお神さんの美しい一人娘であった。

その翌日から娘は食堂に現われて、彼の食卓に侍り、彼一人に親切をつくすようになった。食卓に限らず、彼の行く所、影のように彼女がつき纏《まと》っていた。そして、それが旅人には初恋のように楽しかったのである。彼は帰るのを忘れて二日三日と滞在を重ねて行った。

彼は度々その町を散歩したが、そのたびに奇異な感じに打たれた。大通りは昼間は殆んど人の影もなく、日暮れからゾロゾロと夥《おびただ》しい男女の群れが出盛るのであったが、その人々が彼にはまるで注意しない。この異体のイギリス人を見向くものもない。ところが、観ていると、注意しないのは実はうわべだけであることが分って来た。彼等は見ぬふりをしているのだ。彼の正面ではそ知らぬ顔をしながら、背後からは彼を見つめているのだ。又は見ぬふりをして横目でジロジロと彼を監視しているのだ。道行く悉くの男女がそれなのである。

この町の住民共の特徴は全く足音を立てないで歩くこと、目的物に向かって真直に歩かないで、ジグザグのコースをとり、まるでそこへ行くのが目的ではないような顔をしていて、ある距離まで近づくとサッと目的物に突進するという妙なくせがある。宿の食堂の給仕男がやはりそれで、料理を運ぶ時も、どこか外のテーブルへ行くような歩き方をしていて、ヒョイと向きを変えると、サッと飛びつくように彼の食卓へやって来る。彼の恋する宿の娘もその通り、いつも傍見をしていて、その実彼の動作は一から十まで知りつくしている。その物腰は牝猫のように素早く、しなやかで、足音というものをまるで立てない。

この町の住民の今一つの奇異は、表面上の言語動作のほかに、全く別の隠れた目的を持っているように見えることである。この町の女が化粧品店などで買物をしている様子を見ると、別に買いたくもないけれど、義務として物を買っているように見えるし、店の女主人の方も、売れても売れなくてもどうでもいいという調子で、双方ともひどく張合いのない形式的な物腰である。旅人が試みに同じような雑貨店に入って見ると、売り子の若い娘は、彼の方を見ぬようにして、スルスルと店の奥へ引込んでしまう。そして、物蔭からじっとこちらの様子を窺っている。「何々を呉れ」と声をかけると、やっと不承々々に陳列棚のところへ出て来て、彼の顔を見ないようにして品物を渡してくれる。町をゾロゾロ歩いている群衆にしても同じことで、夫々の方角へ用事ありげに急いでいるが、どうやらそれも上べばかりで、本当に用事があるのではないらしい。この町の住民の動作は凡て何だか拵《こしら》えもののようで、真の目的は全く別のところにあるらしく思われる。

更らに異様なのは、まだ宵の内なのに、町を歩いて見ると、どの家も戸や窓をしめ町全体が死に絶えたように静まり返っていることがある。そして、どこか遠くの方から、非常に多勢の歌声のようなものが幽かに聞えて来る、オドロオドロと太鼓の音なども混っている。その歌声は人間の大合唱のようでもあり、何かの動物が、たとえば猫などが無数に集って、吠え合っているようでもある。

ところが、そうして宿の美しい娘の魅力によって、滞在が永引いている内に、遂にこの町の正体が判明するに至る。

ある月夜の晩、旅人が外から帰って宿の玄関を入ると、さほど夜更けでもないのに、家全体が寝静まったようにシーンとしている。ふと見ると薄暗いホールに何かしら黒い大きな物体が横たわっていた。巨大な猫であった。ハッとして立ちすくむと、猫の方でもビクッとしたように身動きして、立上ったが、見ればそれは例の大柄な宿の主婦であった。彼は何故ともなくこの威厳のある大女の前に恭しく一礼した。すると大女は彼の手を取って奇妙なダンスをはじめた。薄暗い石油ランプの下で、物狂わしく踊りはじめた。併《しか》し彼女の足はどんなに床を踏んでも少しも物音を立てなかった。

気がつくと、いつの間にかダンスの相手は二人になっていた。あの美しい娘がどこからか帰って来て彼の一方の手を取っていることが分った。暫く踊ったかと思うと彼の両手が自由になり、二人の女はどこかへ見えなくなったので、彼は大急ぎで階段を駈け上り、自分の部屋へ逃げ込んだが、すると、家のまわりが何かしらザワザワと物騒しくなって来た。彼は怖わごわ窓から中庭を覗いて見た。月光まだらな中庭に幾つも物の影が蠢《うごめ》いている。その物は初めの内は人間とも動物とも見分けがつかなかったが、目が慣れるにつれて、どうやら大きな猫の一群らしいのである。屋根の上にも、物の影が動いている。その町中の男女が、屋根伝いに、この中庭へ集まって来るように見える。身軽に屋根から屋根へと飛び移る姿はやはり人間なのだが、それらの姿が降るように中庭へ飛び降りると、飛び降りた瞬間、いずれも猫の姿に変っている。そして、その多勢の猫共は次々と宿のホールへ集まり、そこにはじまっている奇妙な群舞の仲間入りをする。

旅人はその光景を見ている内に、古い古い太古の記憶が甦って来る。遥かな過去に於て自分はこれとそっくりの光景を見たことがあるような気がして来る。もっと恐ろしいのは、自分も彼等と同じ動作を取りたい誘惑がムラムラと湧き上って来たことである。二階の窓から飛び出して、屋根から中庭へ飛んで降り、四つ足になってホールの踊り仲間に加わりたいというゾッとする誘惑である。

やがて猫共の大群は宿のホールを出て、町の外にある深い谷間へと移動して行く。月夜の大通りは、猫の群れで一杯になる。旅人は部屋を出て、コッソリとその大群衆のあとを追い、町はずれの城壁の上に辿りつく。そこから見おろすと、月の蔭になった谷間の平地に町中の人が悉く集まって、狂気のように乱舞している。その人々の顔は皆猫なのである。「ウイッチの安息日」一年に一度悪魔が招集する大夜会、その中心には魔物の女王が席についている。

女王とは外でもない宿の主婦のあの大柄なまだら猫である。

月夜の空をヒューッと鳥のような影が掠めたかと思うと、彼の横に一人の女が立っていた。彼の愛人の宿の娘である。人間の姿はしているが、その物腰はすっかり美しい牝猫になっている。彼女は彼の頬に口を寄せて「サア、飛び降りて饗宴の仲間にお入りなさい。飛ぶ前によく毛並を撫でておくのですよ。サア早く、変身をして私達の仲間にお入りなさい」と囁く。そして彼の顔や頸筋を撫でてくれるのだが、すると、彼のからだは猫の姿に変って行くかに感じられた。彼の血の中に大昔のけだものの血が甦って来るように思われた。彼は我にもあらず、奇妙な叫び声を立てた。彼自身には分らなかったけれど、その叫び声は何かの意味を持っていた。それは古い古い太古の言葉であった。その叫び声が谷間に伝わって行くと、下の猫共の間から、彼に答えるような叫びが返って来た。……しかし、結局、この旅人は猫に変身することとなくして、この別世界猫町を辛うじてのがれ出すことが出来たのである。

萩原朔太郎の「猫町」を敷衍《ふえん》するとブラックウッドの「古き魔術」になる。「古き魔術」を一篇の詩に抄略すると「猫町」になる。私はこの長短二つの作品を、なぜか非常に愛するものである。私は嘗《か》つて「陰獣」という小説を書いたが、陰獣とは猫のことであって、決して淫獣又は艶獣と同義語ではない。一例を挙げると、貞享三年に出版された怪談書「百物語評判」巻三「徒然草猫またよやの事」の章に「いにしへは猫魔と云へり、猫と云へるは下を略し、こまといへるは上を略したるなるべし、ねこまたとはその経あがりたる名なり。陰獣にして虎に類せり」とある。陰獣は私の発明語ではない。そして、猫町とはこの陰獣の町なのである。家庭の事情の為に、私は嘗つて猫を飼ったことがないけれども、若し私が独身者であったならば、無数の猫を飼って「猫の家」に起伏していたかも知れない。

東洋古来の怪談にも動物無何有郷は多いし、又猫化けの物語も少なくないが、猫と無何有郷を結びつけ「猫町」や「古き魔術」に類する異様の感じを描いたものを外に知らない。この両作の照応に殊更ら深い感銘を受けた所以であろう。

# 祖母に聞かされた怪談

私は数年前、西洋の怪談小説をたくさん読んで、「怪談入門」という随筆を書いたことがある。このとき、中国や日本の古い怪談書もいくらか読みくらべてみた。古典的な日本の怪談小説は、多くは中国伝来のもののようだが、日本各地の民話の中に、自然に生まれてきた純日本式の怪談も、ひじょうに多いにちがいない。

私の幼時、おばあさんから、サルカニ合戦やカチカチ山といっしょに、よく聞かされた怖い話があった。まっくらな夜、だれも通らない淋しい場所を歩いていると、目も口もない、のっぺらぼうのお化けに出会ったので、キャーッといって、一目散に逃げだした。そして、暗い道を走って行くと、むこうから一人の人間がやってきたので、やれうれしやと、その人に助けを求め、いまおそろしいお化けに追っかけられたと告げると、その人は、「その化けものは、こんな顔をしていたか」と、ヌーッと顔を前にだした。それが目も口もない、のっぺらぼうの顔だったという話である。

私は、このお化けの二重攻撃がひじょうに怖くて、強く記憶に残った。そして、これは日本あるいは東洋独特の怪談だろうと思っていたところ、数年前、イギリスの探偵小説を読んでいて、同じ話がイギリスの民話としても存在することを知って、ちょっとおどろいたのである。それは、エリザベス・フェーラーという女流作家の、「私は見たと蠅《はえ》はいう」という長編で、その後、早川ミステリーで邦訳も出ている。主人公の女性が幼時聞かされた怪談として、私の幼時に聞いたのとそっくりの話が出てくるのである。

もう一つ、これも子どものころおばあさんから聞かされた話に「人面疽《そ》」というのがある。膝や肘に、人間の顔とよく似た腫物ができて、その腫物の口が物をたべるという怪談である。この話の、本にのっている古いものでは、中国唐代の「酉陽雑俎《ゆうようざっそ》」で、その話が日本に伝わったものだから、東洋独特の怪談と考えていたのだが、アメリカのエドワード・L・ホワイトという作家のLukundoo（妖術というアフリカ語）という短編に、人面疽の話が出てきたの

# 新刊案内

2016年7月

平凡社

平凡社新書818

日本会議の正体

青木理

安倍政権とも密接な関係をもち、憲法改正などを掲げて運動を展開する草の根保守ネットワーク「日本会議」。そのルーツと成り立ち、活動の現状、今後の方向性を余すところなく描く。

800円+税

平凡社新書819

平田篤胤

交響する死者・生者・神々

吉田麻子

平田家に伝わる膨大な新資料の整理・研究成果を元に、現代にも通ずる日本独自の豊かな死生観を探究した、江戸後期を代表する思想家としての新たな篤胤像を描き出す意欲作。

820円+税

月火水木金土

7つの星のはなし

鏡リュウジ
鶴岡真弓

人気占星術研究家と美術史界きっての美魔女が繰り広げる7つの星の話。あなたが生まれた「曜日」の背景や歴史、定められた運命に驚くこと間違いなし！　図版多数。

予価1800円+税

茶の湯物語

戦国数寄屋者伝

髙山宗東
山野肆朗

茶の伝来から、禅の思想を宿した文化として発展した戦国時代、庶民の教養へと広がった近世まで、各時代背景とそこに生きた人物との関連を活写した、知られざる茶の湯の通史。

2400円+税

銀塩カメラ放蕩記

赤城耕一

銀塩カメラの世界をこよなく愛し、日々、名機に惑い、名玉レンズに溺れる著者が、今こそ欲しい、63機の憧れの銀塩カメラと、48本の魔法のレンズの魅力をとことん紹介する。

予価1900円+税

でびっくりした。中国や日本の話を伝え聞いたのではなくて、まったくの創作らしい。あるいはアフリカなどに、そういう民話があるのかもしれない。

アフリカ探険家が、からだじゅうに、人間の顔をした腫物ができて悩む話で、その探険家は、腫物が大きくなると、かたっぱしから剃刀で切りとるのだが、いくら切っても、つぎかららつぎと腫物ができ、その腫物が小さな口で物をいうのである。

こういうふうに、東西の怪談の似たものをさがしだして、戸籍しらべをするとおもしろいと思うが、私の読んだ範囲では、西洋と東洋の多くは、まるで性質がちがっていて、そういう比較をこころみるのは困難であった。

# 西洋怪談の代表作

わたしは昭和二十三年から二十四年にかけて「宝石」誌に「怪談入門」というものを書いて、わたしの読みえた限りの西洋怪談をテーマの部類分けにして紹介し、それを後に「幻影城」に収めた。

その後、「怪談入門」に紹介した作品が、諸方で邦訳されたので、なるべく未訳のものをという方針で（二、三の例外はある）、この「怪奇小説傑作集」ⅠⅡを編纂した。したがって、「怪談入門」に紹介しなかった作品も幾つか入っているわけである。

ドロシイ・セイヤーズは怪談を分類して左のような項目に分けた。

A　マクロコズモス（超自然怪談）
　1　幽霊、化け物（例、ヒチェンズ「魅入られたギルデア教授」）
　2　魔術的恐怖
　　a　妖魔（例、ジェイコブズ「猿の手」）
　　b　吸血鬼（例、ベンスン「アムオース夫人」）
　　c　フランケンシュタインもの（例、ビアス「モクソンの主人」）
　　d　憑きもの、怨霊（例、スチヴンソン「スローン・ジャネット」）
　　e　運命の恐怖（例、ハーヴィ「炎天」）
　3　悪夢、幻影（例、レ・ファニュー「緑茶」）
B　マイクロコズモス（人間そのものの恐怖）
　1　疾病、狂気（例、マイケル・アーレン「アメリカから来た紳士」）
　2　血みどろ、残虐（例、ストーカー The Squaw）

これに対し、わたしの「怪談入門」では、もっとちがった部類分けをした。次の通りである。

1　透明怪談（例、ウエルズ「透明人間」）

2　動物怪談（例、ブラックウッド「古き魔術」）
3　植物怪談（例、ホーソン「ラパッチニの娘」）
4　絵画彫刻の怪談（例、ベン・ヘクト「恋がたき」）
5　音の怪談（例、ラヴクラフト「エリヒ・ツァンの音楽」）
6　鏡と影の怪談（例、エーウェルス「プラーグの大学生」）
7　別世界怪談（例、ラヴクラフト「アウトサイダー」）
8　疾病、死、死体の怪談（例、ホワイト Lukundoo　フォークナー「エミリーの薔薇」）
9　二重人格と分身の怪談（ポー「ウイリアム・ウイルソン」）

わたしが「怪談入門」を書いたときには、古代の西洋怪談については全く無知だったので、十八世紀以降のゴシック・ロマンスからはじめて怪談略史のようなものを書いた。ホレース・ウォールポールの「オトラント城」、ラドクリフの「ユドルフォの秘密」、マシウ・ルイスの「僧侶・アンブロジオ」、マチューリンの「漂泊者メルモス」の一部などを、辛うじて読んでいたからである。

その後、モンターグ・サマーズ編の「怪談オムニバス」という本を手に入れたが、そのサマーズの長序は、探偵小説でいえばセイヤーズの長序に似た分量のもので、古代ギリシャのホメロス、古代ローマのプリニウス、アピュレイウス、中世のグアゾ、シニスタリ、レミイ、ボッカチオ、チョーサー以下無数の作者を挙げて、その作品を紹介している。しかし、そういうものは多くは本が手に入らないし、また、現代の読物として面白いかどうか疑問なので、こういう傑作集には、リットン、マリアット、ホーソンあたりからはじめるのが適当のようである。西洋の怪談傑作集に入っている一番古いものではデフォーの「ヴィール夫人」があるけれども、これも今読んでは大して面白くはない。

英米の怪談作家で、十九世紀を代表する巨人はシェリダン・レ・ファニュー（一八一四―一八七三）で、この人の中篇「緑茶」というのは今読んでも面白いのだが、少し長すぎるので、この傑作集には入れなかった。レ・ファニューの著書はなかなか手に入らないのだが、その長篇など数冊を最近イギリスの古本屋から入手したので、暇ができ次第読後感をどこかへ紹介したいと思っている。

十九世紀のレ・ファニューに対して、二十世紀最大の怪談作家はアルジャーノン・ブラックウッド（一八六九―一九五一）である。この人は生涯に長、短無数の怪談を発表した人で、中編では「古き魔術」と「柳」が傑作である。しかしこの二作には邦訳があるし、長すぎる点もあるので、本書には入れなかった。ブラックウッドの長編も最近二、三入手したので、これもいつか紹介したいと思っている。

ブラックウッドについでの大家はモンターグ・ジェイムズだが、わたしはラヴクラフトの怪談への狂熱に心惹かれる。その中編「ダンウィッチの恐怖」は他に訳されたので、本書には「アウトサイダー」を入れた。この作もわたしの最も好きなものの一つである。

そのほか、妖魔の実在を信じていたマッケンの異常作、どの傑作集にも洩れたことのないジェイコブズの「猿の手」、ポーの再来といわれたビアスの作、異様な余情を残す「奇妙な味」の作家、サキとコリア、ベン・ヘクトの人形怪談、それぞれに、わたしの最も愛するところのものである。

しかし、僅か二冊の傑作集で、西洋怪談の名作をのせきれるものではない。もし読者が歓迎されるならば、第三、第四の「怪奇小説集」を編纂したいものである。

# 怪談二種

私は怪談の種類を（一）透明怪談（二）動物怪談（三）植物怪談（四）絵と彫刻の怪談（五）音又は音楽の怪談（六）鏡と影の怪談（七）別世界怪談（八）病気、死、死体の怪談（九）二重人格、分身の怪談の九つに分けて説明したことがある。これらの各項について東洋と西洋の実例を比べると面白いのだが、ここには（一）と（八）の例話の一部を記すにとどめる。

透明怪談というのは、人間の目に全く見えない妖怪の事で、適例はモーパッサンの「オルラ」であろう。「私のすぐ側の一輪のバラの花が、まるで目に見えぬ手で摘みとられたように茎からはなれ、その花が、手が口に持って行くときに描くような曲線を描いてスーッと上がって行ったかと思うと、私の眼前三尺の空間に、真赤なしみとなって、じっと静止した。」この花を口にくわえたやつが透明妖怪なのである。H・G・ウエルズの科学小説「透明人間」にも、これと似た妖怪味がある。

アンブローズ・ビアスの「妖物」も透明怪談だし、アポリネールの「シュブラック滅形」は保護色によって見えなくなる人間を描いている。そのほか人間に見えなくて犬や猫だけに見える妖怪、大人には見えなくて、あどけない幼児にだけ見える妖怪など多くの作例がある。

透明怪談の特徴は読む人の想像力に応じて、いくらでも恐ろしい姿を空想できる点にある。姿ある妖怪のように恐怖が限定されないところにある。トルストイが、あなたはどんな怪談が一番怖いかと問われたとき、雪の上に、人の姿はなくて、長靴の跡だけが次々と残されて行く景色が一番恐ろしいと答えたそうだが、これも透明ゆえの怖さである。

東洋には、動物、植物、絵画彫刻などの怪談が非常に多いけれど透明怪談の名作は余りないように思われる。中国の怪談書「子不語」に出ている「空心鬼」は人間の胸から下がすき通って見える話だが、人間の姿が見えるのだから全く透明ではない。忍術には隠形《おんぎょう》の術があるし、印度の仙人が発明した隠形薬などというものもあるが、これは透明怪談の怖さとは違う。

また江戸末期の草双紙などには人間の外形を点線で描いて、その中を全く空白にするか、向側の景色がすいて見えているように描いたものが散見するが、その物語の内容には、西洋の透明怪談の怖さがない。

次に病気の怪談では、東洋の「人面疽」が最も不気味である。人面疽は唐代の「酉陽雑組《ゆうようざっそ》」に出ているのだから、随分古いものでこれが日本に入って昔から周知の怪談の一つとなっている。膝頭に人間の顔とソックリの腫物ができて、それが泣いたり笑ったり物を食べたりするのである。

谷崎潤一郎氏の初期の短編「人面疽」はこの恐怖と映画とを組合せて巧みに描いたもので、人面疽怪談の秀作である。

私は「人面疽」は東洋独特の怪談かと考えていたが、西洋にも同じ着想のものがあることを発見した。それはアメリカのエドワード・ホワイト（一九三四年歿）という人の短編Lukundoo（妖術という意味のアフリカ語）で、アフリカ探検隊の一員が病気になって、ただ一人寝ているはずのテントの中から、妙な話し声がきこえる。

病人の声とは違う四五歳の幼児のような弱々しい声である。そいつが時々口笛を吹くのだが、それも幼い女の子が唇をとんがらせて吹いているような幽かな音である。

覗いて見てもテントの中には病人のほかにだれもいない。やがて真相が分ると、この病人には、からだの諸所に握り拳大の人の顔の腫物が出来、それが話をしたり口笛を吹いたりしていたのである。探検隊員が殺したアフリカ小人族のたたりであったという話。

又、「離魂病」も東洋味の強い怪談だが、これはポーの「ウイリアム・ウイルスン」やエーウエルスの「プラーグの大学生」と同系統の話と言えないこともない。その他東西照応の面白い怪談がいろいろある。

# 鏡怪談

神殿の奥深く鏡が懸けてある。それは親しいものではなくて怖いものである。神の神秘的な威厳を示すにふさわしいものである。邪悪なる者はその前に畏怖するであろう。鏡が怖いという人がある。しかし私は鏡が怖いのである。何畳敷きだかの日本間の真中に鏡を置いて、深夜暗中に、未婚の女がこれを見る時は、その鏡面に未来の夫の姿が映るという話を、子供の頃聞かされてゾーッとしたことがある。中学生の時、物理の時間に、一つの凹面鏡が生徒の間に回され、皆が自分の顔をそれに映して見たことがある。誰も怖がるものはなかった。しかし私は非常に怖かった。自分の顔が何十倍に拡大されて映るからである。一本一本の産毛が銀色の草のように見えた。皮膚が地震の時の地面の亀裂のように見え、その間に黒い毛穴がほら穴のように開いた。「松山鏡」の昔噺も私は面白がるよりは怖がって聞いた。鏡をはじめて見た人の驚きと怖れが、お化けと同じ怖さで私に迫って来た。

だから私はジョージ・マクドナルドの「鏡中の女」やエーウエルスの「プラーグの大学生」の怪談に人一倍の魅力を覚える。鏡中の影か、現実に自分が二人になったのか、それが混同錯覚される所から鏡怪談が生れる。ポーの「ウイリアム・ウイルソン」の恐怖、東洋の離魂病の恐怖である。ラヴクラフトというアメリカの異常な怪談作家の短編にこんなのがある。人間世界とは次元の違った怪物の国に生れた男が、ふとしたことから異次元の人間世界に迷い込んで、ある豪奢な大邸宅に入って行く。そこの広間の壁に大鏡がある。彼はその鏡面に生れて初めて自分の姿を見た。それはその辺にいる人間共とはまるで違った世にも恐ろしい妖魔の姿であったというのである。化物自身が我身の姿に恐怖する気持が、ギョッとするように描かれている。

私も鏡怪談を書いたことがある。「鏡地獄」というのである。中に人間が入れるほどの大きさの球形の鏡を作って、主人公はその鏡の玉の中に入って見る。球体の鏡の内部は凹面鏡を無限につないだようなものである。そこには一体何が映るのであろうか。主人公はその中で発狂してしまう。

私は本紙主催のお化けと迷信の展覧会に実はこの球体の鏡が注文したかったのである。しかし、それはむつかしいので、代りに上下四方とも鏡ではりつめた小部屋を注文した。前を見ても、うしろを見ても、上を見ても、下を見ても、百千の自分の姿が無限につらなっている怖さを味わいたかったからである。一般には同感されないかも知れない。しかし私はその鏡の部屋を、造りもののお化けなどよりは何十倍も怖いもののように考えている。

# 猫と蘭の恐怖

イギリスで怪談小説が最も盛んであったのは一八世紀の終りから一九世紀の初めにかけてであった。それは当時のロマン主義復興（Romantic Revival）の運動にともなって現われてきたゴシック恐怖小説（Gothic Romance）の一派であって、その先駆的作品はホレース・ウォールポール（Holace Walpole）の〝オトラント城〟という騎士道怪談小説であったが、この派のうち最も多くの作品を書き、最も歓迎せられたのは Ann Radcliffe という女流作家であった。われわれによく知られている大家では〝湖上の美人〟で有名なウォーター・スコット（Walter Scott）も多くの怪談を書いているし、詩人シェリー（Shelley）の夫人が書いた、当時としては風変りな怪談〝フランケンシュタイン〟は今でも多くの人に読まれている。

一九世紀後半では、英国有数の文豪チャールズ・ディケンズ（Charles Dickens）がいくつも怪談を書いているほか、フレデリック・マリヤット（Frederic Marryat）ガスケル夫人（E. C. Gaskell）、オリファント女史（Margaret Oliphant）などがそれぞれいくつかのすぐれた怪談を書いているが、怪談専門の作家としてはシェリダン・レ・ファニュ（Sheridan Le Fanu）が最も有名である。この人は殆んど日本に紹介されていないが、その作品は今日でも充分読むにたえるすぐれたものが多いのである。

以上は一九世紀の作家だが、今世紀に入っては先ず長篇〝ドラキュラ〟で知られているブラム・ストーカー（Bram Stoker）がいる。

この人は恐怖小説の専門家といってもよく、短篇にも恐ろしい作がいろいろある。それからもっと新らしいところで怪談専門家として名があるのは、前記レ・ファニュの影響をうけたモンターグ・ジェイムズ（Montague James）とアルジャーノン・ブラックウッド（Algernon Blackwood）である。殊にブラックウッドは著名であって、現代人にも恐ろしく感じられるような新らしい怪談を書いている。ほかに専門家でなくて怪談を幾つか書いているのは科学小説家のウェルズ（H. G. Wells）、ユーモア作家のジャコブス（W. W. Jacobs）、この人は〝猿の手〃という怪談短篇一つで非常に有名になっている。また蛮地旅行家で小説家のヒチェンズ（R. S. Hichens）は鸚鵡だけに姿の見える恐ろしい怪物の極めてすぐれた怪談を書いているし、風変りな新怪談 Modern Ghost Story というような畑ではサキ（Saki ……本名 H. H. Munro）、コリア（John Collier）ダンセニー（Lord Dunsany）、ガーネット（David Garnett）などに非常におもしろいものがある。

編集者の注文はイギリス怪談のおもしろい見本を一つ二つ示せということであったが、つい前置きが長くなってしまった。さて見本ということになると非常に取捨に迷う。名作家の作風にはそれぞれ特徴があって皆おもしろいのだから、そのうちの一つ二つでイギリス怪談を代表させるというのは殆んど不可能なことである。一九世紀の怪談にも今読んでも非常におもしろいものが無いではないが、多くは日本の徳川時代の怪談と同じように、幽霊や化物がそのまま姿を現わす素朴なもので、今日では一向こわくない。そこでそういう古典は一切捨てて、現代の怪談中から最も風変りな作品を二つだけ紹介して見ることにする。

その一つは怪談専門の作家として著名な前記ブラックウッドの〃古代の妖術〃（Ancient Sorceries）という中篇である。ある男が汽車旅行の途中、片田舎のさびしい駅でなぜともなく下車して見たくなり、汽車をおりてフラリと田舎町へ入って行く。その町は山でかこまれた別天地のような小都会で、軒を並べた建物も数世紀も前の古風な様式だし、町全体が何か古代の夢でも見ているように物静かで現代ばなれがしている。彼はそれが気に入って、とある小ホテルに宿をとり、つい長逗留をしてしまうのだが、そうして一日二日と日がたつにつれて、その町の住民全体がなんとなく普通の人間ではないような気がしてくる。皆あたり前の顔をし、あたり前の英語をしゃべっているけれども、その目の光りにどうも普通でないところがあり、歩き方や身ぶり、口のきき方などに何か人間でないほかの生きものを思い出させるようなところがある。

ホテルの娘は非常にきれいで彼に親切ではあるが少しも足音を立てないで家の中を歩き廻る。昼間は一間にとじこもって姿を見せないで、夜になると闇の中で活潑に動いているような気がする。夜はホテルの屋根の上に歩音がしたり、そこから中庭へとびおりる影が見えたりする。中庭へ行って見ると月にうかれてホテルの家族が多勢手をつないで踊っていたりする。屋根からフワリととびおりてきて踊りに加わる者もある。その中庭には妙な刺戟の強い動物的な匂いがただよっている。又おかしいのは、この町の大通りは昼間は死んだように人通りがなくて、夜になるとにわかにおびただしい通行人でざわめくことである。

彼はある夜散歩にでて道に迷い高い崖の上にでる。それから町の反対側を見おろすと、折からの月夜に、何かお祭りでもあるらしく、深い岩の底にウジャウジャと群衆が集まって、踊ったり跳ねたり叫んだり、恐ろしい騒ぎをやっている。月の光でよく見ると、その大群衆は一人のこらず人間ではなくて猫の姿をしていた。

驚いていると、サーッと月をかすめて何者かが崖の上の彼のそばへ飛んでくる。それはホテルの美しい娘であったが、人間の着物は着ているけれど、やっぱり牝猫である。牝猫は彼に崖を飛びおりて祭りの群衆に加われとすすめる。彼は恐ろしさの余り何かわめくが、そのわめき声は現代の言葉でなくて、遠い遠い古代の猫属と共通の言葉であることを意識する。彼は今一歩で猫に化身しそうになる。その誘惑をやっとの思いでふりすてて逃げ帰るという話である。これが日本の原稿紙にして一五〇枚以上の長さに極めて薄気味悪く巧みに描かれている。

もう一つの例は前に名をあげたジョン・コリアという非常に風変りな作家の〝緑色の心〟(Green Thoughts)という短篇である。コリアは純粋の怪談作家ではないが、その作品には新怪談とも称すべきものが多い。この〝緑色の心〟は戦前文学雑誌に邦訳されたということであるが、未読の人が多いと思うので、ごく簡単に紹介する。

ある人がどこともしれぬ競売場で異様な蘭を手に入れて、自邸の温室に移植した。妙なこぶだらけの茎、濃緑色の厚ぼったい葉、その上この蘭には太い丈夫な蔓が幾本も生えていた。たちまち温室一杯に巨大な葉をひろげたが、そのくせ初めて咲いた花は小指の先ほどの小さなもので、その辺を飛び廻っている蠅の頭とそっくりの形をしていた。ある日邸内の猫が行方不明になったかと思うと、今度は猫の頭とそっくりのやや大きい花が開いた。次に同家にいた主人の従妹の若い娘が行方不明になり、その娘の顔とそっくりの蘭の花が咲いた。そして最後に、ある日主人が温室へ入って行くと、いきなり蘭の太い蔓が身体にまきついてきて、身動きもならず気を失ってしまう。

ふと気がつくと、彼は蘭の花と咲いていた。心も植物の緑色の心理に変化していた。巨大な虫取り草にまきこまれて人間がとけてしまう話はよくあるが、草に喰われた人間が草として生活する話は珍らしい。この男は蘭の花になりきって、一つの植物として、もと住んでいた人間の世界をながめるのである。

そこへ主人をにくんでいるならず者の甥がやってきて、主人が手向いのできぬ植物の花になっているのをよいことにして、さんざんいじめるが、それでも虫がおさまらず、遂に鋏をもって温室へ飛びこんで行く。そしてこの小説は次の言葉で、余情たっぷりに終っている。

Among fish, the dory, they say, screams when it is seized upon by man; among insects, the caterpillar of the death's-head moth is capable of a still, small shriek of terror; in the vegetable world, only the Mandrake could voice its agony —— till now.（魚類では的鯛の一種が人につかまれると鳴声を立てる。昆虫では死頭蛾の幼虫がごくかすかな恐怖の叫びを発する。植物ではマンドラゴラだけが苦痛の声を立てるといわれている。これまではそうであったが……。）

# 透明の恐怖

透明とはインヴィジブルの意味である。日本語で「見えない人」などと書くと、盲人とまちがえられるので、「見えない」のかわりに「透明」としたわけである。

透明は清らかなものを連想するけれども、一方では、なにかえたいの知れない、恐ろしい感じもある。ガラスが発明されたときには、恐ろしかったにちがいない。鏡となると、もっと恐ろしい。レンズも同様である。しかし、ガラスには手ごたえがある。手ごたえすらなかったら、もっともっと恐ろしかったであろう。明治三十年ごろの汽車の窓ガラスには、ペンキで白い線が引いてあった。田舎の人が何もないと思って、窓から頭を出そうとして、ガラスにぶっつけて、けがをすることが多かったからである。そのころはガラス障子《しょうじ》というものが珍らしかった。

わたしの身辺に、人間だか動物だかわからないが、何者か全く目に見えないやつが、うろうろしているという感じ。これは恐ろしい。深夜、原稿を書いていて、ふと気がつくと、そいつが、わたしのそばに坐っている。全く見えないし、音もしないし、さわって見ても何もないけれども、たしかに坐っている。

名人モーパッサンはこの恐怖を小説に書いた。よく知られている短篇「オルラ」である。わたしはだんだん、その目に見えないやつの存在に気づいてくる。そいつの存在はどうしてわかるかというと、そいつが通りすぎるとき、むこうの景色が消えるからである。花の前を通れば花が見えなくなる。木の前を通れば、木が見えなくなる。この怪物は見えないけれども、普通に云う透明でもないのである。

わたしが庭に立っていると、すぐ目の前のバラの枝が一本だけ、グーッと折れまがって行く。なにか目に見えない手がひっぱっているような感じで、まがって行く。そして、そのさきに咲いていた一輪の赤いバラの花が、ポロリと枝をはなれて空中に浮く。浮いたままで落ちない。そして、その花は、そこに透明な人間がいて、透明な手で、口のところへ持って行くような曲線を描いて、スーッとあがって行ったかと思うと、私の眼前三尺ほどの透き通った空中に、むこうの空を背景にして、ひとつの真赤なしみとなって静止する。目に見えないやつが、バラの花をもぎとって、口にくわえたのである。

透明と云えば、われわれの身辺では、空気より大きな透明物はない。目に見えないものが恐ろしいとすれば、空気ほど恐ろしいものはないはずだ。ほんとうは恐ろしいのである。しかし、われわれは何百代の先祖から慣れて来ている。また科学的説明も聞いてしまっている。説明も聞かず、慣れてもいない大昔の先祖は、空気を空気と知らずして、どれほどか恐怖したことであろう。静止していれば何でもないが、動き出すと嵐になる。兇風となって、木を倒し、家を倒し、河は氾濫し、海には津波がおこる。原始人はこれを空気の激動とは知らず、神の怒りと考えた。原始人にとって、神ほど恐ろしいものはなかった。彼らはただ神におもねるほかに、なすすべを知らなかった。われわれの信仰というものは恐れから出発している。

わたしはかつて「怪談入門」という随筆を書き、ありふれたお化けや幽霊や妖婆や邪眼などでない、わたし自身こわいと思う怪談を九つに分類して、それぞれの例話をあげたことがある。その分類を再記すると、

①透明怪談　②動物怪談　③植物怪談　④絵と彫刻（人形）の怪談　⑤音と音楽の怪談

⑥鏡と影の怪談　⑦別世界（四次元）の怪談　⑧疾病、死、死体の怪談　⑨二重人格、分身の怪談

である。わたしはこれらのなかで、透明怪談と、人形怪談と、鏡怪談とに、最も心をひかれる。なかにも透明怪談が面白くて恐ろしい。

ジャック・ロンドンの短篇に「光と影」というのがある。二人の発明家が、人間のからだを透明にすることを考える。自分だけが透明になり、目に見えなくなったら、こんな都合のよいことはない。愛慾は思うままである。物を盗んでも、人を殺しても、絶対につかまることがない。自分のからだを見えなくするということは、人類何千年の夢であった。隠れ蓑、隠れ笠、猿飛佐助《さるとびさすけ》の忍術など、みなこの人類の夢から生れた童話であった。わたしはこれを「隠れ蓑願望」と名づけている。発明家は人類の夢を現実化する係りである。だから、ジャック・ロンドンの二人の発明家は、この透明願望を実現させようとして、身命を賭するのである。

一人は人体を透き通らせることによって、見えなくしようとし、もう一人は人体を真黒にして、見えなくしようとする。これは、真の黒というものは、人の目には見えないものだという確信から来ている。闇夜には何も見えない。白昼に、その人のからだだけが闇夜となる

のである。この二人の発明家は、どちらが完全に人間を見えなくすることが出来るかという競争から、互に嫉視《しっし》反目し、ついには相手を亡ぼさないではおかぬ敵意に燃える。

やがて二人の発明は完成した。ある日、野外で、友人を立会人として、どちらの発明が真に目に見えないかの雌雄《しゆう》を決することになる。定刻に二人の発明家は両方から現われてくるが、立会の友人には何も見えない。それぞれ自分の発明した方法によって、自分を見えなくしていたからである。しかし、彼らの発明は真に完全とは云えなかった。自分のからだを透明にした方には、日光に当るとギラギラ光る反射だけが残っていた。真黒になった方は、透明と同様に目に見えなかったが、地上に印する影までは消すことが出来なかった。だから、一方はギラギラ光る反射によって、一方は地上に動く黒影によって、その存在を知ることが出来たのである。

目に見えぬ二人の発明家は、相対して睨み合い、互いの優劣を争い、それでは足りなくて摑み合いとなり、ついに死闘となる。立会いの友人たちは、目に見えない二人の争いを止めることが出来ない。ただ傍観するばかりである。太陽を受けて回転中のプロペラのようにギラギラ光るものと、一方は地上に印する人体の黒影だけが、組んずほぐれつ、長いあいだ凄惨な死闘をつづける。そして、最後には双方とも動かなくなってしまう。影は地上に固定し、光りは地上に静止する。二人は相討ちとなって、同時に命を失ったのである。そして、二人の発明した科学的隠れ蓑の秘密は永遠の謎として残る。

ジュール・ヴェルヌとならんで、科学小説史上の両巨人であるH・G・ウエルズも、隠れ蓑の誘惑には勝てなかった。中篇「透明人間」はこの種の小説の代表的なものと云っていい。周知の作品だから説明には及ばないが、薬品の力によって全く透明となった人間が、いざ透明になってみると、種々の不便に耐えられなくなって、顔に繃帯《ほうたい》を巻きつけ、帽子をかぶり、服を着、手袋をはめて、元の目に見える人間に戻ろうとする。しかし、うっかり繃帯をとると、その中には何もない。顔のあるべき場所に何もないというあの恐怖が、巧みに描かれている。

二十年ばかり前に歿したアメリカのラヴクラフトという怪談作家がある。彼は怪談に憑かれたような狂熱の人で、病身のために一生ニューイングランドの自宅にとじこもって、妖異の幻想に耽り、それを次々と小説にして行ったが、そういう作品はアメリカの性に合わなかったのか、生前は世にあらわれず、死後になって全集も出るし、傑作集にも収録されるようになった作家である。

このラヴクラフトの短篇「ダンウィッチの恐怖」が、やはり透明妖怪である。これは人間ではなくて四次元からこの世界にまぎれこんだ怪物なのである。ある百姓が突然、気でも狂ったように、二階建ての大仏殿のように大きな納屋《なや》を建てる。中には何がはいっているのか、少しもわからない。その百姓は、そんな建物に入れるような物は何も持っていないはずである。

村人が不審の目をそばだてていると、その建物にだんだん変化がおこる。ある時、階上と階下をへだてる床がとり払われてしまう。しかも、建物の中には何もはいっていない様子である。そのうちに、建物全体がギシギシと音をたてて、ふくらんでくる。羽目板がふくらみ、屋根がふくらみ、瓦《かわら》が落ちる。それを見て、百姓があわてふためいているのがよくわかる。ある夜、ついにその建物が破裂してしまう。爆弾が破裂したわけではない。何者か目に見えないやつが、内部から、建物をおし破ったのである。

その夜から村に大異変がおこった。百姓家が次々と破壊され、その辺の地面に恐ろしく巨大な足跡が残った。巨人があらわれて、人家を踏みつぶしたのである。村人はさてはと感づいて、二階建ての納屋を建てた百姓を責めると、こういうことがわかった。

その百姓の娘が、四次元からやって来た異界の魔物とまじわって、子をはらみ、生み落としたが、百姓は娘への恩愛の情から、その魔性《ましょう》の子を、人目につかぬように育てるために、納屋を建てたのである。ところが魔性の子は納屋の中で異常発育をはじめ、たちまち階下一杯の大きさに育つ。仕方がないので、天井をうち抜いたが、その子供のからだは、一階二階に充満するほど生長してしまった。それでもまだ発育はとまらない。今度は納屋そのものがふくれゆがみ、羽目板は破れ、屋根がもちあがって、瓦がおちはじめた。そして、ある夜ついに、魔性の子は建物を破壊して、そとに飛び出し、村人の家々をつぶして歩いたのである。しかし、そのものの姿は少しも見えない。ただ巨大な足跡と、一種異様の臭気が残るばかりである。

最後に、この怪物は大ぜいの村人に追われて、向こうの山に駈けのぼるが、ある学者の発明した薬品を大きな噴霧器に入れて、決死隊が怪物に接近し、これを吹きかけると、その瞬間だけ怪物が正体をあらわす。村人たちは望遠鏡で遥かにこれを眺めると、現われた怪物の姿は、太いグニャグニャした縄がメチャクチャにもつれあったような巨大な球形で、その到るところに、いやらしい目と口と手足が無数についているという妖怪であった。これが異次元の生物だというのである。

怪談と恋愛は切っても切れない関係を持っているが、透明エロ怪談に面白いのがある。中国の「情史類略」には、あらゆる形の恋愛怪談が集められているが、西洋にもむろん恋愛怪談は多い。そのうち透明恋愛怪談で最も面白く思われるのはイギリス作家ロバート・ヒッチェンズの「魅入られたギルデア教授」である。主人公は恋愛はもちろん一切の愛情を嫌悪する哲学者。この風変りな学者が、あるとき目に見えぬ妖怪にとりつかれる。その目に見えぬやつは、彼の邸内に侵入し、たえず学者の身辺につきまとっているらしいことが、なんとなく感じられる。しかも、その妖怪は人間の女性らしいのである。

やがてこの妖物はいよいよ学者の身辺に近づき、ついにからだが触れ合うようになる。目には見えぬけれども、さわればわかるのである。相手はだんだん大胆に学者のからだにさわり、愛情にたえぬもののごとく抱擁し、愛撫し、接吻さえしようとする。愛情嫌悪の主人公には、それがいやらしくてたまらない。愛情のこわさと、幽霊のこわさが二重になって、ふるえあがる。愛情、しかも肉感的愛情を示す透明女幽霊の着想は、じつに面白いと思った。

日本の香山滋君が、やはり透明恋愛を書いている。同君の初期の作品「白蛾」というのだが、これは幽霊ではないけれども、人間の女が保護色によって、目に見えなくなり、それが普通の男性にいどみかかり、愛撫し、同衾《どうきん》し、悦楽する情景が描かれている。この欲情は、男性の方から云えば偶像姦よりも一層架空幻怪で、見えざるものとの触覚のみによる情交というところに、異様な魅力がある。いかなる変態心理学者も、いまだかつて透明姦という術語を使ったことはない。

透明怪談には、このほかにも、いろいろな種類がある。妻にだけ見えて良人《おっと》に見えない妖怪、幼児にだけ見えて大人に見えない妖怪、動物にだけ見えて人間に見えない妖怪など、それぞれに古来の傑作がある。だが、それに入っていると長くなるので、もう一つ別の透明怪談に飛ぶことにする。

それは全身は見えないけれども、手首だけ、足首だけが見えるという種類の怪談である。首だけが宙を飛ぶ怪談もある。東洋にはこれが多い。トルストイは怪談で何が一番こわいかと問われたとき、見渡すかぎりの雪野原に、人間はもちろん生きものの影は全く見えず、ただ長靴の足跡だけがポカッポカッと雪の上に印せられて行くのが、一番こわいと答えたそうだが、これも透明妖怪趣味である。

わたしは最近、手首だけのお化けの面白い小説を読んだ。それは先にしるした西洋怪談史上の二巨人の一人シェリダン・レ・ファニューの「墓場のそばの家」の中の手首幽霊の物語で、深夜ふと目覚めると、太った人間の手首だけが、芋虫のように、窓敷居《しきい》から忍びこもうとしている。飛びおきて行ってのぞくと、窓のそとには誰もいない。手首も消えてしまう。この手首は現われるだけでなく、ドアを軽く叩きつづけたり、ドアの鏡板を撫でまわしたりする。急にドアをひらいても、そこには誰もいない。その家に二歳ほどの小児があって、奇病に悩まされる。母親が終夜ベッドのそばについて看病していると、急に小児がむずかり出す。ふと見ると、小児の額の上に、よく太った白い手首がのっかっていたというのである。母親がすぐに小児を抱き取るが、すると、手首も消えてしまう。今度はドアのそとから、ドアを撫でまわす音だけがきこえてくる。

探偵小説の起こりは、ホレース・ウォールポールの「オトラント城」にはじまるゴシック怪談文学が、エドガー・ポーの数学的論理的頭脳を通って、変形したものだと云われている。ゴシック文学のなかで最もはやりっ子であったアン・ラドクリフ女史は、当時の他の作家とちがって、怪談に落ちをつけた。さまざまの怪奇現象が、実は悪人が人々をおどかすための作りごとであったというような解決のある怪談を書いた。怪談の立場からは、そうして読者に幻滅を感じさせることは邪道であると非難されるが、しかし彼女の作品は当時のゴシック作家の誰にもましてよく読まれたのである。ここに探偵小説の幽かな萌芽《ほうが》がある。ポーはそれを、もっと論理的な謎解き文学に変形して、怪談とは似てもつかない論理探偵小説を発明したのだが、いくら似ていなくても、そこには親子の血統がある。近年流行の心理的スリラーは、ポーの論理趣味を無視して、昔のゴシック恐怖小説に立ち戻ったものだと説く人がある。むろん昔のままの怪談ではないが、犯罪心理の近代恐怖をもって、怪談の恐怖に替えたというのだ。やはり血筋は争われないのである。

このことからして、探偵小説は怪談小説の裏返しだという考えが出てくる。ラドクリフ女史が怪談に合理的な落ちをつけた。それを極端に論理化したのが探偵小説だとすれば、当然そういうことになる。その目で百十数年来の探偵小説を眺めると、探偵小説の裏には、あらゆる型の怪談が隠れていることがわかる。

元祖のポーの探偵小説にも、むろん怪談性がある。「モルグ街の殺人」で云えば、犯人のはいり得ない階上の部屋で、二人の女が人間業《わざ》とは思えない残虐な殺されかたをしている。それがもう怪談である。又、変事を知って駈けつけた各国の人々が、それぞれ自国語でない言葉を聞く。犯人がまだ室内について、何か叫んだのだが、どこの国の言葉でもなかったという不思議、ここにも怪談性がある。ポーはこの怪談に、飼主から逃げたオランウータンの所業であったという解決をつけた。その推理過程の見事さは、ラドクリフ女史の怪談の落ちなどとは比べものにならないものであった。そして、この一作が世界最初の探偵小説となったのである。

もう一つポーの作例をあげると、「黄金虫」に怪談性が濃厚である。背中に髑髏《どくろ》の紋のある金色の甲虫《こうちゅう》の恐怖は、わたしの分類で云えば動物怪談の昆虫の部に属する。それから宝掘りの目印の樹上の白骨、その骸骨の目から糸をたらして、宝の隠し場所を探すのだが、その時の黒人召使の恐怖もまた怪談の世界のものである。しかし、ポーはこれを怪談にしないで、探偵小説にした。巧妙な暗号解読による宝の隠し場所の発見という論理的快感の物語にした。

イギリス最古の探偵小説、コリンズの「月長石」には、むろん強い怪談性があるし、ドイルでもチェスタートンでも、それぞれの意味で怪談味を持っている。現代の作家で云えば、ジョン・ディクスン・カーの作品にそれが最も強い。カーはオカルティズムのあらゆる恐怖を、探偵小説に取り入れているが、オカルティズムというものが、やはり怪談の親類すじなのである。

わたしは探偵小説は怪談の裏返しだと書いた。では、ここの主題である透明怪談は探偵小説において、どんなふうに裏返されているであろうか。

その適例はチェスタートンの「見えない人」であろう。この原作者は、先にしるしたウエルズの「透明人間」の原題とそっくり同じ「インヴィジブル・マン」というのである。題名そのものに、すでに怪談性がある。

二人の男が一人の娘に恋して、娘の条件に応じて、出世のために町へ出て行く。そして二、三年たったころ、一人の方が出世をして、娘の恋を得ようとするとき、男のところにも、娘のところにも、さかんに脅迫状が舞いこむ。貴様たち結婚する気なら殺してしまうぞというのである。それはどうやら、もう一人の競争者の男かららしいのだが、その男は久しく行方がわからないのだし、脅迫状がどうして届けられるのか少しもわからない。

娘は自分の店のかど口に立って、出世した男からの手紙を読んでいると、すぐそばで、妙な笑い声がきこえる。それがたしかに行方不明の男の声なのだ。娘はたえず、その男につきまとわれているような気がする。つい身ぢかにいるような気がする。しかし、いくら眺めまわしても、その辺には、誰もいないのである。

やがて、出世した男が殺されそうになるので、そのアパートを厳重に見張らせるが、その見張りの目をくぐって、犯人はアパートに侵入し、ついに出世した男を殺してしまう。三人も四人もの見張りが誰もアパートへはいったものはないと断言する。しかし殺人が行われたからには誰かが出入りしたにちがいない。そうすると犯人は目に見えない透明なやつであったとしか考えられないのである。

ブラウン神父は、この透明怪談を、どう解決したかというと、盲点原理に気づいたのである。そこにちゃんといるのだけれど、誰の目にも写らない人物、すなわち心理的盲点にはいるような人物を探せばよいと考えたのである。復讐者は郵便配達夫をつとめていた。配達夫の制服を着て、恋人たちに接近したり、そのアパートの門を堂々とはいったりしていた。見張人たちは、郵便を配達するために出入りするこの男を、全く犯罪から除外して考えていた。見ていても、それと気づかなかった。つまり心理的盲点にはいっていたのである。

彼は出世した男からの娘への恋文を配達した。その中身を盗み読むこともぞうさはなかった。それを店のかど口で娘にわたし、そばに立って娘の表情を見ながら、ぶきみな笑い声を立てたのだ。娘はむろん、そのへんを見廻したが、誰もいないと思った。いま手紙を自分に渡した制服の配達夫が敵だなどとは、思いもよらず、彼が盲点にはいっていた、つまり透明になっていたのである。

この盲点原理はチェスタートンの発明ではなく、ずっと早く、ポーが「盗まれた手紙」で先鞭をつけていた。「盗まれた手紙」には普通の意味の怪談性はないけれども、盲点原理そのものに、一種の怪談性がある。警察が、その部屋を一寸角にしきって、その一つ一つを調べるほどにしても、見出せなかった大切な手紙が、実は壁にかけた状差しの中に、これ見よがしにほうりこんであったのである。まさかその大切な手紙を、探されるとわかっていながら、目の前の状差しに入れておこうとは、誰も考え及ばない。隠してあると信じ切っていたものが、少しも隠してなかったために、盲点にはいったのである。「隠さないのが一番うまい隠し方だ」という、処世術にも通じそうな原理が、ここから生れてくる。この場合、目の前にさらされていた手紙が見えなかった、インヴィジブルだった。別の云い方をすれば透明だったわけで、このポーの小説も、見方によっては、透明怪談の裏返しと云えないことはないのである。

チェスタートンは盲点による透明作用を、ポーから学んだが、そのチェスタートンを摸したのがクイーンのある長篇であった。他の点はむろん摸倣ではないけれども、犯人の隠し方だけが摸倣なのである。ここでは郵便配達のかわりに汽車などの車掌が使われている。「犯人は乗客の中にいる。車掌は乗客ではない。だから車掌は犯人ではない」という三段論法的盲点の利用で、車掌はこの場合透明（インヴィジブル）だったわけである。

先に書いた手首だけ見える透明怪談の一枚上を行って、しかもそれを裏返しにした探偵小説がある。それは手首ではなくて、無生物の手袋だけが、生きているように動くのである。クイーンと同じ現存大家の短篇で、題は「ニュー・インヴィジブル・マン」。これもウエルズの「透明人間」から来ている。

夜ふけに一人の男が警察へ飛びこんでくる。受付の巡査が応対すると、

「今、人殺しがあったんだ。ぼくの目の前で殺されたんだ。ぼくもすんでにやられるところだった。二発目のピストルが、こちらへ発射されたのでね」

「いったい犯人は何者です。だれがピストルをうったのです？」

「手袋だよ」

「えっ？　なんですって？」

「手袋だというのに。手袋の中に人の手がはいっていたわけじゃない。腕もなければ、からだもない。ただ手袋だけが、ピストルをつかんで発射したんだ。もし人間だとすれば、そいつは透明人間だったにちがいない」

その小説はこんな会話からはじまる。まさに怪談である。男はアパートの階上に住んでいたのだが、ちょうど真向かいに、内部を改造したばかりの別のアパートがあり、窓が向き合っている。その三部屋つづきのフラットへ、新しい夫婦ものが引っ越して来たが、こちらから見える部屋はからっぽで、荷物は運びこんでない。ガランとした部屋のまんなかに、小さな三本脚の丸テーブルが一つ置いてあるだけだ。その男は双眼鏡で向こうの窓の中を覗くくせがあって、その夜も好奇心にかられて、新来者の部屋に双眼鏡を向けていた。窓が大きいので、正面の壁はもちろん、左右の壁も大部分見通せる。正面左右ともに一つずつドアがあり、壁には全部同じ壁紙が貼ってある。

見ていると、その部屋へピストルを持った一人の老人がはいってくる。そして、ピストルを丸テーブルの上に置き、手袋をぬいで、そのそばへ投げ出し、正面の窓へやって来て、そとをのぞく。その時、突然ピストルの音がして、老人はアッと叫んで倒れ、二発目が、こちらの窓へ飛んでくる。窓ガラスを破って、双眼鏡をのぞいている男のわきをかすめる。

誰がピストルをうったのか？　丸テーブルの上の手袋が、ムクムクと動き出して、ピストルを握り、狙いをさだめて発射したのである。双眼鏡にそれがありありと映った。

しかし、警官が現場へ行って調べて見ると、被害者の死体が消えてしまっている。別の部屋で寝ていた引っ越して来た夫婦にたずねても、何も知らぬという。このアパートの凡《すべ》ての壁は防音装置になっているので、ピストルの音もきこえなかったという。「手袋の殺人」「死体の消失」、いよいよ化けもの屋敷である。

作者はこの怪談をどう解決して見せたか？　奇術である。三本脚の丸テーブルが奇術の種であった。三本の脚の一本が窓の方に向いている。そこから残る両方の脚へ、テーブルの下一杯に鏡が張りつめてある。それを窓の方から見ると、両方の斜めの鏡に左右の壁が写っているので、それが正面の壁のように見え、鏡が張ってあるとは思えない。正面の壁がテーブルの脚のすきまから見えているのだと信じてしまう。

その二枚の鏡のかげに、夫婦ものの妻の方が隠れていて、うしろからソッとテーブルの上に手をのばし、手袋をはめて、ピストルをうったのであり、彼女の夫が老人に変装して、うたれる役をつとめたのである。そういう狂言だから、ピストルには弾丸がこめてなかったはずなのに、思いちがいで実弾がはいっていた。しかし、老人に変装した夫には当らず、うたれたまねをしたばかり、二発目がこちらの窓へ飛んできたというわけであった。

なぜそんな狂言をやったのか。この夫婦は奇術師で、向こうがわの男が、新しい住人の家庭の中を、双眼鏡でジロジロのぞく無礼を、こらしめるためであった。この作は怪談性のほうが強くて、落ちが少々あっけないが、ともかく、透明怪談を裏返して、論理づけて見せてはいるのである。わたし自身ふりかえって見ても、これまで書いて来た探偵小説の大部分が、どの種類かの怪談の裏返しのようである。西洋でも不可能派作家と云われる人々が殊にそうで、あり得べからざることを、あり得るように解いて見せるのだから、結局出発点が怪談になる。あり得べからざることというのは、つまり怪談だからである。

古来の著名な探偵小説の筋を、一つ一つ思い出して、わたしが分類した九つの怪談のどれの裏返しに属するかを調べ、比較対照して見ると、何か面白い結果が出るのではないかと思うが、今はそのいとまがない。ここにはただ、主題である透明怪談の裏返しだけを拾い出してみたのである。

# フランケン奇談

## 1

人間とそっくり同じ外形を作りだすことができれば、そのものは当然生命を付与され、意志や感情を持つのだという考えは、大昔から現代に至るまで、われわれの胸奥に巣喰う一つの不可思議な心理である。

宗教上の偶像崇拝も、なんらかこの心理につながりがあり、名人の作った人形に魂がはいって動き出すという、各国古来の説話は、いうまでもなく、この心理から発している。

ハニワがどんな役目をつとめたか、美しい仏像たちが、古来どれほど多くの人間を、有頂天な信仰に導いたか。私は古い寺院を訪ねて、怪異な、あるいは美しい仏像群のあいだをさまようのが好きである。そこでは、私という人間が、なんとむなしくたよりない存在に見えることだろう。あの仏像たちこそ、いわゆる生きものではないかもしれぬが、少なくとも、われわれ人間に比べて、ずっとずっと本当のものであるという気がするのだ。

文楽の人形にしてもそうである。名人の使う人形は、所作《しょさ》をしないで、じっと坐っているときに、ほんとうに生きている。

彼らはちゃんと息をして考えごとをしている。芝居がすんで、楽屋の一間にとじこめられた人形たちが、深夜、ぼそぼそと話し合っているのが聞こえるというほどだ。あの人形に比べては、生きた人間の役者の方が似せものに見えてくるのは恐ろしいことである。

昔の人形師は、左甚五郎ならずとも、人形に魂を吹きこむ術を心得ていたようである。

昭和四年の暮に不思議な事件があった。荒川の近くに住んでいる大井という人が、蒲田《かまた》の古道具屋で、古い等身大の女人形を買い求め、家に帰ってその箱をひらくと、生きているような美しい女人形がニッコリ笑った。それがもとで、大井氏は発狂してしまった。

細君が恐ろしくなって、箱ごと荒川へ捨てると、水は流れているのに、人形の箱だけがぴったり止まったまま、少しも動かない。かさなる怪異に胆《きも》を潰した大井氏の細君は、その箱を拾いあげて、近くの地蔵院という寺に納めたのである。

好事家《こうずか》が調べて見ると、箱の蓋に古風な筆蹟で「小式部」と人形の名が書いてあった。だんだん元の持主をさぐったところが、三十年ほど前に、熊本のある士族から出たもので、その元の持主はこの人形と二人きりで、孤独な生活をしていたが、人形の髪を手ずから色々な形に結ってやったりするのを、近所の人が見かけたということまでわかった。

更に昔にさかのぼって、この人形の由来を調べると、こういう奇談が判明してきた。文化のころ、吉原の橋本楼の小式部太夫という遊女があって、同時に三人の武家に深く思われた。彼女はその三人に義理を立てるために、人形師にたのんで自分の姿を三体きざませ、武家たちに贈ったのだが、不思議なことには、人形のモデルになっているあいだに、小式部はだんだんからだが衰え、最後の人形が出来上ると同時に、息を引きとったというのである。

ポーの「楕円形の肖像」と、そっくりの話である。当時私は新聞でこの事件を読んで、大いに興味を感じ、「人形」という随筆を書いたほどである。熊本の士族が、小式部人形と二人きりで暮らし、ときどきその髪を結いかえてやっていたという話は、無気味にはちがいないが、私には何か同感をそそるところがあった。

近代になって、このような古来の人形怪談に「人造人間」という新らしいアイディアがつけ加わってきた。人造人間には二つの型がある。その一つはチェッコの作家チャペックの戯曲から流行語となった「ロボット」で、元来は諷刺と恐怖の要素を含んでいたのだが、今日では産業上のオートメーションの一つの道具として、建設的な意味にも用いられている。世界の科学者は理想的ロボットの製作を競い、この機械人間は一歩一歩真の人間に近づきつつある。

もう一つの型は、チャペックよりも一世紀近くも前に、英詩人シェリーの夫人が書いたフランケンシュタイン物語から一般語となった、兇悪無残の人造人間である。フランケンシュタインというのは、それを製造した科学者の名であるが、戦慄すべき人造人間そのものの名のように考えられている場合が多い。

イギリスの女流探偵作家セイヤーズは、怪奇文学の中にフランケンシュタイン・テーマという一項目を設けているほどで、西洋にも人形怪談は非常に多いのだが、その一番古い傑作は恐らくドイツの怪奇文学者ホフマンの「砂男」であろう。大学教授が二十年を費して、自分の娘として造り上げた自動蠟《ろう》人形オリンピア嬢は、人形なるがゆえに、人間の美人よりも美しい。ナタニエル青年は生きた人間の娘たちを捨ておいて、この人形に夢中になる。人形の方が人間よりも、もっとほんとうに生きていたからである。

私は多くの西洋人形怪談を読んだが、それらの中で最も深く印象に残っているものが三つある。それを次に書いてみようと思う。

## 2

さるころ、機械仕掛けの玩具を考案する細工人として、ヨーロッパにその名を喧伝《けんでん》された名人があった。自宅の一室を細工場にして、誰も中へ入れないで、興のおもむくままに、コツコツと、さまざまの自動玩具を造っていた。その中には、二時間も人間をのせて歩きつづける驢馬《ろば》だとか、煙草《たばこ》をふかし、ビールを飲み、二こと三こと話しさえする等身大の人形だとか、人をアッといわせるようなものがあった。

この細工人はもう老人で、一人の娘と暮らしていたが、ある時、娘と一緒に舞踏会に招待せられた。娘は一と踊りしたあとで、友達のお嬢さんたちと一とかたまりになって休息しながら、お喋りをしていた。

「男の人って、なんて退屈なんでしょう。踊りながら話すことといったら、誰でもきまりきっているし、じきに疲れてしまって、ハンカチで顔をふいたり、靴を踏んづけたり、ほんとうにうんざりしちゃうわ」
「そうね。電気仕掛けの人形かなんかのほうが、よっぽどましだわ。だいいち、人形なら疲れるっていうことがないでしょう。いつまでも、しっかり抱きしめててくれるし、ステップが乱れることもないし、ハンカチで顔をふかないだけでも、よっぽど気がきいているわ」

細工人の老人は、この会話をそしらぬふりで聞いていたが、その晩帰宅すると、娘をとらえて、しきりにダンスのことを訊ねた。理想的なダンス・パートナーというのはどんな人だとか、踊りながら、いったいどういう話をするのだとか、今はやりのステップはどんな風だとか、くどくどと聞きただしたが、その翌日からというもの、老人は細工場にとじこもって、何かしきりと仕事をしている様子であった。

日がたつにつれて、娘は好奇心のあまり、ときどきドアの外から立ちぎきをしたが、中では何かブツブツ独りごとを云っている声がして、おかしくてたまらないような含み笑いの声なども聞こえてきた。

それからしばらくして、彼ら親子は又、あるお屋敷の舞踏会に招待せられた。娘の友達のお嬢さんがたも揃っていた。老人はあとから何か珍らしい贈物を持ってやってくるという前ぶれだったので、人々はそれを待ちかねていた。

やがて、その屋敷の主人が、老人と、もう一人の滑稽な恰好をした人物をつれて、舞踏室に現われ、一同に二人を紹介した。老人といっしょにやって来たのは、蠟細工の顔を持ち、燕尾《えんび》服を着た、鉄製の機械人形であった。

老人は、この前の舞踏会での、お嬢さんがたの会話からヒントを得て、理想的な、疲れを知らない踊り相手の人形を作ったのだといい、この青年紳士と一つ踊ってみて下さいと申し入れた。

お嬢さんたちは、はじめは気味わるがって顔見合わせていたが、最も勇敢な一人のお嬢さんが、とうとうこの人形青年と踊ることになった。老人はそのお嬢さんに、ステップの速度を調節したり、機械をとめる仕掛けを説明してから、人形の燕尾服の裾をまくって、背中にあるボタンを押した。すると人形青年はお嬢さんをしっかり抱きしめて、コツコツとステップを踏みはじめた。なかなか見事である。

楽師たちは笑いながらワルツの曲を奏し、二人は衆人環視の中で円を描いて規則正しく踊り出した。やがて、青年人形は踊りながらお嬢さんの耳に、妙なしわがれ声で、こんなことを囁くのがきこえて来た。

「あなたは今夜はすてきですよ。……この服はよく似合いますね。……僕たちのステップはほんとうによく合うじゃありませんか。……あなたとならば、一生だって踊りつづけたいですよ」

そして、しばらく踊りつづけているうちに、お嬢さんはすっかり嬉しくなってきた。

「なんてすばらしいパートナーでしょう。あたしも、このお人形さんとなら、一生だって踊れるわ」

彼女は老人に向かって讃辞を投げながら、ヒラリヒラリと軽快に踊りつづけた。

見物していた一同も、それにつられて、互いに相手を選び、賑かに踊りはじめた。音楽はいよいよ調子を高め、やがて徐々にそのテンポを早めていった。ステップは刻一刻速度をまし、広い舞踏室は華やかなリズムのエクスタシーにふるえた。そのころには、細工人の老人は屋敷の主人と共に別室に退いていた。

時がたつにつれて、疲労のために落伍《らくご》するものが出てきた。三組、四組、五組、ついには全部の男女が壁際の椅子に退いてしまった。あとにはただ人形とあのお嬢さんの一組だけが、恐ろしい速度でステップを踏みつづけていた。機械人形は疲れというものを知らなかった。彼の鉄の腕はますます強くお嬢さんの胸をしめつけていた。この一組の無人の境を行くがごとき物狂わしい舞踏ぶりは、目もくらむばかりはれがましく、鮮やかであった。

いったい人形青年はいつまで踊りつづけるつもりであろう。楽師たちも疲れはてて、もう奏楽をやめてしまった。シーンと静まり返った広間の中を、無生物と人間の娘の一組は靴音すさまじく永遠の回転をつづけていた。人々は怖くなってきた。蠟製の無表情な人形の顔が何か意味ありげに見えはじめた。

しばらくすると、舞踏を見ていた一人の娘さんが恐ろしい悲鳴をあげた。舞踏人形に抱かれているお嬢さんが、まっ青になって失神しているのに気付いたからである。彼女は人形の鉄の腕にしめつけられたまま、気を失っていたのだ。強力な機械人形はお嬢さんをぶら下げて、一人で踊っていたのだ。青年紳士たちはただうろたえるばかりで、人形に飛びかかって行く勇気がなかった。人々は痴呆《ちほう》のように茫然とたたずんでいた。

人形は少しも速度をゆるめないで、狂気のように踊り廻った。方角が狂って、しばしば柱やテーブルにぶっつかったが、倒れもしないでそのまま方向を変えながら、広間の中を四角八面に狂いまわった。花瓶や置時計やコップなどが床に落ち、恐ろしい音を立ててこなごなになった。お嬢さんの唇が破れ、顎から白い衣裳の胸にかけて、まっ赤な液体が流れおちた。

人形はこの兇暴をあえてしながら、端麗な顔を少しもくずさず、三分毎に、あの機械仕掛けの優しい言葉で、失神したお嬢さんの耳に囁いていた。

「あなたは今夜はすてきですよ。……この服はよく似合いますね。……あなたとなら、一生だって踊りつづけたいですよ」

## 3

私の友人に往昔のフランケンシュタインに似た変りものの学者があった。彼はいわば一種の錬金術師《れんきんじゅつし》であった。自宅に大きな工房を持っていたが、私にその中を見せたことは一度もなかった。

ある晩、私は又彼を訪ねて、工房の隣の書斎で、例の哲学談に耽った。私は彼がこのごろ妙な機械人形を作っていることを知っていた。彼はその機械に生命を吹き込むことが出来ると主張したが、私は無論それを信じなかった。彼は植物の蔓《つる》や根が意志あるもののように動きまわることや、鉱物の美しい結晶の例を引いて、植物は勿論、鉱物にさえ思考力のあることを証明しようとした。あらゆる生命はリズムから生れる。いやしくもリズムのあるところ、必ず意識があるというのが彼の持論であった。

話しているあいだに、工房のドアのむこうから、何か妙な物音がきこえてきた。生きものが歩きまわっているような気配である。彼の工房には一人の助手がいたけれど、その男はとっくに帰宅したことを、私はよく知っていた。そのほかには彼の家に人はいないはずである。そのうち、彼は工房のほうに気を取られて、話もうわのそらになってきた。私を邪魔にしていることがはっきりわかったので、いとまを告げて外に出た。雲が低くたれて、今にも降り出しそうな闇夜である。私は彼との議論を反芻《はんすう》しながら歩いていたが、どうしてもそのまま自宅へ帰る気にはなれなかった。今別れたばかりの彼の顔を、もう一度見たいという衝動をおさえかねた。

大粒な雨が降り出した。烈しい稲妻と雷鳴がそれにともなった。私はその雷雨のなかを、自宅とは反対の方角に走った。気ちがいめいた異様な昂奮が私を駆り立てたのである。びしょ濡れになって、彼の書斎へはいっていくと、燈火は消えて、さいぜんまで彼の坐っていた椅子は空っぽであった。耳をすますと、隣の工房の中に物の気配がした。私はソッとドアのノッブを廻してみた。どうしたわけか、鍵はかかっていなかった。

広い工房の中にはただ一つ蠟燭《ろうそく》の焰がゆらめいているばかりだった。こちらを向いて腰かけている彼の顔が赤茶けて見えた。その手前に、テーブルをへだてて彼と相対している、もう一人の人物のうしろ姿があった。大男ではないが、ひどく肩幅が広くて、首の短い獰猛《どうもう》な恰好の人物である。

二人は西洋将棋を戦っていた。私の友達は相手の顔ばかり見つめていて、私が覗いていることを、まるで気づかぬ様子だった。将棋は終りに近いらしく、非常な緊張が感じられた。むこうを向いた人物は、カラクリ仕掛けのようなぎごちない手つきで駒を動かした。やっぱりそうだ。彼が作ったという機械人形にちがいない。

将棋の形勢は機械人形に不利らしく見えた。負け将棋のイライラした様子が、彼の甚しく非人間的なうしろ姿に現われていた。彼はときどき短い首を傾けて、考えるような恰好をした。そして、妙な手つきで前のテーブルを、さも腹立たしげに、力一杯たたきつけた。すると、私の友達は非常な恐怖の色を浮かべ、椅子をあとじさりさせて、防禦《ぼうぎょ》の姿勢をとるのであった。

それから、息づまるような二、三手ののち、ついに勝負がついた。友達はサッと駒を動かし、異様なふるえ声で「王手!」と叫ぶがはやいか、いきなり立ち上って、椅子のうしろに身を隠した。

怪物はしばらくのあいだ身動きもしなかったが、突然、ブルッと肩をゆすったかと思うと、スックと立ち上った。そのうしろ姿は、私が生れてから一度も見たことのないような異様なものであった。

どこからか物のきしる音がきこえて来た。調節を失した歯車がめちゃくちゃに回転しているような音響。遠雷の音ではない。怪物の鉄の体内から発する激怒のきしみである。

機械人形は立ち上ったかとおもうと、まるで水泳の選手がダイヴィングをするときのような、不安定な恰好で、私の友達の方へ、からだ全体を投げかけていった。異様に長い両手が前方に突き出され、相手の喉をねらっていた。

テーブルも椅子も、たちまちメリメリと押しつぶされ、蠟燭が消えた暗闇の中から、喉をしめつけられてゼイゼイいう苦しい呼吸の音だけがきこえてきた。私は友達を助けるために、その物音を目あてに駈けよろうとした。その瞬間、工房の中が真昼のように明かるくなり、恐ろしい雷鳴がとどろきわたった。

一刹那《いっせつな》の閃光《せんこう》が、私の網膜にあの光景を写真のように焼きつけてしまった。友達は怪物の下敷きになって鉄の腕で喉をしめつけられていた。両眼は眼窩《がんか》を飛び出し、口はひらくだけひらいて、舌が恐ろしい長さで歯の外につき出されていた。

上になった怪物の彩色された顔は全く無表情であった。将棋の手でも考えこんでいるように、そこには少しの怒りも現われていなかった。

## 4

君、あの男だよ。あれが今から八年前までは、世界を股にかけて興行して廻った有名な腹話術師のなれの果てだよ。元は立派な八字髭《ひげ》をはやしていたんだが、それを剃りおとして、あんな安物の服を着て、人目をくらましているつもりなんだ。名前も偽名を使っているんだよ。いや、あっちを見ちゃいけない。僕の方でも、わざと知らぬていにしているんだからね。

（ある食堂で食事をしながら、興行ものに関係している私の友人が、こう話しはじめたのである）

八年前までは大した人気だった。腹話術というのは、君も見たことがあるだろう、十二三歳ぐらいのおどけ人形を、自分の膝にのせて、右手を人形の上衣の下から背中に入れ、人形の首を動かしたり、目をギョロギョロやらせたり、口をパクパクさせたりして、腹話術で人形のこわいろを使い、人形と冗談を云いあったり、喧嘩をしたりして見せる、あの芸なんだよ。そのだいじな人形は黒ビロード張りの箱の中に入れて、楽屋入りするとき持ってくるんだがね。

ところが、あの男は舞台で話し合うばかりでなく、宿へ帰っても、ひまさえあれば、人形を箱から出して、舞台と同じやり方で話し合っているんだ。独り者で、ほかに話相手もいないものだから、まるで人形を弟のように思っていたんだね。給金もちゃんと人形に分けてやるし、食事のときには、木で作った人形の口へ、ミルクなんか流しこんでやるしまつなんだ。時によると、二人で喧嘩をしていることがある。「こらっ、きょうの舞台はなんてざまだ。こっちが顔が赤くなるじゃないか」「なんだい。おれのせいじゃないやい。とちったのはお前の方じゃないか」なんて、人形がやり返す。すると、あの男が又、ドラ声でわめくというあんばいで、一晩じゅう、そうして喧嘩していることもあるんだ。

僕は最初は退屈ざましの冗談かと思っていたが、本人は決して冗談じゃないんだね。人形を全く生きもの扱いしているんだ。ほんとうに可愛がるし、ほんとうに腹を立てるんだよ。

ところがある時、あの腹話術師が生れてはじめての恋をしたんだ。そして、その女と一緒になり、興行主にねだって、女を舞台の助手に使うことにした。

そうして、しばらくやっているうちに、不思議なことがおこってきた。あの男が自分の使う人形に対して嫉妬《しっと》しはじめたんだよ。女が人形の頬をなでたとか、いつも人形に流し目を使うとか、ある時などは、女が人形の口へチョコレートを入れてやったといって嫉くんだね。そういうやきもちが、だんだん烈しくなっていった。

半年ほどたったころ、女が家出をして、姿をくらましてしまった。いい男でも出来たんだろうね。すると、先生非常なしょげかたで、見るも哀れな有様なんだ。そして、死にもの狂いの権幕《けんまく》で人形を責めたてる。こんなことになったのは人形のせいだと思いこんでいるんだね。

僕が立ち聞きしていると、ある晩、楽屋で例の問答がはじまった。「きさま、おれの女房をどこへ隠した？　さあ云え。云わないとただはおかんぞ！」すると人形がキイキイ声で、「おいらの知ったことか。お前が二本棒だからだよ」「なにっ！　もういっぺん云って見ろ。いのちが惜しくなかったら、もういっぺん云って見ろ」「なんだその顔は、何度だって云ってやる。二本棒だから二本棒だといったが、どうした」「うぬっ、さあ覚悟しろ！」

わめいたかとおもうと、あいつは人形を手荒らく箱に入れ、それを小脇にかかえて、楽屋を飛び出した。僕はなんだか変な予感がしたので、そのあとをつけて行ったもんだよ。

やつは途中で金物屋へ飛びこんで、一梃《いっちょう》の斧《おの》を買うと、そのまま宿に帰った。僕は宿の主婦と二こと三こと話をしてから、やつの部屋へ上って見ると、ドアに鍵がかかって、いくら叩いても返事がない。僕はお神さんを呼んで、合鍵でドアをひらかせた。

そして、一歩部屋に踏みこむと、あっといって立ちすくんでしまった。人形箱はひらいたまま、人形の死体が、見るも無残にくだかれて、部屋中にちらばっていた。木製の顔はきずだらけで、ガラスの目玉はえぐり取られ、下顎は蝶番《ちょうつがい》のところから引き裂かれ、手足もバラバラになって飛びちっている。そして、そのそばにさっきの斧が投出してあったのだよ。

殺人犯人は部屋の中にはいなかった。風をくらって逃亡したんだね。窓から樋《とい》をつたっておりたらしく、窓があけっぱなしになっていた。

それっきり、あいつは行方不明になってしまった。どこの興行界にも姿を現わさなかった。それからちょうど八年目だよ。つい二三日前、ここでひょっこり、やっこさんに出くわしたのさ。立派な八字髭を剃りおとし、わざとみすぼらしい身なりをして、本人としては変装しているつもりなんだよ。こちらが声をかけても、そしらぬふりをしているんだ。あいつは八年前の殺人罪を、いまだにびくびくしているんだね。見たまえ、あいつを。世を忍ぶおたずねものといった、おどおどした、実にあわれな顔つきをしているじゃないか。

# マッケンの事

私はこの頃マッケン（Arthur Machen）というイギリスの作家のものに初対面して、その怪奇小説と自伝とを大変面白く読んだ。こんなに一気《いっき》に読んだものは近頃では珍しいのである。マッケンの本は田中早苗氏が十冊あまり愛蔵していられるのだが、ふとその話を聞いて何となく面白そうに思ったので、長篇怪奇小説を一冊お借りして読んでみると、その超常識な気違いめいた構成が、私を大変喜ばせた。読み終るとその次の日に、出不精な私が田中氏を襲って、ほかの二冊を借りて帰り、その晩のうちに読んでしまったほどであった。

マッケンは一八六三年の生れで、現に健在かどうかは知らぬが、少なくとも一九三一年発行のLiving Authorsには現存の作家として記載されている。ある人は彼の容貌を形容して、ロイド・ジョージと、スフィンクスと、ワシントンと、パン神などを連想させると書いているが、写真を見ると、これはいかにもうまい形容だと思われる。私はその写真からかつての映画「カリガリ博士」の主人公を連想した。もっと近いところで云うと、わが甲賀三郎をもう少し面長にして、眼鏡をとって、それにロイド・ジョージの髪の毛を植え、その上多分に謎のような魔術師めいた表情を与えたならば、ややマッケンに近い面影が浮ぶのではないかと思われる。

彼の自伝は二冊あって、後に出たThings near and farというのを私は読んだのだが、この自伝はむしろ彼の小説よりも面白いほどである。彼は田舎《いなか》に生れたので、少年時代は、陽の輝く原野、サテュールの踊る森林、その向う側には一体どんな世界があるのかしらと思われる神秘の山などに囲まれて、孤独好きな彼はそれらの自然の神秘の間を独《ひと》りさまよいながら、種々の異様な幻想に耽《ふけ》ったのであるが、青年時代ロンドンに出て就職した古本屋が、彼のこの孤独な神秘の幻想を一層育てたように想像される。その古本屋というのは、オカルティズム専門の店であって、彼はたった一人紙魚《しみ》臭い書庫の中に座って、古書の重圧の下で、終日カタログの説明文を書かされたのだが、説明文を書くために読まなければならなかった本は、心霊学、悪魔学、悪霊憑依《ひょうい》、神秘哲学、魔法占術、占星術、動物磁気、接神学、神秘心力、考古学、象形文字、等々、つまりわが小栗虫太郎が彼の役目を云いつかったならば、いかに驚喜したであろうかと思われる底《てい》のもののみであった。もっともマッケンはその仕事をあまり喜ばず、ひたすら貧窮と孤独とを喞《かこ》っていたらしいが、そういう読書が、彼の不思議な性格と結びついて、後年彼の小説に重大な影響を与えていることは否み難いのである。

彼の自伝の中に女性に対する関心が少しも見えないこと、その代りに無暗にご馳走の話が出て、それが又実にうまそうに書いてあることなども、彼の風変りな性格を示すものだが、もっと変なのは、ある時期に、彼が少年時代からあこがれていた山の向うのもう一つの世界、人間界とは違った別の世界に遊んだということである。つまり一種の狂気に陥ったのである。面白いことには、その別の世界で、彼は自作の長篇怪奇小説中の人物とたびたび対面した。架空の人物が現実の姿となって彼のアパートを何度も訪問した。正気に帰って自伝を書きながらも、そのことがどうしても嘘とは思えないという調子である。

それから、結局、そういう性格の人物としては、実に突拍子もないことには、彼は俳優になったのである。小説なんかよしてしまって舞台生活を始めたのである。それが四十歳近くから数年間続いたが、すると今度は、また文筆業者に一転した。そして、イヴニング・ニュースその他新聞雑誌の評論、随筆寄稿家として重きをなしたというのである。その時代の作物は、往年の怪奇趣味とは大変違った大人らしいものであったように思われる。

さて彼の小説であるが、一八九四年に書いた The great God Pan という怪奇小説が出世作であって、H・G・ウェルズが「タイム・マシン」を書いたのと時を同じくし、特異なる作風を並び称せられたと、みずから云っている。それに似た怪奇物に、The inmost light と The red hand というのがある。この最後のものは推理のある探偵小説であって、マッケンという作家を、探偵小説の方に結びつける口実となる底のものである。

長篇では The three imposters というのが大変評判になったものらしい。小説の構成が、幾つかの面白い物語からなっており、しかもそれが全体として不思議な連関を持っていると いう点で、スティヴンスンの「新アラビアン・ナイト」に比べられ、若きスティヴンスン現るというわけで、評壇を賑《にぎ》わし、ああいうものをという書肆《しょし》の注文が殺到する有様であったという。

私は右の四篇を読んだだけであるが、マッケンの純粋怪奇小説はこれに尽きているらしい。自伝によると、注文は殺到したけれど、小説なんて作者のための遊戯なんだから、同じようなものを幾つも書く気になれないと云って、風味の違ったものに手を染めたために、書肆の気に入らず、その原稿を十年間も握りつぶされていたという事実があるほどで、その後スティヴンスンふうな怪奇ものには関心を示さなかったように思われる。

だが、その握りつぶされていたというのは、確か The hill of dreams という長篇であって、作者の云うところによると、精神的な意味のロビンソン・クルーソーを書こうとしたもので、つまりは彼自身の性格と夢とを語った作品らしく、非常に面白そうなので、近くまた田中氏からお借りして読みたいと思っている。

彼の怪奇物を通じての特色は、作者自身が悪魔の存在を信仰し、心底からそれにおびえているという点である。悪魔というのは西洋古代より伝来のパン神だとかサテュールだとかいう、白昼森の中で踊っている尻尾を生やした裸体の男性、その顔はマッケン自身のごとく薄笑いをした、それゆえに一入《ひとしお》凄味をましているようなものを連想すべきであるが、どの作の主人公も、そういう怪物の実在を、山の向う側の別世界から時には人間界にも姿を現すものだという事を、盲信しおびえきっているのである。こんなふうに云っただけではわれわれには、怖くもなんともないけれど、それがマッケンの筆に乗ると、不思議に怖くなる。その怖さは実にうまいと思う。これは作者自身そういう幻想なり信仰なりを持っていなくてはできないことではないだろうか。

そういう怖さがマッケンの怪奇物の最大の特色であるが、私にとってそれよりも魅力のあるのは、どの小説にも、ことに「三人の欺瞞者《ぎまんしや》」に漂う超常識な狂気めいた空気である。小説全体が辻褄《つじつま》が合っているようでいて、どこかしら辻褄の合わない感じ、部分部分は大変正気で理路整然としているくせに、だんだん読んでいるうちに、読者自身の思考形式が何か、この世のものでない別世界の思考形式に変って行くような、妙に危険な誘惑的な感じ、後年そういう別世界の狂気の中に遊んだマッケンでなくては、真似ようとしても真似ることのできない、実に不思議千万な空気、それが私をひどく喜ばせたのである。

これを今翻訳してみたところで一般に愛読されるかどうかは疑問だけれど、右に述べたような恐怖と狂気とを好む人々には一読の価値ある作家である。

# 群集の中のロビンソン・クルーソー

イギリスのアーサー・マッケンの自伝小説に「ヒル・オヴ・ドリームズ」というのがある。それは一年ほどの間ロンドンの下宿屋で、ロビンソン・クルーソーの生活をした記録であって、それゆえにその小説の中には、人間的な交渉は皆無で、会話もほとんどなく、ただ夢と幻想の物語なのだが、私にとって、これほどあとに残った小説は近頃珍しいことであった。

この「都会のロビンソン・クルーソー」は、下宿の一室での読書と、瞑想と、それから毎日の物云わぬ散歩とで、一年の長い月日を唖《おし》のように暮したのである。友達はむろんなく、下宿のお神さんともほとんど口をきかず、その一年の間にたった一度、行きずりの淫売婦《いんばいふ》から声をかけられ、短い返事をしたのが、他人との交渉の唯一《ゆいいつ》のものであった。

私はかつて下宿のお神さんと口をきくのがいやさに、用事という用事は小さな紙切れに認めて、それを襖《ふすま》の隙間からソッと廊下へ出しておくという妙な男の話を聞いたことがある。マッケンの小説の主人公もおそらくそのような人物であったに違いない。これは厭人病の嵩《こう》じたものと云うこともできよう。だが、厭人病こそはロビンソン・クルーソーへの不可思議な憧れではないだろうか。

私の知っている画家の奥さんは、夫の蔭口をきく時に口癖のように、あの人は半日でも一日でも、内のものと口をきかないで、そうかと云って何の仕事をするでもなく、よく飽きないと思うほど、壁と睨めっこをしていますのよ。まるで達磨《だるま》さんですわね。と云い云いしたものである。この画家はおそらく家庭でのロビンソン・クルーソーであったのであろう。

「ジーキル―ハイド型」という形容詞で人間の心の奥底のある恐ろしい潜在願望を云い現すと同じように、「ロビンソン型」の潜在願望というものがあるのではないかしら。そういう潜在願望があればこそ、「ロビンソン・クルーソー」の物語はこのように広く、このように永く、人類に愛読されるのではないかしら。われわれがこの物語を思い出すごとに、何とも形容のできない深い懐かしさを感じるのは、それに初めて接した少年時代への郷愁ばかりではないような気がする。人間は群棲動物であるからこそ、その潜在願望では、深くも孤独にあこがれるということではないのかしら。

考えてみると、世に犯罪者ほどこの潜在願望のむき出しになっているものはない。密林の中で木の実、草の根を食って生きていた「鬼熊」だけがロビンソン・クルーソーなのではない。犯罪者という犯罪者は、電車の中でも縁日の人通りでも、群集の中のロビンソン・クルーソーである。もし人に犯罪への潜在願望があるものとすれば、「ロビンソン願望」もその一つの要素をなしているのかもしれない。

私は浅草の映画街の人間の流れの中を歩いていて、それとなくあたりの人の顔を見回しながら、この多勢の中にはきっと一人や二人の犯罪者が混っているに違いない、もしかしたら今人殺しをして来たばかりのラスコーリニコフが何食わぬ顔をして歩いていないとも限らぬ、という事を考えてみて、不思議な興味を感じることがある。彼にとっては、肩をすれすれの前後左右の人間どもが、彼とは全く違った世界の生きものであり、彼自身は人群れの間を一匹の狼《おおかみ》が歩いている気持であろう。それは恐ろしいけれども、又異様に潜在願望をそそるところの気持である。

イヤ、犯罪者に限ったことではない。と私は考えるのだ。映画街の人込みの中には、なんと多くのロビンソン・クルーソーが歩いていることであろう。ああいう群集の中の同伴者のない人間というものは、彼等自身は意識しないまでも、皆「ロビンソン願望」にそそのかされて、群集の中の孤独を味わいに来ているのではないであろうか。試みに群集の中の二人連れの人間と、独りぼっちの人間との顔を見比べてみるがよい。その二つの人種はまるで違った生きもののように見えるではないか。独りぼっちの人達の黙りこくった表情には、まざまざとロビンソン・クルーソーが現れているではないか。だが人ごとらしく云うことはない。私自身も都会の群集にまぎれ込んだ一人のロビンソン・クルーソーであったのだ。ロビンソンになりたくてこそ、何か人種の違う大群集の中へ漂流して行ったのではなかったか。

彼自身の内に異端者を感じない人間はないのと同じように、人は皆ロビンソン・クルーソーである。人の心の奥底には、意識下の巨人となって、一人ずつのロビンソンが住んでいるのに違いはない。

# 文学史上のラジウム――エドガア・ポーがこと

ポーが世界の文学史に於て、洵《まこと》に不可思議な存在であることは、誰もが屢々口にした所であるが、彼を考えることが如何《いか》に度重なろうとも、ポーという音を聞き文字を見た刹那《せつな》、已に私は、ある云い現わしがたい、別の世界へ引入れられることに、少しも変りがないのである。それは例えば、『この現実の世界は真実のものではなく、一種の幻に過ぎなくて、却って、夢の中の世界にこそ、本当の私は生き存らえているのだ。』という如き、ある微妙で不可思議な感じに引入れられてしまうのである。

古今東西に絶して、ポー程特殊な作者はない。ダンテだとか、シェークスピアだとか、近くはトルストイなどという人々は、洵に偉大であるには相違ない。だが、彼等にはポーの如き、絶妙なる特殊性を求むべくもないのである。普通の意味での特殊ということは、さして驚くべきではないかも知れぬ。例えば日本の作家の上田秋成《あきなり》と雖《いえど》も、似た様な特殊性は持っているのだ。だが、ポーの特殊性の不思議なことは、彼が特殊であり、つまり一般的の反対のものであり、非常に偏《かたよ》った作者であるにも拘《かかわ》らず、その彼の作物が同時代並に後世の作者達に与えた広き影響は、実に驚歎すべきものがある。空想的文学に於ける、あらゆる萌芽が、想像出来ぬ豊富さで、彼の片々たる諸作中に存在したということは、何たる驚異であろうか。

訳者谷崎氏が「赤き死の仮面」の序文に記された如く、ワイルド、アンドレエフに影響を与え、アルツウル・ランボウに先んじて音と色との錯覚を感じ、メエテルリンクの運命観さえも、ポーを一歩も出でぬと論じられた程であるが、それらとは又、別方面である通俗文学の分野に於ても、彼はドイルに先んじて探偵小説、暗号小説の創造者であり、所謂宝掘り小説に於て、スチヴンソンをしのぎ、科学的空想小説に於てウェルズに先んじ、「アルンハイム」の如き特殊なるユートピア小説を生み、冒険探険小説にさえ手を染めているのである。一面に於てかくも多方面でありながら、しかも「特殊」という感じを少しも失わぬ、世にも不可思議な作者は、ポーの外には一寸類例がないのである。

彼の作物は、多く短篇であって、しかも一字一句に神経を籠《こ》め、リズムを追い、句読の打ち方にさえ、微妙な苦心を払ったという点、所謂珠玉《しゅぎょく》にも例うべきものに相違ない。だが、宝石の様にただ空《むな》しく光っていたのではない。それは各方面に放射した所の世にも奇怪な魔力を蔵していた。非常に変てこな云い方だけれど、私は彼の作品を読みながら、時々思うことがある。『これは珠玉ではなくてラジウムだな』と。ラジウムの極微なる一片は宝石よりも尊く、しかも、あらゆるものを浸透して、遠く広くその偉力を放射するのだ。エドガア・ポーとラジウム。奇怪なる比喩《ひゆ》であるが私は何故かそんなことを思うのである。

# 病める貝――E・A・ポー逝きて百年

旅役者の子と生れ、幼にして孤児となり、後に養父とも仲たがいして、病弱と貧苦に終始したポーの短い生涯ほどいたましいものはない。飲酒癖も、数々の恋愛沙汰も、友人達に見捨てられる原因となったハシタ金の借金も、凡て彼自身の罪ではなく、恐らく遺伝と環境のなせる業であった。

あれだけの傑作を次々と発表しながら、稿料というものは殆んど無に等しく、懸賞に当選した「瓶中の記録」の五十ドル、「黄金虫」の百ドルが恐らく生涯最高の原稿収入であった。彼の最も幸福であったグレアム雑誌主筆時代、年俸八百ドルまで昇給したが、これが最高の報酬で、その幸福も彼自身の困った性格のため二年とは続かず、雑誌から雑誌へと転々し、自分だけの雑誌が出したい、五百人の月極め読者が得たいというのが、遂に果さなかった彼の一生の望みであった。

今から丁度百年前の十月三日、その前から頭が変になっていた彼は、ボルチモアにわけの分らぬ旅をして、折からの選挙運動の暴力団にまきこまれ、汚い酒場で酔いつぶれて瀕死の状態になっていた。僅かに面識のある同地の知人の名を口にしたので、その人が駈けつけ、彼を病院に入れたが、病院での四日間は狂暴な発作と熱病のうわごとに終始した。最期の夜は、彼の唯一の長篇「ゴードン・ピム」の荒涼《こうりよう》たる暗黒の海と難船の夢を見ていたらしく、「レイノルズ」(「ゴードン・ピム」に引用した南極探検家の名)「レイノルズ」「オオ、レイノルズ」と恐ろしい声で呼びつづけ、それが病院中に響き渡った。そして、その翌十月七日の明け方、彼は唯《ただ》一人枕頭《ちんとう》に侍する友もなく、息絶えたのであった。

この比べるものもないみじめな生涯に比して、彼の死後の光栄は何という驚くべき対照であろう。アメリカ史上最大の文豪の一人、博物館のポーの部屋、各地の銅像、記念碑、ポー・シュライン、そして、彼の原稿の一片、初版本の一冊すら、恐らく彼の生涯の全収入に匹敵する価値を生じたのである。

貝殻の病が重ければ重いほど、その生み出す真珠は貴いのだという、あの古いたとえを私は今も信じている。

# 赤き死の仮面

E・A・ポー（江戸川乱歩訳）

「赤き死」が久しくその地方に蔓延していた。如何なる悪疫もこれほど致命的で、これほどまがまがしいものはなかった。血がこの疫病の化身であり、紋章であった。真赤な血みどろの恐怖。この病にとりつかれた者は、激しい痛みと、急激な眩暈《めまい》の後、毛孔《けあな》から夥しい血を吹き出して、死んでしまう。深紅の斑点が、病人の全身に、殊にその顔面に最も甚しく現われるが、この恐ろしい徴候を見ると、隣人は皆逃げ去って、看病するものも無くなってしまう。発病から、瞬く間に重態に陥り、悶死するまでに、ただ半時間を要するにすぎない。

しかし、領主プロスペロ公は幸運であった。また勇敢且つ聡明でもあった。その領地の人民の半ばが、この疫病に斃《たお》れた時、公は宮廷の騎士と淑女の中から、千人の壮健で陽気な人々を召し集め、彼等と共に、領内の城《しろ》づくりの僧院の奥深く閉じ籠ってしまった。この僧院は宏大な物々しい建物で、公自身のエクセントリックな荘重好みの趣味によって、建てられたものであった。頑丈な高い城壁をめぐらし、いかめしい鉄の城門がついていた。廷臣達はその中に這入って、城門をとざすと、火炉《かろ》と巨大な鉄鎚によって、その閂《かんぬき》を熔接してしまった。彼等は固き決意を以て、彼等の内に万一、城外に出ようとする、耐え難い、気違いじみた衝動が起ったとしても、絶対に出入りの途がないようにしたのであった。僧院には豊富な食料が貯蔵されていた。これらの用意あるが故に、廷臣達は安んじて悪疫と戦うことも出来たのである。城外のことは、城外に任せよ。こっちで、そこまで気に病むのは莫迦げたことだ。プロスペロ公は城内にあらゆる享楽の用意を整えておいた。宮廷道化師もいた。即興詩人もいた。バレーの踊子や楽師もいた。そこには「美」と酒とがあった。かくして、城内には歓楽と安全が、そして、城外には「赤き死」があった。

この隔離生活の五個月か六個月目の終りに近い頃であった。その頃、城外では悪疫の暴威が最高潮に達していたのだが、プロスペロ公は世にも異様な仮装舞踏会を催して、彼の千人の友を饗応した。

この仮面舞踏会こそ逸楽の極みであった。先ずその舞台となった部屋部屋について語れば、そこには物々しく配列された七つの部屋があった。一般の宮殿に於ては、部屋部屋は長く一直線に連り、それらの境の戸は両側の壁際まで開かれて、全体が見通しになるように配列されているのだが、ここでは、奇矯を愛するプロスペロ公の好みによって、その配列が甚しく異様であった。部屋部屋は非常に不規則に並び、一時に一室以上を見通すことは出来ないようになっていた。それは二三十ヤード毎に急角度に曲折していて、一曲りする度に、全く目新らしい光景に接するのであった。各部屋の右又は左側の壁の中央に、狭くて竪に長いゴシック風の窓があって、それが、部屋部屋に沿って曲りくねった、閉ざされた廊下（註、片側が見ひらきになっていない、両側とも壁にはさまれた廊下）に開《ひら》いている。そして、それらの窓には、各室の装飾の色調に応じた色の、ステインドグラスがはめられてあった。即ち、青色《あおいろ》のとばりで飾られた東端の部屋の窓ガラスは鮮かな青、紫色《むらさきいろ》の調度と壁掛けの第二の部屋は、窓ガラスも紫、第三室は装飾と共に窓ガラスも緑、第四室は橙色《だいだいいろ》、第五室は白、第六室は菫色《すみれいろ》、そして、第七の部屋は黒天鵞絨《びろうど》の垂れ幕が、天井から四周の壁一面を蔽い、深い襞をなして、やはり真黒な天鵞絨風の織物の絨緞の上に垂れている。しかし、この部屋だけは、窓の色が部屋の色調と一致せず、そのガラスは、緋色に、即ち濃い血の色に染められていた。さて、この七つの部屋には、どんな種類の燭台もなく、あまたの金色《こんじき》の装飾が、ここかしこに取りつけられ、或は天井から吊り下げられているばかりであった。つまり建物のこの一郭には普通の燈火や蠟燭から発する光は一つもなく、ただ部屋部屋をめぐる廊下に、各室の窓に面して、三脚架の上に焰のゆらぐ鉢がのせられ、その光りが窓の色ガラスを通して、部屋部屋を夫々の色に染めだしている。このようにして、幾多の華麗なる夢幻境が造り出されていた。とは云え、かの西のはずれの黒い部屋の、血の色のステインドグラスを通して、黒い垂れ幕に注ぐ光は、いとも物恐ろしく、この部屋に這入った人々の容貌を世にも厭《いと》わしきものに変えるので、人々はおじ恐れて、敢てそこに立ち入ろうとするものもないのであった。

この黒い部屋にはまた、その東側の壁に接して、巨大なる黒檀の時計が立ち、その振子は単調な重々しい音をたてて、ゆっくりと左右に揺れていた。その長針が文字盤を一周して、時を告げる折には、時計の真鋳の心臓から、よく通る、高くて深い、非常に音楽的な響きが発せられるが、しかし、その異様な音色《ねいろ》と、不思議な重々しさは、一時間毎に、管絃楽の楽師達をして、弾奏のさ中に、しばし手をやすめて、その音色《ねいろ》に聴き入らせたほどで、それにつれて、ワルツを踊る人々も、是非なく立ち止り、陽気な群集の中に、ちょっとした混乱を生ずるのであった。そして、時計の鳴り響く間、心弱い者共は色青ざめ、年とった思慮深い人々でも、額に手をあてて、不思議な想念に心を乱す。しかし、鳴鐘《めいしょう》の余韻が全く消え去ると、忽ち陽気な笑いが人々の間に伝わり、楽師達は顔見合せて、お互の神経過敏な愚かさに微笑し、次に時計が鳴る時には、この愚かさを繰返すまいと、囁き合うのだが、やがて、六十分の時がたち（それは飛び去って行く三千六百秒の時間を意味する）次の鳴鐘が起ると、また懲りずまに、混乱や恐怖や不思議な想念をくり返すのであった。

しかし、こういう事を別にすれば、饗宴は世にも華やかな物々しいものであった。公の嗜好は極めて特異であり、色彩とその効果について、優れた眼識を持っていた。流行の「優雅」な装飾を無視し、その意匠は大胆で狂熱的で、その構想は原始的熱情に輝いていた。ある者は公の正気を疑いさえしたが、公の近親者達は決してそうは考えなかった。公が狂人でないことを信ずるためには、日常彼の言葉を聞き、彼を見、彼に接触しなければならなかったのだ。

公はこの大饗宴に際して、七つの部屋の調度の飾りつけを、大部分、自から指揮した。また会衆の仮装についても、公自身の嗜好による指図が働いていた。云うまでもなく、それらはグロテスクな姿であった。それらの仮装には、後年「エルナニ」（訳者註、従来の型を破ったユーゴー作の劇）に見られたような、豊かなる光輝と華麗と辛辣と幻想とが混り合っていた。そこには、不釣合な装束をつけたアラベスク風の姿があった。また気違いめいた虚妄の着想があった。そこには、あらゆる美と放縦と怪異とがあり、或る者は恐ろしく、或る者は嫌悪をすら感ぜしめた。七つの部屋のかなたこなたを、謂わば、あまたの、奇怪なる夢の化身どもが、さまよい歩いていたのである。それらの夢共は、部屋から部屋を、様々の色に染まりつつ、縺れ合い入り乱れてめぐり歩き、管絃楽の狂暴な楽の音《ね》すら、彼等の跫音の谺《こだま》かと聞きなされるのであった。卒然として、天鵞絨の部屋の黒檀の大時計が鳴りはじめると、一瞬間、鳴鐘の音《おと》のほかは、凡てが静止し、凡てが沈黙し、数知れぬ夢共は、その場に凍りついて動かなくなる。そして、鳴りやんだ鳴鐘の余韻が、ごく僅かの間残って、やがて消え去る時、それを追うように、半ば抑えつけた笑いが、群集の中から聞えて来る。すると、再び楽の音《ね》は高まり、夢共は甦り、今までよりも一層楽しげに、色様々の窓ガラスを通《とお》した、三脚架の光を受けて、あなたこなたと縺れ歩く。しかし、七つの部屋の西のはずれの一部屋へは、今や一人の仮装者も、敢て踏み込むものはない。なぜならば、夜も漸く更け渡り、血の色ガラスを通《とお》してさし入る光は、愈々《いよいよ》深紅に、黒貂《こくてん》の色の垂れ幕の深い黒さが、人々をおびえさせるからである。ひとたび、黒貂の色の絨緞の上に踏み入れば、すぐ目の前の黒檀の時計の、陰にこもった響きが、離れた他《た》の部屋の噪宴の中で聞くよりも、一層厳《おごそ》かに、まざまざと耳をうつからである。

だが、そのほかの部屋部屋は、舞踏の群集に満ち溢れ、生命の鼓動が物狂おしく脈打っていた。舞踏はめまぐるしく続けられていた。しかし、遂に、大時計は真夜中の時をうちはじめた。すると、又しても、音楽はピッタリとやみ、舞踏者達は静止し、例の如く、凡てが不安な中絶に陥った。今度は、時計の鳴鐘は十二を算えなければならないのである。その時間が永いだけに、かの不思議な想念は、一入《ひとしお》強く人々の胸を打った。そして、最後の鳴鐘の余韻が、まだ全く消えやらぬ前、群集の中の多くの人々は、今まで誰も知らなかった一人の仮装の人物が、そこにいることを気づいていた。この闖入者の噂は、囁きとなって耳から耳に伝わり、不審と驚きのヒソヒソ声は、やがて、恐怖、戦慄、憎悪の呟きと化し、群集はただならぬざわめきに陥った。

饗宴そのものが、幻怪を極めていたのだから、並大抵の異常事では、これほどの動揺を起す筈はない。事実、当夜の仮装は、殆んど無制限に、怪奇放縦を尽していたのだが、しかし、今現われた人物の扮装は、これこそ、かの「暴君《ヘロド》の演《し》過《すご》し」（訳者註、「ハムレット」三ノ二、坪内訳による。度を過して放縦な演技の意）であり、さしも奔放なプロスペロ公の襟度をすら越えるものであった。如何に放胆な人物の心にも、感動を拒み得ぬ琴線がある。生死を冗談にまぎらすほどの不敵の人物にも、冗談にできない事柄がある。仮装舞踏会の全員は、今やこの闖入者の扮装と物腰に、一点の機智も風雅も見出し得ないという事実に、深くうたれたように見えた。そのものは、丈高く、痩せひからびて、頭から足の先まで、全身を墓場の屍衣に包み、顔を隠した仮面は硬ばった死相を呈し、どんなに注意深く眺めても、仮面とは信じられぬほど、真に迫っていた。しかし、それだけなれば、物狂わしい饗宴の人々には、たとえ賞讃しないまでも、我慢することが出来たかも知れないのだが。やがて、群集の中から、あれは「赤き死」の扮装に違いないという、ざわめきが起って来た。よく見れば、そのものの衣裳は血によごれ、広い額から顔全体が、いまわしき深紅の斑点に蔽われていた。

プロスペロ公の眼が、この怪物（そのものは、彼の役割を一層完全に勤めようとするかの如く、ゆっくりと厳かな足どりで、舞踏者達の間を、あちこちと、さまよっていた）に注がれた時、公は恐怖によってか、それとも嫌悪のためか、一刹那、強く身震いしたように見えたが、次の瞬間には、公の額は怒りのために紅潮していた。

「何者だ」公は嗄れ声で、身近かの廷臣に怒鳴った。「何者だ。不敵にもかかるいまわしいいでたちをして、我らを侮辱する奴は。彼奴を捕えて仮面を剝ぎ、その顔をたしかめよ。うぬ、夜があけ次第、城壁に吊しものにしてくれるぞ」

その時、プロスペロ公は、東のはずれの青い部屋に立っていた。公は胆太く、恰幅もよい人であったから、この怒鳴り声は、七つの部屋の隅々まで、ハッキリと高らかに響き渡った。そして、奏楽も、公の手の一振りで、ピッタリと沈黙した。

プロスペロ公は、その西のはずれの青い部屋に、青ざめた廷臣達に囲まれて、佇立していた。公が怒鳴った時、廷臣の一団は、最初は闖入者に向かって殺倒する気勢《きせい》を見せた。闖入者はその時、つい目の前にいたが、彼は今や落ちつき払った厳《おごそ》かな足どりで、更らに公の身辺に近づきつつあった。しかし、異様なる扮装者への物狂わしい予感が、或る名状し難い恐怖を伴って、群衆を支配し、もう誰一人、進んでこれを捕えようとするものはなかった。随って、そのものは、誰にも妨げられず、公の面前一ヤードにまで迫って来た。公をとりまく群臣は、申し合せたように、部屋の中央から壁際へと、たじろぎ退いた。かのものは、無人の境を行くが如く、最初からの、あの厳かなしっかりした足どりで、青い部屋から紫の部屋へ、紫から緑へ、緑から橙色へ、更らに白い部屋、菫色と進んで行ったが、まだ彼を捕えようとするものはなかった。その時であった。プロスペロ公は、怒りと、一時の臆病を恥じる心から、狂気のようになって、まっしぐらに、六つの部屋を突きぬけ、かのものの跡を追った。しかし、群臣は死の恐怖に捉われて、一人もこれに従うものはなかった。公は抜き放った短剣を頭上にふりかぶり、猛烈な勢で、しりぞく怪物の、三四呎の間近かまで迫った。その時、黒天鵞絨の部屋の最端に追いつめられた怪物は、突如として、向きを変え、追手の前に立ちはだかった。忽ち、つんざくような叫び声が起った。そして、短剣がきらめきながら、黒貂《こくてん》の絨緞の上に落ちたかと見る間に、その同じ絨緞に、プロスペロ公は既に死骸となって横わっていた。その時、饗宴の人々は、絶望の物狂わしい勇気を振って、一度に黒い部屋に殺倒した。そして、黒檀の時計の蔭に、その丈高い姿で、身じろぎもせず突立っていた仮装者をひっ捕え、猛烈な勢で、墓場の屍衣と死の仮面を剥ぎ取った。すると、その仮装の内部は、何もない空っぽだったので、人々は名状すべからざる驚愕に喘いだ。

かくして、「赤き死」の出現は、もはや疑う余地もなかった。疫病は夜盗の如く忍び入ったのである。やがて、饗宴の人々は、一人ずつ、一人ずつ、血汐にぬれた歓楽の部屋部屋に斃れ伏し、そのまま絶望の姿で死んで行った。饗宴の最後の一人が息絶えると同時に、かの黒檀の大時計の寿命も終り、三脚架の火焔も死滅した。そして、暗黒と、頽廃と、「赤き死」とが凡てを支配した。

# Ⅳ　怪奇座談集

# 幽霊インタービュウ

対　長田幹彦

## まえがき

心霊実験について世間ではいろいろな説を言う人が居《お》ります。この対談も心霊実験を信用する、信用せぬに話題の中心がおかれていますが、一体心霊実験とはどういうものでしょうか、概略の説明を附して読者の参考に供したいと思います。

一般に云われてます心霊実験というものは、実験の部屋の隅に蚊帳《かや》のような暗幕（キャビネットと称してます）を天井から釣り下げ、その中の椅子に霊媒を腰掛けさせて、立会人が霊媒の両手足を厳重に縛った上、精密な検査を行います。その後で部屋の明りを全部消して、真暗闇の中に、ただ位置を示すための夜光塗料が蛍のように青々と燃えております。

蓄音器のメロデーに乗って、約四十秒位経《た》つと、暗幕が前後左右にはげしく揺れ動き、また暗幕の周囲で呟《つぶや》くような叩音（ラップと称してます）が起ってきます。すると新しい画紙を巻いて作った何本かのメガフォンが急に動き出して、その何本かのメガフォンが全部空中で乱舞し出したり、空中にあるメガフォンからいろんな人間の発声（霊言現象と称しております）が聞え出します。また部屋に置いてある重い卓子が浮揚したり、夜光塗料を塗ってある人形が蓄音器のメロデーに合せて踊り出すといった諸現象が起りまして、その間に物質化現象と言われております幽霊の顔や手足が暗闇の中に浮び出るのです。

この心霊実験は霊媒によって時間がまちまちですが、平均約一時間半から二時間位続き、やがて霊言現象や豆懐中電灯等いろいろな方法で実験の終りを示します。

実験が済むと立会人は別室に退き、熟練した婦人マッサージ師が二十分から一時間位霊媒を介抱して覚醒させるのです。

ではこの心霊実験に就《つい》て、江戸川、長田両先生の意見を聞いてみましょう。

## 幽霊の後押しで執筆⁉

**江戸川**　やあ、近頃どうです。元気のようですね。
**長田**　ええ。まあ、このとおり元気です。
**江戸川**　貴方とは随分やりましたね。心霊の対談だの座談会だの……。
**長田**　どうも心霊の話なんか、ホーム・グラウンドでないとね、料理屋じゃ具合が悪いですよ。
**江戸川**　血色がいいじゃありませんか。
**長田**　ええ、まあ……。ときに江戸川さん、私は背後霊が出ると、仕事が進むんですよ、筆にスピードが掛って、よく書けるな、と思う時には、あれが出て来てるんです。
**江戸川**　それはどういうのですか。昔の人物ですか。
**長田**　ええ、判らないんですがね。霊媒に言わせると、私には五人の背後霊がいるというんです。その中の一人は非常に勝れてるというんですな。霊媒が来て「ああ、先生、出てますね、重なって出てますよ」なんて言いますけれども、そういう時には、原稿へ書く字が違ってますよ。

**江戸川**　それはいいなあ、それが出さえすれば速度が出て書けるというのは……。別に人に迷惑をかけることじゃないんだから……。（笑声）

**長田**　霊がかかって来ると、一日に八十枚位書けるんです。「天皇」を書いてた時には百枚位書きましたよ。

**江戸川**　自分でお書きになる？

**長田**　ええ。握り飯をそばへ置いて、独《ひと》り言をつぶやきながらやってるんですな。朝からはじめて晩の十時頃に、もう出来ちゃうんですな。ただ夜は仕事が出来ないんですよ。

**江戸川**　どうして？

**長田**　電灯の光りでは絶対にいけないんですな。

**江戸川**　貴方のほかに、心霊現象を信じてるのは……。

**長田**　そうですな。徳川夢声君。

**江戸川**　ああ、夢声は信じてる。

**長田**　それから倉田百三《ひゃくぞう》さん。

**江戸川**　ほう、信じてましたか。

**長田**　これはもう完全に信じてましたよ。実は死ぬ時に、「俺はもう死ぬ。死んだら必ず霊界から通信してやる」そう言ってたんですからね。それから霊媒に、倉田さんを出してくれッて言ってるんですけれども、まだ出ないですよ。

**江戸川**　倉田百三がそういう意思を持って死んだのに、霊になって出ないというのはおかしいな。

**長田**　いい霊媒にかかったら、出るんじゃないかと思っているんですがね。それから、出るべき人は石原純さんですよ。

**江戸川**　理学博士のね。

**長田**　あの人は最後まで口惜《くや》しがってたんですよ。「長田さん、困るねえ、科学者が原理を説明出来ないで承認するわけにゆかないからな」と最後までそう言ってました。霊媒のKが一番いい時代でしたからね。密封した封筒に何か書いて入れとくと、片端から読んで見せましたからね。ある時私が当時新聞によく出てた米国のギャング王のアール・カポネ、あの名前を書いて、角封の中に入れて、更《さら》に新聞紙に包んで、石原さんに渡したんですよ。それで石原さんがポケットの中へ入れといて、いよいよKへ渡したら、ちょっと触って、「これはほっぺたに傷のある男で、日本人じゃありませんね。ネ……ポ……カと書いてある」そう言いましたよ。逆に読んだんだな。美事《みごと》でしたよ。すると石原博士が「透視が出来るんだな。

それじゃ俺に一遍やらせろ」と私の机の上に積んであった手紙の中から一通を抜いて、それを新聞紙に包んで、「これは何んだ」と言ったら「松竹本社から来た手紙だ」。その通りでしたよ。「これは疑えないことだ。しかし原理が判らないんじゃ、承認するわけにゆかないからな」と言ってましたが、しかし私の事務所を使って二十回位見ましたら、遂《つい》に「これは原理が説明出来ないから困るけれども、承認することは承認する」と言ってね。「楽しいなあ、俺が死んでも霊魂になって遺《のこ》るとなると、実に楽しい」なんて、よく言ってましたよ。

**江戸川**　承認しましたか……。しかし今の霊媒はダメだな。

**長田**　今の霊媒のなかにはダメなのもいるですよ。すぐ宗教臭を出しちゃって、教祖になったり、神様ですからね。

## 霊言はトリックか?

**江戸川**　最近はどうです、実験はおやりになりますか。

**長田**　ええ。この間日本心霊科学協会が津田霊媒を呼んで工業大学の写真の実験室を締切ってやったんです。私の家の実験の時には、写真機をそこへほうり出しておいたら、それが自分でチャンと組立てを了して、スーッと向うへいって、それからまた戻って来て、フラッシュを焚《た》いて、見物人の方を写したんですな。それは美事でした。その時には二十ワット二つ位の明るさの中でやりましてね、蛸《たこ》が歩くみたいな恰好で写真機がカチャカチャッて歩いてゆくんです。非常な拍手喝采でしたよ。

**江戸川** 心霊現象といっても、どの霊媒がやるのも同じ様なものですな。人形が踊ったり、メガフォンから声を出したり、机が動いたり……。

**長田** ええ、これ（大きな卓）が宙へ上りますからね。

**江戸川** それから人の顔を出したり、鼻から白いものを出して、エクトプラズム（霊素）だなんて言ったり……。でも、こっちから誰の霊を出してくれッて言っても、なかなかその通り出ないですね。

**長田** 出ないですよ。特定の人間を呼出すなんていうことはむずかしいですよ。

**江戸川** だけども、その人の死んだお父さんとか息子とかいうのは、割りに出るようですね。

**長田** 出ます。ある大学の学長さんですがね、非常に謹厳な人なんですよ。一遍心霊を見せろっていうんで、御長男さんと奥さんと三人で来られたんです。そうすると、こっちは何んにも知らないんですけれども、メガフォンから御次男さんの名前が出ましてね、低い声でしたけど、出たんですな。それで、自分が死んだ当時の状況を言ってね、輸送船に乗って台湾海峡までゆくと、そこで敵に襲われて沈められた。三十分くらいはだんだん傾いていって、自分は甲板《かんぱん》に縋《すが》っていたけども、とても縋っていられなくなったから跳んだら、両脚を折った。その時に「お母さん、お母さん」ッて言ったけれども聴えなかったか、というようなことを言いながら、メガフォンがその奥さんの首の所へ飛んでいって、まつわりつくんですよ。その奥さんというのは賢夫人らしい、涙なんか見せる人じゃないんですけれども、たまりかねてダーッと涙をこぼして泣き出しちゃってね。

**江戸川**　あの紙で拵《こしら》えたメガフォンがですか。

**長田**　ええ。愛撫するようにまつわりついてましたよ。メガフォンっていうのは、トリックしないように、ケント紙の大判のやつを買って来て、霊媒さんが自分で筒みたいに巻いてね、それをちょっと糊《のり》で止めて、それへ夜光液を塗ったやつでさあ。それを立てておくと、スーッと空中へ上って、津田君のやった一番多い時には九本でした。九本が乱舞するんでさあ。カタカタとぶつかったりしながら、時どき発声するんですね。私の所でやった時は、隣りの部屋まで飛んでいって、そこで声を出したことがありますよ。二十七尺さきです。いくら離れたって、それをエクトプラズムで繋《つな》いで、そのメガフォンの中へ発声機関を拵えて、そこから発声する、という説明なんですがね。これはトリックでない、ということだけは言えるんですけれども、どうしてそんなことができるかは判らない。

**江戸川** それはしかし、霊媒が発声してるんでしょう?

**長田** いや、遠くへメガフォンが飛んでいって、そこでもって急に声が変って来て、まったく無縁な女の声なんかが入って来ることがありますね。これはオッシログラフで見ても、全然異なったもんで、霊媒が発言してないんです。

**江戸川** メガフォンが遠くへ飛ぶというのはどうなんです。私は実験で人の並んでる後ろまで飛んでいったのは、見たことがないですよ。それが見られたら面白いけれども……。

**長田** 私は近頃は坐って見ていないんです。立って、どのへんまで飛んでゆくか、どのへんでスピードが落ちるか、ということを見てます。そうすると、人がたくさん並んでる上では、プルプルふるえていますね。それを過ぎるとスーッとゆきます。

**江戸川** その点、私はまだ信じない。霊媒が手で持ってるとしか思えないんだ。

**長田** あなたが見てた時じゃないかな、菓子を配って歩いたのは。

**江戸川** 知らないですね。

**長田** ああ、そうか、医学博士連中が見た時だな。約十八人くらいでしたかな、この部屋に三列に並んでたんですよ。その時に私の所の人形、信子ちゃんていうんですがね、これは実によく踊るんですな。しなやかに、実にうまく踊ります。あんまり美事なんで、早川雪《せっ》洲《しゅう》氏が感心してサインをしましたけども、私の娘だといってるんですな。これが金属製の菓子皿にビスケットを載せたのを両手で持って、並んでる人の膝から膝へ渡って来たんです。誰それさんに二つやってくれとか、三つやってくれとか言うと、その通り、ビスケットを分けてくれたんですな。仁科という医学博士が弱っちゃってね、こんなことをしちゃ困るなあ、なんて言ってましたがね。その時の霊媒は萩原さんでした。

**心霊実験は手品である!**

**江戸川**　僕は死後の霊魂ということについては、これは何んとも言えないんです。否定も出来ないと思うんだ。宗教でいう永劫《えいごう》回帰だとか輪廻《りんね》だとかいうことも、これは否定も出来ないだろうと思うんですね。しかしエクトプラズムとか、死んだ人間が写真にうつったり、或いは暗闇の中で顔を出したりする、これは信じないんです。所謂《いわゆる》霊媒のやることは信じないんだ。今までのところ、僕は信じられるようなものに出っ会わしたことがない。

**長田**　そうですか。残念だな。

**江戸川**　それからテレパシイですね。これも信じられない。つまり自分の親戚か何かが遠くで死ぬと、何かの現象が現われる。例えば時計が止るとか、夢を見るとか、変な幻を見るとか、そういう話がよくあるんだけれども、これはそういうことがあった場合だけを言うのであって、それと同じ現象があっても、肉親が死なない場合も多いと思うんです。その方が何千倍、何万倍と多いと思うんだ。ただ、その何万倍の方は肉親に異状がないから取立てて話をしないだけなんだ。ただ人間の中にも人間以上の感覚を持ってる人がいて何かをする。霊媒なんか多少そういう感じの人なんだろうと思うけれども、そういうことは否定しません。例のコナン・ドイル、これは吾々《われわれ》探偵小説の方の先祖なんだが、ドイルは若い時からテレパシイを信じていて、テレパシイから入って晩年には非常に心霊現象を信じていたんですね。

**長田**　イギリスは心霊研究が盛んですよ。

**江戸川**　彼は自分に何かテレパシイ現象があったんですね。それから色々の文献を見たらしいですよ。それでだんだん信じて来て、晩年にはほんとうに信じちゃって、実験もやるし、写真も撮ったんですね。自分が厳重に監視をした乾板《かんぱん》で写させて、それへ心霊の姿が現われたものだから、理論的にどうしても信ぜざるを得ないということになったらしいんだ。

ところが、そこに何かドイルの気づかないトリックがあったんじゃないか、ということを、われわれは疑うんですよ。例えば、アメリカにフウディニという、非常にうまい手品師がいましたね。もう死にましたけれども。これは各国を廻って、ほんとうの牢の中へ入れてもらって、絶対に出られんようにしておいたのを、ちゃんと破って出て見せたんです。それから金庫の中へ入って、そとからダイヤルをクルクル廻して、その数字のコンビネーションを合せなければ絶対に開かないようにしてもらっておいて、ちゃんと出て来たんですよ。そんなことをやった男だけども、これは巧妙なトリックのある奇術なんだ。出来るんですよ。

**長田**　カーペットを敷いておいて、その下を一瞬にサッと潜《くぐ》りぬけた、ということもやった人ですね。

**江戸川**　そのフウディニが、自分は霊媒と同じことをやって見せる、と言ったんですね。日本の手品師も言うんだ、霊媒のやるようなことは出来る、だから手品師以上のことをやって見せてくれなきゃ信じられない、と言うんですよ。

フウディニはイギリスへいった時に、ちょっといたずらをしましてね、心霊現象を信じてる人の所へいって、私は霊媒だ、と名乗り出たんですよ。そうして霊媒のやる通りのことをやって見せたら、これは実にいい霊媒だ、といって感心しちゃってね。その席にいたドイルはたいへん感心しちゃって、論文を書いて雑誌に発表したらしいですね。ドイルの全集にはそれが入ってますよ。これはそんなふうに胡麻化《ごまか》し得るという実例だね。心霊現象を信じてる人が手品で胡麻化されたわけですよ。

それからね、霊魂が出てくるにしても、それが机を動かすというようなことは信じられない。それは必ず霊媒が動かしてる。坐っている隣の人の顔さえ全く見えないまっ暗な中でやるんだから、霊媒が動きまわっても少しも見えないのですよ。

**長田**　しかしイギリスのH・G・ウエルズの「生命の科学」の中には、テーブルの飛んでる実験がありますよ。霊媒が自分の手で動かすというが僕は信じないな。何度もみているとそれはわかりますよ。

**江戸川**　写真は作り物の場合があるんでね、自分でやってみなければダメなんだ。霊媒の持ってる心霊写真はダメだな。

**長田**　二重露出のトリック写真は、いくらでもあるんです。だけども、近頃私の所で実験するのは、赤い電灯じゃなくて……。

**江戸川**　どんな光りです？

**長田**　五ワットの裸電灯ですよ。

**江戸川**　そういうのは見たいね。そういうのを見れば、僕は信じるかも知れんよ。

**長田**　赤いのは眼がチラチラしていかんです。それで近頃は裸電灯を使うんですよ。「きょうのは裸電灯でこのくらいの明るさですけども、ようござんすか」って、暗幕へ入る前に、ちゃんと諒解を得ておくんです。

**江戸川**　赤いヤツはいけない。写真現像の暗室と同じで、よく見えないんだ。エクトプラズムだなんていって、鼻からヘンな白いのを出したりするけれども、あれは紙か布か何かですよ。あれを手に握らせてくれて、われわれに確めさせてくれなけりゃ。

**長田**　あのエクトプラズムというのは、素人考えだけれど波長の非常に短い電気的なもので説明がつくと思いますよ。私は今大いに勉強してるんですがね、どうも特殊な脳の構造を持ってる人から、そういう波長の短かい電波が出るんじゃないか。そういうことで解釈できるというように……。

**江戸川**　電波みたいなものが出るということはあるかも知れませんがね、それで机が天上するというようなことは、僕には考えられない。無理だよ。（笑声）

**長田**　いや、なんとかして、そこへ持ってゆきたいんだ、僕は。（笑声）亀井霊媒がやったのは、非常に重いデスクを上げたですよ。事務用の四十貫くらいあるデスクを上げたんです。強い力のエクトプラズムが働いてることは事実だな。原子核の破壊なんかみるとね。

**江戸川**　それは霊媒が手で支えてるんですよ。その時に机の下を探らしてくれりゃいいけども。

**長田**　石原博士がその時いて「このまわりにぶら下ってもいいか」訊かれて、いいッていうんで、みんなでぶら下ったんですよ。あれだけの重い物を支えることは、とてもダメでさあ。机が四十貫、それにわれわれがぶら下ったんだから……。

**江戸川**　補助機関は使いにくいだろうけれども、使うことも不可能じゃない。

**長田**　あんな重い物をあげるにはずいぶん大きな仕掛けがいる。

**江戸川**　それとね、見てるほうがやや催眠現象になってるんだ。だから、ほんとに力を入れて引っ張ったかどうかも疑問だと思うんだな。ちょっと引いてみて「こりゃあ重いや」と思っちゃったかも知れない。

**長田**　それは宮城音弥《おとや》氏の説だ。

## 生きている幽霊説

**江戸川**　僕は真実を探りたいと思うから今まで探ってみたけれども、今までの経験では僕の思ってた通りなんだ。これは萩原さんのやった時だけど、「暗くなってから、人形が動いてる時に、手を出して探ってもいいか」って言ったら、いいッて言うんですよ。霊媒は暗幕の中にいて、手は括《くく》られている筈《はず》なんですよ。だけども、僕は縄抜けして出て来ると思うんだ。まっ暗な所で、隣りに坐ってる人の顔が見えないくらいですからね、縄抜けして出て来たって判らない。出て来て人形を動かしているにちがいないと思ってパッと握ったら、布で包まれた柔い温いものがあったから、「手があったッ」って言ったら、パッと人形を捨てちゃって、手をふりきって、引っこめてしまいましたがね。暗幕の所に垂れてる幕越しに手を動かしてるんですよ。もしパッと明りがついても、黒い布越しにやってたほうが安全でしょう。あれは手で動かしてるんですよ。

**長田**　手の届かないような遠距離の場合はどうしますかね。石原さんはさすがに科学者だから、アームチェアに両手を離してクサリで縛りつけて、結び目へ紙を貼って封印をつけたものですよ。脚も残酷なくらいに縛ってやらせたんですけれども、亀井君はいい現象を出しました。

**江戸川**　だけども、物が動くのは、出て来て動かしてるんですよ。

**長田**　それはね、文部省の連中が来た時に、みんな裸になって、霊媒のやる通りに動いてみたんですよ。私もやったんです。ところが、どうしても手足の動きで風が来て判るんですな。密閉してあるでしょう。それからどうしても音が聴えるんです。暗幕を出て来ることはありませんでしたよ。これは確実です。

**江戸川**　いや、出てますよ。（笑声）だから、暗幕の中へ僕を入れてくれッて言ったんだけれども、それを許さないところをみると、ダメだな。今までやってるのは、どうも児戯的だな。

**長田**　ええ。子供じみているのは事実だ。マンネリズムですね。もっともこの部屋でやってて、私は次の次の部屋に本を置いてるんですがね、そこから本を持って来て、この机の上へポーンと置いたことがあるんですよ。これは美事でした。けれども、その過程はよく判らない。

**江戸川**　僕は実験に新機軸を出す霊媒を探しています。新しい実験を見たいと思っても、なかなかやってくれませんね。自由にならないでしょう？

**長田**　ちょっと御覧下さい。これは薄明るい中で、初めに筆が直立して、それから寝せて、書いた字なんです。「和」という字ですがね。あとで心霊科学協会でもう一度赤外線写真で撮ってみたら、筆の動いてるとこが撮れてるんです。

**江戸川**　こういうものは、訓練によって出来ますよ。とにかくこの心霊問題は一朝一夕に解ることっちゃあない。机が空中へ上ってる時に、その下へいって触らしてくれりゃ、そうして霊媒が支えてるんではないということになれば、僕は心霊現象を信じますよ。（笑声）僕は今までに幽霊というものを見たいと思うんだけれども見たことがないんです。火の玉なんていうものは、随分いろんな種類のものがあるらしくって、見たという人は多いけれども、それでさえ僕は見てないですよ。見て怖がりたいと思ってるけれども、ダメなんだ。

**長田**　私は死んだ妹の幽霊も見てますよ。これは家内も見てるんです。ちょうど婦人の都会議員が来て話してる時でしたがね。それから私の先祖だというのが、これは霊媒によって何度も出てますしね。幽霊を見る人には特別な心理的要素があるんですかな。（笑声）

**江戸川**　そういう性格があるんですね。僕は子供の時は非常に怖がりでね、お化けを信じてたんです。それは童心があったからで、今は童心がなくなったんだな。作家なんかは怖がれる性格のほうがいいと思うんだけれども、墓場へいっても、怪談会へいっても、ちっとも怖がらしてもらえないんですよ。（笑声）

# 樽の中に住む話

対　佐藤春夫　城　昌幸

〔前書〕わたしたち大正末から昭和はじめに書きだした探偵作家仲間は、皆多かれ少なかれ、谷崎潤一郎、佐藤春夫、芥川龍之介三氏の初期の作品に心酔し、その影響を受けているといっていい。森下雨村《うそん》さんの「新青年」の西洋探偵小説紹介、千葉亀雄、馬場孤蝶《こちょう》、井上十吉、小酒井不木《ふぼく》諸氏の探偵小説随筆、そして、それらと匹敵するほどに、前記谷崎、佐藤、芥川三氏の小説は、わたしたちを刺激したのである。

わたしが本誌を編集することになったとき、そういう意味から、現存の谷崎さんと佐藤さんに、それぞれお話を聞く機会を作りたいと考えたが、谷崎さんのほうは、まだその機会がなくて果たしていないけれども、佐藤さんは城昌幸さんが師事している関係で、城さんから話してもらって、三人の鼎談《ていだん》をやることができた。

佐藤さんはあまり酒をあがらないほうで、しらふで話がはじまった。最初はこちらが話をしても、簡単なうけこたえをされるばかりで、話がはずまなくて困ったが、樽の話に入るころから、だんだんお話が面白くなってきた。

当夜の話題は、探偵小説の話、衣類の話、酒の話、新仮名遣いと当用漢字の話など多岐にわたったが、一番面白いのは酒樽の中に住みたいというお話であった。といっても、酒好きだからというわけではなく、いわば東洋のディオゲネス趣味である。それで、この樽ずまいのお話を中心として、探偵小説に関するお話を漏れなく収め、枚数の関係で、衣類の話、酒の話、新仮名の話などは省略させていただいた。佐藤さんにその非礼を深くお詫びする次第です。（乱歩）

**江戸川**　まず皮切りにね。私どもの探偵小説を書きはじめます前に、大正の初期から中期にかかるころだと思いますが、文壇にポーとワイルドの好みが出た時代がありますね。そういうものを作品にお出しになった方が佐藤さんと谷崎さん、それから芥川龍之介――そのほかにもあると思いますが、私どもその三人が一番印象が深いのですが、そういうものを僕らは非常に愛読して、それと西洋の探偵小説と両方がゴッチャになって影響をうけたのですが、佐藤さんは日本の探偵小説にそういう意味で影響を与えた方で、あなた自身探偵小説といってもいいものをお書きになってますし、随筆もお書きになった。その点で僕が一番刺戟《しげき》を受けたのは、「新青年」に、あれは御自分でお書きになったのかどうかわかりませんけれども、探偵小説の定義みたいなものをお書きになったでしょう。その「新青年」を今日はもってきております。これは森下雨村さんのときですよ。佐藤さんの文章と思いますがね。

**佐藤**　ええ、これたしかに僕の文章です。自分で書いたもの、談話ではありません。

**江戸川**　この中に定義のようなのがあるんですよ。要するに「探偵小説なるものはやはり豊富なロマンティシズムという木の一枝で猟奇耽異の果実で、多面な詩という宝石の一断面の怪しい光芒で、それは人間に共通な悪に対する妙な讃美、それからこわいもの見たさの奇異な心理の上に根ざして、一面また明快を愛するという健全な精神にも相結びついて成りたっているといえば、大過はないだろう」

これが定義みたいに僕ら感じたのですが、一種の定義ですね。

**佐藤**　まあそうでしょう。――大ざっぱながら。

**江戸川**　これは僕はよく引用しましたし、何か非常に印象がつよいのですよ。これはやはりポーが非常にお好きだった時代と思いますがね。

**佐藤**　ポー、大ぶん前から――長い間好きでした。

**江戸川**　この定義の中にあるあやしい宝石の一断面とか、怪しい光芒というようなものは、むしろ探偵小説に必然のものでなくて、この定義には純探偵小説よりもポー全体の作品の特徴が出ているように思うのですが。

**佐藤**　そうですね。書いたことは忘れちゃったけれども、読んで頂いて思い出しました。それから私の定義もその後多少変って、その後に探偵小説というものは行動の文学であるということを考えはじめたのです。

**江戸川**　それはいつごろですか。

**佐藤**　これは戦争の直前か戦争中ぐらいですね。

**江戸川**　行動の文学というのは。

**佐藤**　つまり推理だけでは本当の探偵小説にならない、と。何か犯人があってそれを追っかけるという、つまりただ坐って頭で考えただけではいくら推理が本当でも探偵小説らしいものにはならない、と。無精ではいかんと。これは自分に云って聞かせているようなものですけども。（笑）無精でない、つまりもっと活動的な文学だ。犯罪という行動。それを追っかける行動。行動が主で推理は従ではないかというので。

**江戸川**　なるほど。アメリカにいわゆる行動派の探偵小説というのがあるのですが、例のハードボイルドですよ、結局。そういうものがいまはやっておりますが、あまり頭を使わないで、勘ですね。行動で全部判断しちゃうのですね。三段論法なんか使わないでね。そういうのがはやっております、戦争中からです。そういうものをお読みになったわけではないのですか。

**佐藤**　読んだわけではなく、自分で考えただけ。読書という行動はなかった。

**江戸川**　それで、ポーというものについてすこしお考えを伺いたいのですが、ポーを愛読された当時の思い出……、翻訳なんかもなさったですね。

**佐藤**　何だったか一つ。

**城**　アモンチリャドーの樽。

佐藤　アモンチリャドーの樽でしたね。
江戸川　ポーについて何かおっしゃることないでしょうか。
佐藤　特別新しくいうこともありませんけども。
江戸川　いまはどうです、ポー。
佐藤　いまも読めば好きです。ある種の文学の一頂点には相違ありますまい。
江戸川　どういうふうなものです、お好きなものは。たとえば。
佐藤　何でも読みさえすれば好きですけども、やっぱり詩を中心にして、詩的なものがあらわれているものがいいですね。だからその意味でポーの散文より詩の方がいまは好きです。
江戸川　そうすると散文ではどういう傾向のものですかね。リジアとかああいうものですか。
佐藤　まああんな散文詩風のもの。
江戸川　アッシャー家なんかも……。
佐藤　まああれは散文詩的な作品の代表的なものでしょうか、量も質も。好きなものです。外にグロテスクなものにも好きなのはあります。それから、ランドアス・カテージのようなもの。

**江戸川**　城さんは佐藤さんと相当古いんだけれども、ポーのようなものは佐藤さんから教わったということなの。
**城**　そうでもないでしょうね。
**佐藤**　そうでもないでしょうね。僕は誰にも教えた事はない。いつも生徒の側だ。
**城**　先生の出世作といっちゃおかしいけれども、「田園の憂鬱《ゆううつ》」ですね。あれも「アッシャー家の没落」の匂いがすこしある。
**佐藤**　ああ、あのころから「アッシャー家の没落」は一番好きでした。
**城**　「田園の憂鬱」には大分怪奇味がありますよ。
**佐藤**　それは意識して書きました。
**城**　一種の妖怪――というといいすぎるけれども、つくりあげた不安ですね。そういった怪奇趣味。
**佐藤**　があります。
**城**　が、相当中に入っている。犬の鳴声で目をさましてゴタゴタして。
**江戸川**　やっぱり僕らは佐藤さんの探偵小説より前に、「田園の憂鬱」を読んだね。お書きになったより、すこし後だったけれどもね。本が出てすこし後に。

**城**　それはそうですよ。単行本になってから。

**江戸川**　あの中で蛾《が》が出てくるでしょう。蛾が、一つ退治するとまた一つ別なのが出てくる。ああいうところなんか怪奇な味ですね。

**城**　いや、全体にあれは何か怪しい雰囲気が入ってますよ。ただそれが強調されてないけれども。

**江戸川**　それで行動的な探偵小説というものをお考えになってなにかお書きになったことはないでしょうかね。

**佐藤**　ええ、考えただけで書かないで、これも無精で、つまり行動を一向しないんですが、いまでも書きたいと思わないではありませんし、純粋に探偵小説というものを書かなくても、すこし長い小説の場合は探偵小説的な要素はきっと必要だと思います。これは探偵小説よりもさきに長篇小説にみなあった。その中の探偵小説的要素だけ抜き出して探偵小説というものができたんじゃないかと僕は考えます。

**江戸川**　ああ、そうですね。私もそういうふうに最初よく書いたんですが、古来の文学の中に探偵小説的なものはたくさんありますね。それだけを抜き出したのが探偵小説であると僕も思います。

**佐藤** そうですか。僕もいつの頃からかそう思いはじめたのです。

**江戸川** いまはあれですね。身辺小説風のものに対してフィクションでなければいけないという若い人の考えが非常に多いでしょう。若い人の間に探偵小説を書く人が出てきましてね。それはやっぱり普通の小説を書くのにも探偵小説的な考え方が必要だということからきているらしいですね。

**佐藤** 必ずしも、そう自覚しなくとも、自然と。

**江戸川** あなたのお弟子の若い人で探偵小説を書いた人ございませんか。

**佐藤** 誰といっては、すぐ思い出せませんね。

**江戸川** だれかないかね。城さんがお弟子とすれば書いているけれども。

**佐藤** まあ、大坪砂男《すなお》ですね。これも弟子といっていいかどうか。僕のところへは不思議で、自分で一人前に書いた人ばかりきて、僕はちっとも教えないでもひとりでにだんだん育っていって、見る見る僕よりみなえらくなるんですけれど(笑)、だから出藍のほまれをもっている弟子ばかりの師匠《ししょう》は果して名誉か不名誉かわからないというのです。(笑)

古典鑑賞

**城**　あれは芥川龍之介氏かな。小説を書くのだったら一ぺんは探偵小説を書いておくのが本当だ。そんなふうなことを……。

**佐藤**　誰に向ってだったか。そんなこともいったようでしたね。云ったのは正しく芥川です。

**城**　それから小島政二郎氏に、シャーロック・ホームズを読まないのかといってすこし軽蔑したような顔をしたとか、だから龍之介氏はずいぶん読んでいたのでしょうね。それであのころの、ずいぶん僕は前の記憶なんだが、芥川氏の小説の月評があったんだ。だれかほかの方が書いたんだ。これは短評でね。それにね、芥川氏はよろしく探偵小説を書くべしというこれは非常に皮肉にいっているんだけれども、そういう批評を読んだことがある。

**江戸川**　さっきいった三人の方の中で、本当に謎を論理で解いていく小説をお書きになったという意味でやっぱり佐藤さんが一番本格的な探偵小説だったと僕は思うんだ。「指紋」とか「オカアサン」とか。谷崎さんとか芥川さんのものはそれほど本格的ではなかったですよ。

**佐藤**　僕のも本格とは云いにくいが。

**江戸川**　そうお思いになりませんか。

**佐藤**　自分でそういっちゃうのは少しへんかもしれませんけれども、僕のがなかでは一番腰の据ったところがあるかな、本格とは云えなくとも。

**江戸川**　つまりデータを示して論理で明快に説くというのをやっているのは佐藤さんです。

**佐藤**　僕はもともと、非常に理屈っぽい頭で、こどものときからよく叔母を何かいってやりこめてね。叔母ににくまれて、弁護士になるといいと、しょっちゅう云われていたものです。この訥弁《とつべん》では弁護士にはなれない。もっとも喧嘩になると妙に雄弁になりますが。親父がまた理屈っぽい人ですから、僕を理屈でやりこめる。僕は親父の理屈を僕の理屈で反駁《はんばく》しては、親父に叱られたというわけで、親父が死ぬときでなかったけれど、死ぬ前に一度大病をした時、あんまりうるさいから、おとなしくなるようにいってくれといってお袋にたのまれたので、やかましくいってみても痛いのは治まるものじゃないから、すこし我慢なさいといったら、また理屈いいにきたといって、親父が叱りました。死にそうになっていてそう云ったのだから、これは辛かった。これで死なれては困るなあ。親父に一生理屈ばかり云う息子だと思われてと思ったら、その時は親父治りましたが、そういうふうに理屈ばかり云っていたので、この理屈好きを文学のなかに取入れたいという意欲は前からありましたね。

**江戸川**　それは評論なんかお書きになるときもその理屈が出るんでしょうね。

**佐藤**　まずそんなところでしょう。三つ子の根性が出るわけ。

**江戸川**　それから僕はこの間ね、小山書店から出ました日本探偵小説代表作集の佐藤さんの集で、そのうちの二つのお作の取捨を僕に任せるとおっしゃったので、僕は実際を調べてお書きになった「女人焚死《ふんし》」をえらんだんですが、あれはよくお調べになってますね。

**佐藤**　ええ、あれは現地まで出かけて行きました。

**江戸川**　ああいう調べたものとして非常に面白いと思うのです。ああいうのはちょっとほかにありませんからね。あれは珍しいと思いましたよ。

**佐藤**　あれは私もいささか得意の作品です。執筆時間が足らずに書きナグッタが。せっかく現地に行っても現場には登って見ず、やはり骨惜しみして、ところどころ手を抜いてますよ。

**江戸川**　だけど非常によく調べた感じですね。あの山の風景は実地にいかれたときの感想でしょう。

**佐藤**　山にはのぼらず、下から見上げただけ、付近から想像しての描写です。

**江戸川**　「指紋」はどうなんです。やっぱり長崎の背景をごらんになって？

**佐藤**　いえ、「指紋」はこれこそ全く出たらめです。

**江戸川**　それで、いま大変翻訳ものが読まれておりますが、お読みになってませんか。

**佐藤**　いえ、ちっとも読んでおりません。実はこの間ミステリー・マガジンのバックナンバーの「燕京畸譚《えんきょうきたん》」というのがお前の作品に似ていると椿八郎君にいわれて、椿君の説だからどのくらい当っているかわからないけれども、とにかく読んでみようと思って読んでみたら、なるほど自分の作品に似ているらしいと思って、この作品は非常に気に入りましたが、それであの雑誌のナンバーを揃えて読んでみようと思って、大坪君に頼んでもらいました。バックナンバーを取りそろえ、それに新しいのも送ってもらうつもりです。

**江戸川**　あのマクロイの「燕京畸譚」は原本が出たときよみましたが、私もたいへん感心したものの一つです。それに田中西二郎さんの訳が手間をかけて、よくできていますね。唯美主義的な美しいものですね。

**佐藤**　いかにもシナ的な美しさと怪しさとがあっていいものですよ。それに非常に芸術的な感覚があって面白いと思いました。芥川にみせたらさぞ喜ぶだろうなと思いました。

**江戸川**　長篇はお読みになっていないのですね、あまり。

**佐藤**　ええ。何しろブショウ者で。この間からマゾッホの「毛皮を着たヴィナス」を読んで、あれは好色本ではなく、むしろ思想小説で探偵小説的（広義の）読み物として面白いと思っています。今に訳してお目にかけます。

〔佐藤註＝「群像」七月号に拙訳とその読後感とを発表して置きました〕

**江戸川**　昔の古いものはお読みになっているでしょう。

**佐藤**　昔のもあまりたくさん読んでおりませんけれども、うちを出るときにもいったのですけれども、うちの倅《せがれ》はファンでしてね。あなたのファンでもあり、外国のものも国内のものもよく読みますから。話だけは聞いていますが。それでまた思い出しましたけれども、あなたがこのごろ早川からお出しになった本があるそうですね。これがほしいというので、ほしければ買えばいいといったら、署名してほしいからたのんでくれというので……。

**江戸川**　それじゃもってくればよかったのですが、字引みたいなものですよ。〔早川版「海外探偵小説作家と作品」のこと〕

**佐藤**　そういうものらしいからぜひ署名してほしいというので、それじゃたのんでやるといって。

**江戸川**　贈りましょう。

**佐藤**　どうぞ。方哉《まさや》という名前です。
**江戸川**　おいくつぐらいの方ですか。
**佐藤**　今年二十六です。数え年。僕の四十の時に生れた一人子です。
**江戸川**　もう学校をお出になったのですか。
**佐藤**　今年慶應の文科の心理を出たので、大学院にのこっておりますけれども。
**江戸川**　私どもの息子もいま立教大学の心理学の助教授をやっております。私どもの息子は三十いくつです。立教は私のうちのすぐそばなんですよ。そうすると御子息も心理学の方をおやりになっているのですね。
**佐藤**　ええ、学問をやるつもりらしいです。探偵小説は相当な通ですよ。
**江戸川**　そういう人と一ぺんお話がしたいですね。
**佐藤**　そうですか。それじゃそのうち会ってやって下さい。これは変人ではにかみ屋だからすぐその気になるかどうかはわかりませんけれど。
**江戸川**　御一緒にいらっしゃるのですか。お住いは。
**佐藤**　一緒に住んでおります。
**江戸川**　いまなかなかそういうふうに探偵小説の好きな人がふえてきましたよ。早川書房の翻訳ものも影響してますね。あれが無闇に出ているので、あれ読むと面白いのがあるものですから。

**佐藤**　あれもいくつか気に入ったのを揃えているようですけれども、おやじの方は読まずじまい。

**江戸川**　それでふつうの小説でね。非常にミステリーの要素が多いのがありますね。ドストイェフスキーの「カラマーゾフの兄弟」なんか、犯人をずっとかくしておいて、最後にわかるというのは、ちょっと探偵小説に似たところがありますが、そういう種類ので何かお好きなのはありませんか。

**佐藤**　ドストイェフスキーには多いでしょう、「罪と罰」なども。ワイルドの「W・H氏の肖像」といいましたか、シェクスピアがソネット集を贈った相手の推定みたいなものですね。あれは僕は昔から好きですけれど。

〔註、この「W・H氏の肖像」は「宝石」二十六年三月号に長谷川修二さんが訳していられる。私はそれをうっかり読みおとしていたので、この作について、なぜ訳が出ないのだろう、むつかしいからか、など二三のやりとりがあった〕

**江戸川**　ワイルドの文章は逆説でしょう。逆説というものは探偵小説となにか縁がありますね。

**佐藤**　ワイルドはたしかに探偵作家の要素がありますね。「ミスター・W・Hの肖像」にはそれがよく出ていたと思います。

## 樽の中の生活

**江戸川**　佐藤さんは放談をなさるときがあるでしょう。どういうときかに、ひとりで大いにお喋りになるときがあるでしょう。

**佐藤**　機嫌が悪いときに最も雄弁になります。(笑) 夫婦ゲンカのときは最も雄弁で (笑) 毒舌は僕の一番得意とするところです。(笑) きょうのような親睦な空気では沈黙の金《きん》を楽しみ、雄弁の銀は散じません。

**江戸川**　そういうのが、きょうもすこし出ませんかねえ。

**佐藤**　きょうは機嫌がいいので。(笑) ケンカふっかければ……。僕は電話が嫌いで出ないのですが、ケンカするときだけ電話口に出るのです。(笑) 僕は闘犬の種属で愛玩種ではないようです。

**江戸川**　お一人で長広舌をおふるいになることがあるということを、なにかに書いておられるのを読んだことがありますが、そういうときには非常に面白い話が出るのではないですか。

**佐藤**　話は面白い方ですけれど、今日は面白い話というと出ないもので、あなたのみえる前に面白い話すこししましたけれど、あれをもうすこし探偵小説的の筋をからませてものにしましょう。小説の構想を……。

**城**　酒樽にお住まいになる話でしょう。

**江戸川**　本当ですか。

**佐藤**　住もうという、その室の設計は全部できているのだけれど、それをおく場所や金がないというので、目下場所を探し、金の工面を考え中なのです。どちらもなかなか無い。

**江戸川**　自宅の庭じゃないのですか。

**佐藤**　うちの庭は狭いし。どこかその辺のじっと動かずにいてもたのしめるような条件を備えていないといけないのですけれども、自分がそういうところへ住んでいるということを人にみてもらいたいという意欲も少しあるので、だから山里の中では具合悪いので、東京の真中で山のような感じがするという、いろいろ注文があるのです。

**江戸川**　人家の余りないところ。

**佐藤**　人家はあってもよい。より多く自然があれば。

**城**　（会場の庭を見渡して）大きにこの辺はいいじゃないですか。〔註、会場は赤坂弁慶橋の「清水」〕

**佐藤**　この辺はいいですね。ここにおかせないかな。（笑）いい水もあるしね。（池をみて）

**江戸川**　この辺の並びにあき地があるかね。

**女中**　本当のあき地っていうのはございません。

**江戸川**　売地はないの。呉清源の地所があるんじゃない。

**佐藤**　ほんのすこし、四坪ぐらいあればいいんだけれども。食べものが食べたくなると、すぐここ（清水）へくれば便利だし、ついでに入浴もできる。（笑）

**江戸川**　樽のなかで、食べものはどうするんです。

**佐藤**　広すぎる世界をできるだけ狭くして暮そうというのですから、最も簡単な方法で一番手がるな暮しをするから、パンと水とチーズぐらい食って、何か食べたくなれば悴のところなり、娘のところなりに行って、食べたいものを注文して食べる。必要に迫られて食べるのはいまのパンとチーズと水ぐらいのものでいいというつもりですが。

**江戸川**　それで樽は横におくのですか。

**佐藤**　横にして。

**江戸川**　縦にして住んでいる人は、どこかにありましたね。

**佐藤**　それは今までにもよくある人のまねみたいで面白くないから横にしてソファ兼ベッドのものがありますね。あれをこの丸くなっているこういうところの片方に置いて、その反対の側に腰かける。真中だけが低くて通行できるようになって、その両側にしゃがんだりねたりされ、高さはいらないから全部使えるというわけ。

**江戸川**　床張らなければならんでしょう。

**佐藤**　床を張り窓をあけるだけ。

**江戸川**　それなら見晴らしいいですね。縦の奴は見晴らしがわるい。こうやれば（横に）一方があけっぱなしだから。あれはしかし一番大きいのはどのくらいかしらん。

**佐藤**　それもまだ十分研究してないのですが、九尺の桶があれば申し分なしなのですが。

**城**　せいぜい三畳だろうと思うな。

**江戸川**　実質は三畳ぐらいだね。

**佐藤**　直径九尺、深さ九尺あれば三畳敷になります。もっとも僕は茶室風ではなく洋風に住みたいのですが。樽の寸法は今によく研究してきます。これは誰に聞いてもいい加減に非常に大きいですよという印象だけいうけれども、それじゃ直径どのくらい、高さどのくらいかといっても明確に答える人はまだないのですよ。明確に答えた人はまちがっててね。それから大小いろいろあるでしょうといったら、いや、ひといろです、と、はっきりいう人がまちがっていて、あやしい人の方が本当なのです。何が何だかよくわからない。つまり皆見ていながら明確には見ていない。

**江戸川**　それは大小いろいろありますよ。これは僕は知っているんだ。この間埼玉県に「力士」という酒がありまして、そこの醸造元へいきましたらカラの樽がたくさんおいてありましたが大小ありますよ。直径一間ぐらいから、大きいのでもこの床の間ぐらいじゃないかと思いますが。

**佐藤**　六尺が普通、九尺ぐらいまではあるらしい、という人もあるのですが、僕もそれはありそうに思えるのです。直径も深さも六尺ぐらいだろうというのがみんなの意見ですけれども。

**江戸川**　それで樽の中はひとりぼっちでお住みになるのですか。

**佐藤**　そう、ひとりで住もうと思うのですが、ふたりで棲もうという人があれば二人でも差支《さしつか》えない。そこで隠棲したいと思っております。

**江戸川**　どこにでも自由にいけますからね。
**佐藤**　ええ。
**江戸川**　だけど身のまわりの世話というのは必要ないですか。やっぱり。自分ですっかりおやりになる？
**佐藤**　精々《せいぜい》手のかからぬ方法で暮してみたら面白いと思うのです。世界を狭くし生活を単純化し貝がらみたいにそれを残して死にたい。
**江戸川**　やっぱりタンスぐらいはいりますねえ。
**佐藤**　タンスに代る大ひき出しができるはずです。僕の設計では。最小限でも生活には間に合うだけの。

## 犬儒亭の記

**江戸川**　それはしかし非常に変った話だな。本当に御実行になる？
**佐藤**　やりたいと思います。やればできましょう。
**江戸川**　しかしそんなことをやったら、人がきて仕様がないですよ。新聞記者やなんかが。
（笑）

**佐藤**　そうなれば観覧券兼面会券を発売します。（笑）

**城**　電話はお引きにならないんですか。

**佐藤**　電話は嫌いですから引きません。自分では引きません。他人が用意してくれる分には差支えありません。

**江戸川**　いま引いてないのですか。

**佐藤**　今引いてますけども悴の方がよく使います。僕は最初から電話口へは一切出ないという約束で引きました。

**江戸川**　城さんも引かないのでね。不便で仕様がない、こっちの方が。（笑）

**城**　電話と呼鈴というのはひとのためのものでね。（笑）

**佐藤**　自分のためには、ケンカするときだけ。（笑）それから断るときいいですよ。顔みていると断れないが、電話だと、簡単に、ノーの一言ですみます。いくらねばってもノーで押しとおせばよい、そういうことがわかったらもう電話では頼みにこなくなります。

**城**　しかし先生、樽のすまいへ誰もこないといっても一日一回は奥さんが見まわりにいらっしゃるんでしょうね。

**佐藤**　これは見まわりにくるでしょうね。見まわりにくれば中に入れないで、窓から首出して応対しておけばいいんだから……。入れたい人だけ入れて、家内に限らずすべてのお客様に、手狭ですからこれで失礼しますといったら。(爆笑) いや、やがてもっと小さい桶の中に住む予習のためにこんな家に住んでみることも必要だし。今日の日本では九尺二間でも大きすぎます。僕のは九尺九尺、方丈以下です。

**江戸川**　ギリシャのディオゲネスが住んだのはどんな樽だったのでしょうかね。

**佐藤**　どうでしょうかね。――この家にはもう名前もついているのですよ。犬儒亭《けんじゅてい》というのですよ。

**江戸川**　しかし、いざやって見ると、いろいろ苦痛があるでしょうな。

**佐藤**　いや人生苦痛はまぬがれませんよ。広すぎてもいろいろ苦痛があるんだから、狭すぎる苦痛と広すぎる苦痛とどっちがいいかという問題でしょう。

**江戸川**　ベッドをおいて、それで日当りがよければ存外、いいかもしれませんね。

**佐藤**　冬はあったかいが、暑いときだけちょっと苦痛だろうというので、藤棚かなんかの下にうまく入れるようにしなければなりませんね。それから僕が、樽を選んだ一つの理由は、金がかからないということが第一ですけれども、次に僕は風が一番嫌いなんです。雨よりも嫌いなんで、これは風には抵抗力があると思います。なお、いろいろな考案があるのですが天機は洩しません。今に作品にするか、実現するかです。

**城**　しかし先生、それを密閉した場合、空気が悪くなっちゃって何か変なことがおこるんじゃないですか。

**佐藤**　それは、空気の流通はつけますよ。さもなければ、論敵やさや当て筋が来て表から毒ガスか何かを撒《ま》けばそれっきりですからね。(笑)

**城**　ガスは引かないことですね。電気だけで。

**佐藤**　ガスなんか使わないで一切電化ですよ。近代のディオゲネスともなれば。それから、僕は枕許《まくらもと》で原稿を書くので、これはどうしても一尺五寸ぐらいのゆとりがいりますからね。ベッドは七尺あれば大丈夫ですから合せて八尺ですね。枕もとへ一尺五寸ぐらいの出まどを造って書斎にする。窓だけをくり抜き、床だけを張る。家はそれだけ。それで問題はそれをおくところがほしいのですよ。入浴や食事は外でする。ただ便所だけはどうしてもこしらえなければならないがこれが一くふうです。――何とか案はありましょう、金を食うだけで。

これはどうも先生方は賛成だから、どうしても実現、せめては精《くわ》しく書かなければならないな。犬儒亭の記(ア・ラプソディ)と――題だけはできているんだけれども、筋はないのだから、そういうものを置く場所を二、三ヵ所物色して、おくところをいろいろ空想する話にでもするか。

**江戸川**　それをお書きになるのですか。

**佐藤**　それは今に書きたいと思っている。

**江戸川**　つくる前に予定を……。

**佐藤**　こういうものをこしらえたい。できれば書くこともないけれども、できそうもないから書いておきたいというわけ。

**城**　本当に場所ですね。やっぱり高いところの方がいいでしょうね。

**佐藤**　幾分高いところの方がいいですね、眺望があって。もっとも水辺で水に近いところであまり高くなく水に接して危険がなければそれもいいが。

**城**　望遠鏡を先生はおかれようというんだから、高くなければ望遠鏡が意味をなさない。

**佐藤**　望遠鏡の話はまだしませんでしたね。枕許に天体望遠鏡をおいて、老来不眠症でねむれない時のなぐさみにしようといっているのです。部屋は狭い代り視野はメッポウ広い。

**城**　佐久の別荘の方には日常道具はみんな備えられたのですか。

**佐藤**　疎開したままですから、日常道具といっても主なものは夜具に炊事道具ぐらいですが、佐久にはそういう六尺ぐらいの樽をおけるところがあるので、これを試みに一つやってみようと思って、この樽もくれそうなところがあるのでね——。もっとも六尺樽ですが樽そのものに就いていろいろな研究をして書くとすれば酒樽に関するペダントリーをも作品の一要素にしたいと思いますが。

〔註、当夜、佐藤さんは和服に袴《はかま》をはいておられたし、城さんもいつもの通り和服だったので、服装の話から、佐藤さんの若いころの洋服のおしゃれの話、上物のネクタイを百五十本も持っておられた話、それにつづいて酒の話なども出たし、また、新仮名遣いについての御意見なども出た。佐藤さんは印刷にするとき先方で直すのは拒まないが、自分としてはあくまで旧仮名を守りたいというお話であった。それらを全部のせないと、当夜の情景が浮かばないのだが、「前書」にも書いた通り、誌面の関係で省略せざるをえなかったのは残りおしいことである〕

## 「指紋」の思い出

**江戸川**　最初に「指紋」をお書きになった素地というようなものですね、少年時代からそんなような御趣味があったのですか。

**佐藤**　少年時代はありませんでしたね。むしろ冒険小説の方でしたね、あのころは。

**江戸川**　どういう冒険小説です。
**佐藤**　押川春浪の……。
**江戸川**　それは僕らも同じですね。
**佐藤**　軍艦「うねび」のゆくえというようなテーマの小説がありましたね。
**江戸川**　「海底軍艦」というのがありますが……。
**佐藤**　「うねび」という船の名前の出た話があるんですけども。あれと「海底軍艦」とは同じものだったかどうですかな。
**江戸川**　あの時分の「冒険世界」や、「武侠世界」で思い出したんですが、絵描きの村山槐多《かいた》御承知ですか。
**佐藤**　ああ、槐多知っております。
**江戸川**　あの人が「冒険世界」か「武侠世界」かに探偵小説を書いたんですよ。三つばかり書いたんですよ。それは大変面白かったですね。
**佐藤**　あれは変った人だから、なるほど書けば面白かったでしょうね。
**江戸川**　変な味のものでした。……それでは、探偵小説はどうして、どういうところからお入りになったのですか。やっぱりポーのものですか。

**佐藤**　ポーのものですね。それに鷗外の諸国物語に二三篇、独乙の作家のもので好きなのがありました。しらべて見なければ思い出せないが。書こうという考えもなかったのですけれども、あれは中央公論の滝田（樗蔭）の編集プランで頼まれて書いたのが「指紋」でした。

**江戸川**　特集号ですね。〔註、大正七年七月号「中央公論」秘密と開放号〕文芸的探偵小説を書けといってきたんですか。

**佐藤**　必ずしも文芸的とも云わないが、最初谷崎に相談があって谷崎が引き受けると外に誰かと云うので僕の名が出たとか。書いてみる気があるかと谷崎がいうから、書いてもいいといったら、では滝田に云おう。多分滝田がたのみに行くだろうといって、滝田が来たので、構想したのははじめ「チェロを弾く男」という題でした。チェロというものは大きいですからね。その中にいまでいうと時限爆弾みたいなものを装置して、会が一番高潮に達した頃あいに、公衆の面前でオーケストラの一人を殺してやろうというような考えで……。

**江戸川**　なるほど。演奏中にね。

**佐藤**　ええ、そういうことを考えたのだが、さてその時限爆弾装置を考え出すだけの能力がないのでね。そこをごまかしてしまうと意味がないので、それでまごまごしているうちに締切日が来て、これはあきらめて滝田にどうも具合が悪いといったら、どうしてもできないか、もう一日待つ、二日待つといわれて、さいごにあれを思いついて、あれは二日待つうちの一晩で筋ができて、それから書きはじめた。時間は一昼夜しかないんですがね。それで徹夜して、そうだな、翌日の午後二時ごろまでに書き上げてね。それからちょうど滝田が二時ごろくるという約束をしたので、これきたら渡してくれと云い置いて、僕は眠くて仕様がないからといってねてしまった。そうして起きてみたらとりにきて渡しているという。

**江戸川**　非常に短時間に書かれたんですね。

**佐藤**　一昼夜はかかりません、多分二十時間ぐらいではありませんかね。

**江戸川**　あれは六十枚ぐらいですか。

**佐藤**　九十枚か百枚近いんじゃないですか。

**江戸川**　それは非常な速度ですね。そんなに早いんですか。

**佐藤**　あのころはね。それにごらんになればわかりますが、非常に粗雑な書きなぐりの文章ですからね。

**江戸川**　ずっと書き流したような文章ですけれども、内容は非常に緻密《ちみつ》ですからね。

**佐藤**　その内容を考えるために一晩考えたんですよ。くたびれないうちに考えておいて、書く段になって一瀉千里《いっしゃせんり》に書き飛ばしたのです。僕、一体そういうやり方です。——永く考えて速く書く。頭はのろま手はせっかちです。

**江戸川**　佐々木直次郎氏のポーの翻訳はどうですか。忠実は忠実なんだけれども、味が出ているかどうか。

**城**　出てないと思う。

**佐藤**　出ているものもあるし、出てないものも。あれは偏《かたよ》った人ですからね。だが大たいとしていいのではありませんか。

**江戸川**　いまのところじゃあれが一番でしょうね。

**城**　あれと谷崎精二さん。日夏先生があれを漢文崩しの口調で、つまり文語体でやってみようというから、それは大いに賛成したんだけれども。

**佐藤**　それは企画としては面白いんだがね。日夏君やって見ないかな。

**江戸川**　私は詩はわからないんですけども、ポーの詩ではどういうのをお好きです。

**佐藤**　僕はアナベルリーが好きですがね。

**城**　死んだ女の子を歌った詩です。大へん幻想的な。

**江戸川**　何か海の底の詩がありますね。

**城**　海の底の町。

**佐藤**　あれもいいですね。日夏のポーの詩の訳はいいね。

**江戸川**　散文詩では「影」。

**佐藤**「影」などは漢文訳に最も適当でしょう。

**江戸川**「レーヴン」はどうです。

**佐藤**「レーヴン」は日夏君の奴もいいですね。

**城**　三度ぐらい書いて。

**佐藤**　彼が苦心した奴、よくできています。

**江戸川**　佐藤さんの詩の中にミステリー的な味の詩はありませんか。

**佐藤**　ありません。

**城**　佐藤先生の詩はむしろ恋愛詩が傑出《けっしゅつ》してる。でも、「魔女」のなかなんかにすこし。

**佐藤**　なるほど「魔女」を全部入れると幾らかそういう感じがあるかもしれませんが。

**江戸川**　どのくらいの長さですか。

**佐藤**　いくらもありません。あれは全部で二十五枚か三十枚ぐらいだったでしょう。僕の詩のリズムは、――いや日本語というものは、かも知れぬ、そういう犯罪詩だのミステリーなどにはあまり適しないのですね。僕のは恋愛詩、それに自然詩が本領でしょうか。

**城**　それから佐久の草笛みたいな。しかし僕は、つぶれちゃったが河出の、敢然《かんぜん》と戦争詩をお入れになったの、いいと思うんですがね。このごろの連中は気が弱くなっちゃって、戦争中の詩ね。結構いい詩もあるんだから、あれだけの戦争だったら詩だっていいのできてくる筈だよ。それを今度改めて書くときになって、それを省いちゃっているのでしょう。佐藤先生は敢然と入れられている。これは僕は結構なことだと思うんです。協力もへったくれもないので、そういう現象を目の前にみたことは事実なんだから。

**江戸川**　じゃこの辺で。どうもいろいろありがとうございました。（終）

〔後記〕速記はこれで終っているが、そのあとで、いろいろ面白い話が出た。その中でも、佐藤さんが近頃読まれたマゾッホの本の話、ひいてはサドの著書の話などは、速記者を帰してしまったのが惜しいようなお話であった。佐藤さんは、この両者とも決して単なるエロ小説でなく、文学として非常にユニックなものだと、その感動をお話しになった。鼎談中にもあるように、佐藤さんはそのとき話題にのぼったマゾッホの「毛皮を着たヴィナス」を「群像」七月号に訳されたから、興味のある読者は同誌によって一読していただきたい。（乱歩）

# 新劇人ミステリーを語る

左より松浦竹夫氏、杉村春子氏、三島由紀夫氏、芥川比呂志氏、江戸川乱歩氏、山村正夫氏。

狐狗狸（こっくり）さん

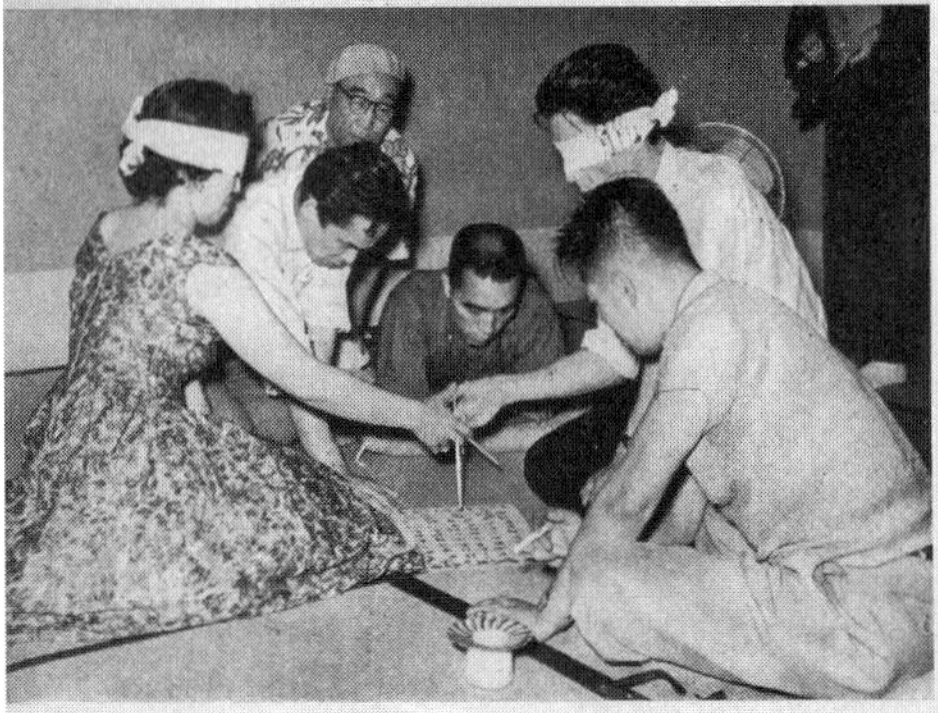

三島氏の提唱によって、杉村、芥川の両氏の間でこっくりさんが行われたが、「バラと海賊」とのイキとは異なり、とうとうお使姫は現われなかった。

推理小説誌「宝石」では「新劇人ミステリーを語る」と題して、座談会「狐狗狸の夕べ」が開かれた（「宝石」昭和33年10月号巻頭グラビア頁より転載）。

# 狐狗狸《こっくり》の夕べ

座談会　三島由紀夫
杉村　春子
芥川比呂志
松浦　竹夫
山村　正夫
江戸川乱歩

【まえがき】探偵作家山村正夫さんは、もと文学座の演出部にいたことがあり、芥川比呂志さんとも親しいので、その口利きで、この座談会を開くことができた。七月、第一生命ホールで、三島由紀夫作「薔薇と海賊」上演中、作者の三島さん、演出の松浦竹夫さん、俳優の杉村春子、芥川比呂志さんに御出席を願った。劇がすんで夜おそくからはじめたのと、狐狗狸（こっくり）さんの話が出たのをきっかけに、みんながその実験に興味をもってしまって、それに大部分の時間を費したので、座談会の方は余り内容豊富とはいえなかった。

私は芥川さん、松浦さんとは初対面だったが、杉村さんとは古くから知っており、三島さんとも、歌舞伎の楽屋なんかでたびたびお会いしていた。杉村さんとは、昭和十年ごろに、木々高太郎さんの紹介で、席を共にしたことがある。木々さんのお弟子の医学者と結婚される前後のことであった。それ以後、ごくたまにお目にかかっていたが、つい数カ月まえ、ラジオで杉村さんがいろいろな人を呼んで対談する時間があり、私も杉村さんに呼ばれて探偵小説の対談をしたのである。「これで一つ貸しができましたね。今度私が座談会にお呼びしたら来て下さるでしょうね」と念を押しておいた関係もあり、今度は快く顔を見せて下さった。

三島由紀夫さんは探偵小説に興味をもっておられるだろうと勝手に考えていたのだが、話してみると、ポーのほかには、ほとんど読んでいないということで、実は意外であった。しかし、三島さんには「宝石」に探偵小説を書いてもらいたいという下心があったので、座談会の前に、そのことをお願いしてみたが、「怪奇小説なら書けるかもしれないが」ということで、それも確答は得られなかった。

三島さんは昨年アメリカへ行かれる直前、私の所へ電話をかけて、「小牧正英バレエ団にたのまれたから、あなたの旧作「黒トカゲ」（女賊を主人公とする通俗もの）をバレエに脚色したい。承諾して下さい。アメリカから帰ったら脚色に着手する」という申込みをされた。三島さんはああいう私の通俗ものも読んでいるらしく「あれは面白かった」といわれる。私は意外に感じたが、旧作を三島さんが脚色してくれるというのは楽しいことなので、承諾しておいた。それが三島さんの外遊中にバレエ団の事情で中止になったので、そのことについてお話があった。

座談会は余り調子が出ないままに、ポツリ、ポツリ、つづいて行ったが、狐狗狸さんの話になると、みなそれに気をとられ、夢中になって実験をはじめたので、座談会の方は尻きれとんぼにおわった。狐狗狸さんが、どういうものであるかは、この座談速記をおしまいまでお読みになれば、わかるようになっている。(R)

## 探偵小説と演劇の相似点

**江戸川**　(三島氏に) あなたは戦前の「新青年」という雑誌、読んでいないですか。

**三島**　ぼくはあまり読まなかった。毎号は読まなかった。……しかし、ぼくは「赤い鳥」知ってるんですよ。

**江戸川**　「新青年」は昭和十五、六年頃から、戦争のために変っちゃったけれどね。

**芥川**　ぼくは「新青年」はいつごろから読んだか？　そんなに毎号読んでいたわけでもないが、谷崎さんの小説がのったことありますね。
**江戸川**　「武州公秘話」
**芥川**　読みました。
**江戸川**　あの時分の「新青年」はよかったですね。
**芥川**　それから小栗さんの「完全犯罪」はもう少し前ですか。
**江戸川**　あとですよ。
〔追記「武州公秘話」昭和六、七年に連載、「完全犯罪」は昭和八年〕
**三島**　ぼくはポーはほとんど全部読みましたけれどね。最近では、坂口安吾と同じ意味で、ポーでは「ボンボン」とか、「キング・ペスト」とか、「十三時」とか、ああいうのが一番好きだね。そのつぎ好きなのは気味の悪い話、「リジア」とか「モレラ」とか……。
**芥川**　「お喋り心臓」なんかも。
**三島**　やっぱりポーなんていう作家は、あの人の作のどういうのが好きかによって、こっちの書くものがちがってくる。「ボンボン」とか「ペスト」は好きだったな。わかるでしょう。

**芥川**　わかるね。ぼくは戦前の第一書房の皮表紙の佐々木直次郎訳のね。ポーというとあの本を思います。

**三島**　ぼくは江戸川乱歩も好きだったね。掛値なしに。「二十面相」時代からですね。「少年クラブ」からずっと読んで、「孤島の鬼」が好き、「パノラマ島奇談」も好きだったな。

**松浦**　あれは印象に残ってるね。

**江戸川**　あんた、あれ読んでいるんですか。

**松浦**　子供のころですよ。……やっぱり。「二十面相」も面白かったな。

**三島**　あれ読んで探偵小説が好きになる人がある。それからあとで、そのまま探偵小説を愛読する人と、そうでない人と別れてくるんじゃないですか。

**江戸川**　僕の怪奇ものなんか読んでた子供は、中学に入ると探偵小説からはなれてしまう。僕のはほんとうの探偵小説が少ないのでね。そうでなくて、ドイル、チェスタートン、ヴァンダインなんか読んでれば、案外あとまでつづくのじゃないかと思います。僕も最初のころの短篇には、いくらか探偵小説があるんですがね。

**芥川**　「屋根裏の散歩者」

**江戸川**　「二銭銅貨」とか「心理試験」とかね。

三島　ねえ、松浦さん。ぼく自分で探偵小説読んだり書いたりしないのは、芝居と探偵小説とよく似ているからじゃないかと思う。サスペンスの置き方なんか、実によく似ているものね。

松浦　そうですね。

三島　結論がわからないと芝居は書けないでしょう。その点でも似ている。ことに前後のドンデン返しが頭の中にないと、絶対に……。

芥川　そうだろうな。だから、いわゆる探偵劇が面白くないのは、お互いに消し合っちゃうのね。劇というものが本来持っている機能を、もう一つの同じようなもので置きかえてくれるから、どっちも半端になっちゃうのね。

江戸川　なるほどね。そういうことがいえるかも知れませんね。

## クリスティの探偵劇

山村　芥川さんはクリスティのものお好きでしょう?

芥川　そうですね。しかし、「ナイル河の殺人」。あれは読んで面白くなかった。

江戸川　「ナイル河の殺人」をこの間ある劇団がやりましてね。ぼくら一幕だけ出たのですよ。クリスティのものでも「マウス・トラップ」なんか、大へんな長期続演で評判がいいんだけれども、「ナイル河」は芝居そのものが面白くないですね。これはロンドンでも余り受けなかったんじゃないかな。

**芥川** はじめから犯人がわかっていて、その計画が崩壊して行く、その動揺、スリルというようなものを描く探偵劇なら成功しますね。その典型的なのは「ダイヤルM」。ああいうものだと面白いと思うのですよ。劇の構成と消し合わないで、推理的興味が加わる。

**三島** それは推理的興味というよりも、劇的興味だね。

**芥川** うん、そうかもしれない。

**松浦** しかし、「ダイヤルM」は映画としてはつまらなかった。

**江戸川** 「毒薬と老嬢」は面白かった。

**芥川** あれは面白い。

**三島** あんなに面白い映画は終戦後なかったね。

**江戸川** 日本の新劇でもやって好評でしたね。しかし、ああいうものでなくて、もっとほんとうの探偵劇が、今ロンドンでは、大へんなロング・ランをやっているのですよ。クリスティのものですが、さっきいった「マウス・トラップ」なんか、もう六年も続演している。

この間二千何百回かの祝賀パーティを開いたという記事が、日本の新聞にものりましたが、ロンドン演劇界の人たちがみんな集まって、参会者千人、シャンパンを何千本とか何万本とか抜いたというのです。クリスティの探偵劇はもう十ぐらい上演されて、どれもロング・ランになるのですが、それがみんな犯人を隠す謎解きの探偵劇なのです。

劇では犯人を隠すことがむつかしいし、隠してみたって、見物した人の口から口に伝わって、知れわたってしまうので、そういう純探偵ものは劇や映画に向かないはずですが、クリスティ劇は六年も続演されている。これは実に不思議ですよ。聞いてみると、老人連中が同じ劇を何度でも見に行くというのですね。それはそうでしょう。いくらロンドンの人口が多いからといって、くり返し見に行く人がなくては六年もつづきませんからね。そういう老人連中は筋がわかっていても平気なんですね。ちょうどわれわれが、同じ歌舞伎劇を何度でも見たり同じ落語を何度でも聴くようなものでしょうね。しかし、それには、俳優がよほどうまくないといけないでしょうが。

**三島**　イギリス人は探偵ものが実に好きだね。

**芥川**　ことにホームズみたいな名探偵が出てきて、活躍するのがね。

**江戸川**　ところが、クリスティの探偵劇は、原作の名探偵は出さないのですよ。ポワロなんかは芝居の方には登場しないのです。クリスティの探偵劇は最初は誰が探偵だかわからないという書き方ですね。

**山村**　そうですね。

**三島**　イギリス人は紳士だから、逆に犯罪が非常に好きなんだな。

**江戸川**　紳士だけれども、先祖には海賊の血も流れている。（笑）ともかく、アングロサクソンですね、探偵小説の好きなのは。

**三島**　ラテン系の国では犯人探しの論理的なやつはやらない。ウイット型でないとね。

**江戸川**　そうですね。ラテン系では犯罪小説ふうのものが多いですね。

**三島**　イギリス人というのは奇怪な国民だな。アメリカの若い女の皮で本の装釘をしようとして毎日待ちかまえているやつがある。そういうのと探偵小説好きと何か関係があるのかな。ともかく好きなんだな。チェスやクロスワードなんか、そういう知的な分析的なものが、日常生活の遊びにまでなるんだからね。そういう国には当然探偵小説が盛んになるわけですね。

**江戸川**　一般に、イギリス文学というものが、常識的紳士国に似合わない非凡なものが多いですね。近年でいえばジョン・コリアだとか、デヴィット・ガーネットだとかね。……芥川さん、映画はよくごらんですか。この間のクリスティの「情婦」は？
**芥川** 見ました。よかった。
**三島** しかし、あのドンデン返しはひどいね。松浦さん見た？
**松浦** 見た、見た。
**山村** 最後のひっくり返しはなくてもよかったですね。
**江戸川** 小説の方ではあれほどひっくり返っちゃいない。
**松浦** あの映画で、デイトリヒの二た役見て、すぐわかった？
**芥川** わからなかったね。
**松浦** あれわかった人と、わからなかった人とでは、推理がちがってくるでしょう。
**江戸川** ある人は、横顔になったときに、デイトリヒの特徴が出て、わかったといっていましたが。ぼくも良くわからなかった。しかし、デイトリヒはやっぱりうまいですね。
**松浦** うまいですね。
**山村** 法廷の最後の場面で、ロートンの弁護士がデイトリヒに殺人の暗示を与えるところがあるんですね。
**江戸川** あれはぼくも気がつかなかったがたいていの人は見のがしているね。それはある人が試写を二回見て発見したんですがね、ロートンの弁護士は会話中に、自分のモノクルの反射光を相手の顔にあてるくせがありますね。法廷の判決が終ったあとでデイトリヒが出てきたときに、そのモノクルの光を、台の上に置いてある証拠品の短刀にあてるのですよ。そして、デイトリヒの注意をそこへ向け、「あれでやるのだ」と暗示を与えるのですね。

**松浦**　**三島**　**芥川**　それは気がつかなかった。

**松浦**　ぼくが最近見たのでは、探偵劇のジャンルに入るかどうかしりませんが、「眼には眼を」が面白かったですね。

**江戸川**　ぼくは見なかった。

**芥川**　ぼくも見なかった。

**江戸川**　最近見たのでは、「殺人鬼を罠にかけろ」と、もう一つは「死刑台のエレベーター」、二つともフランスものですが、探偵劇として近年出色のものですね。

**三島**　さっきのイギリス人の探偵小説好きということのつづきですがね、イギリス人には変人が多いということもその一つですね。あの人は変人だと世間でいわれるような人が至る所にいる。親父さん譲りの背広を着て歩いたりね。日本にはそういう変人が余りいないから探偵小説の人物に困るのですね。日本ではマニヤックが出てくるとリアリティがなくなっちゃう。吉田健一さんなんか一種のタイプだが、陽性なんでね。陰性のマニヤックなんて、日本にはいないですよ。

**芥川** 日本の小説にそういうのが出てくると、ことごとしくなっちゃうのね。

**三島** かどの親父さんは変な人で、一年に一ぺんしか散歩しないとか、女の傘さして歩くとか、イギリス人にはあるんですね。だから、そういうのが小説の人物として出てきても、おかしくない。日本人は日常生活に固定観念を持たないからね。

**松浦** 日本のように、あけっぴろげじゃ、ミステリ小説的人物は無理ですね。

## 俳優と変装

**芥川** さっきの「情婦」ね。映画で見るとなんとも思わないけど、小説読んでいると、トリックの大事なところで、実は彼女はもと女優だったので、ここでこういう変装ができるんだという説明をしている。そこのところが、ぼくたちには、とてもいやですね。そんなことないという気がするんです。役者というのはそんなあらゆる人間になれる可能性でやっているものではないのです。だから、そういう変装術は、アルセーヌ・ルパンとか多羅尾伴内とか、ああいう人物の変装はなんとも思わないが、もと俳優だから変装がうまいというのは、どうも気になるんですよ。俳優ってそういうもんじゃありませんからね。

**江戸川**　深く考えるとそういうことになるんでしょうね。しかし探偵小説では、なにか手掛りを与えておかないとアンフェアだという原則があるので、何の経験もない人間が、突然変装なんてできるものでないから、そこへもと役者だったというデータを出しておくと、ちゃんと伏線が敷いてあった、なるほどそうかということになる。そういう意味で、もと俳優というのは、まあ都合のいい申し訳みたいなものですね。

**芥川**　なるほどね。しかし、役者というものは、普通の人から見ると、自分を別人にかえていると思われるでしょうが、実はそういう意味で扮装しているんじゃないのです。扮装しても俳優の個性はちゃんと出ているはずなんです。別人になるのじゃない。それを知らないで、役者は全く別人に化けられるんだと考えられるのがいやですね。

**三島**　役者というものを、読者は知らないからね。

**江戸川**　芥川さんの意味はわかるけれど、しかし、扮装ということはあるんだから、いくら俳優自身の個性が出るにしても、やはり作中人物になる点はあるのでしょう。

**芥川**　大俳優の引退したのが探偵をやる小説があるでしょう。

**江戸川**　ええ、クイーンのX、Y、Zの「悲劇」に出てくる名優ヅルーリー・レインね。

**芥川** その大俳優が、俳優としての自分の体験から、相手の欺瞞を見破るのね。ああいう扱い方のほうが面白いし、いかにもほんとうにありそうですよ。

**松浦** 逆に俳優が探偵役になるのね。

**山村** ああいう俳優探偵というのは、日本の作品にはないですね。

**芥川** 日本ではまだ俳優というものが、そこまでの社会的地位を得ていないのかしれないね。歌舞伎俳優では非常に特殊になっちゃって、あれだし。

## 怪談と科学映画

**江戸川** (三島氏に) 話はかわるが、あなたは探偵小説は読まなくても、怪談は読んでいるんでしょうね。

**三島** ええ、ラドクリフなんかの系統ね。彼女の代表作はなんでしたっけ?

**江戸川** ぼくは「ユドルフォの秘密」しか読んでませんが、ラドクリフは怪談に解釈をつけようとしたのね。一歩探偵小説に近づいてるんですね。

**三島** 〔註、ここで三島さんは、好きな外国怪談を幾つか挙げられたが、速記がうまくとれていない。ホフマンなどであったかもしれない〕それから、「ドラキュラ」は読めますね。

怪談ものはトリックがないから、安心して読める。

**江戸川**　怪談は少年時代からお読みですか。

**三島**　ええ、昔から。いまでも好きです。

**江戸川**　それから、あなたは科学小説もお好きのようですね。この間、東宝の「液体人間」の試写でお会いしたが、あなたは「こういうものが一番新らしいのだ」といってましたね。

**三島**　ええ。……（松浦氏に）しかし、女の子で、あんなもの好きなのいないね。

**松浦**　いないね。

**三島**　空飛ぶ円盤なんかも。

**松浦**　Oね、〔註、速記不明瞭、文学座関係の若い女性か〕あれは面白いよ。そういうの見せると、昂奮して大騒ぎになっちゃう。たとえば悪漢が出てくるでしょ。そうすると、映画館で見ていても、「アーッ」といって、人をたたいたりして騒ぐんで、まわりの客が映画見ないで、こっちを見るんですよ。あの子連れていくと面白いですよ。あの子は低血圧だが、なにかそれと関係ありますかね。普通血圧八〇なんです。

**江戸川**　科学怪奇映画見ると、そういうふうになるんですか。

**松浦**　ええ、昂奮しちゃってね。手を握りしめたり、飛び上ったり、ちょっと恥かしくて、一緒に見てられない。ぼくは一度いってこりちゃった。

**江戸川**　(三島氏に)　それからもう一つ、ライダー・ハガードなどの異境空想ものがありますね。

**三島**　「洞窟の女王」とか、「アトランチス」ね。ぼくは「アトランチス」はいちばん好きだな。「洞窟の女王」と似たような小説で、やっぱりあんな変な女王が出てくる。

**江戸川**　何世紀も生きてる、いつまでも若い女王ね。

**三島**　そう、そう。それから、話がちょっと飛ぶけれども、カミの「エッフェル塔」、あれは好きですね。

**芥川**　カミでしたか、小説家がインクのタンクに入れられて、書くほかにどうにもしょうがなくて、どんどん小説書くって話。

**江戸川**　なんでお読みになったの?

**芥川**　「新青年」だったかと思います。

**三島**　カミは今の探偵小説で、どういう地位を占めてますか。

**江戸川**　ちょっと別でしょうね。

**山村**　奇妙な味じゃないですか。

**江戸川**　それともちょっとちがうな。あれは全く別のものですよ。ほかに類がない。

## ギリシャ劇から半七捕物帳

**江戸川**　話は変るけれど、三島さんは古代ギリシャが好きですね。それから日本のお能も好きだし、非常に古いものが好きで、一方また新らしいものもね。恐ろしく半径が広い。あなた、古代ギリシャ語勉強したんですってね。

**三島**　やりました。

**江戸川**　マスターしましたか。

**三島**　みんな忘れちゃった。あんなむつかしい言葉ありませんね。最初のグラマーを怠けると、もうだめなんだから。

**江戸川**　語尾の変化なんかラテン語よりもむつかしいですね。

**三島**　ラテン語よりひどい。呉さんのシンポジウム、ちょっとやったんですよ。

**江戸川**　呉茂一博士は探偵小説が好きだったんじゃないかな。

**山村**　いつかアンケートの返事に、そんなこと書いてありましたね。

**三島**　ピエル・ロチにいわせれば、ギリシャになかったのは小説とタバコだけだって。

**江戸川**　「ダフニスとクロエ」なんか、ずっとあとのものだし、まあギリシャは哲学と劇と詩と……

**芥川**　謎はあったでしょう。

**江戸川**　謎詩というやつがあったくらいだから。それに、ギリシャ悲劇に出てくるスフィンクスの謎ね。あれは謎の元祖みたいなものですね。

**三島**　この間、ギリシャ劇やったじゃないですか。

**芥川**　東大で、学生がね。

**江戸川**　あれを古代みたいに、野球場かなんかで、マスクをつけてやったらどうでしょうね。

**三島**　カナダで映画になったの見ましたが、みんなマスク使ってる。

**江戸川**　ギリシャ劇といえば、探偵小説のワトソン役ね、あれをギリシャ劇のコロスにたとえた人があるんですよ。コロスは見物に代って、役者に質問したりする、いわば説明役ですからね。

**三島**　なるほど、そういえますね。ナレーターだからね。

**山村**　ああいうワトソン役というものを発明したのは、やっぱりポーでしょうね。

**江戸川**　ポーのデュパンに対する「私」がそれですね。ポーは三つか五つの探偵小説の中で、あらゆる手法を発明している。後世の作家はその原型から踏み出せないといわれているくらいで、あの発明力は大したものだ。

話は飛びますが、半七捕物帳に「勘平の死」というのがあるでしょう、菊五郎が好んでやった。あれに、忠臣蔵の勘平切腹の場が劇中劇として入っているでしょう。ところが、あの芝居で、捕物帳の探偵味よりも、忠臣蔵の一幕のほうがよっぽど探偵小説的なんだから面白い。日本の芝居というものは、証拠をちゃんと揃えておいたり、おそろしくドンデン返しを使ったりして、なかなか探偵小説的なところがあったわけですね。

**三島**　ええ、忠臣蔵は五段目でも六段目でも、推理的に出来てますね。客が知っていて、登場人物は知らない。客は勘平が親父を殺していないことを知っているのに、勘平は殺したと思いこんだための悲劇……

**江戸川**　縞の財布の使い方なんかも、実に探偵小説的ですね。裏には裏があって、次々とドンデン返しがくる。ああいう派手なドンデン返しは、人形芝居なんかからはじまったのでしょうね。

**三島**　近松半二の浄瑠璃には不思議に前後のドンデン返しがある。

**江戸川**　それから、歴史上の人物が、とてつもない結びつきで登場してくるのが多い。そういうのには曽我兄弟が一番多く使われてますね。

## 戸板氏の探偵小説

## 日本の怪奇小説

**江戸川**　劇評家の戸板康二さんが「宝石」の七月号に、はじめて探偵小説を書いたんですよ。歌舞伎の舞台裏を使ってね。

**芥川**　読みましたよ。

**江戸川**　おや、そうですか。俳優のかたは注目されたようですね。あの小説が出たすぐあとで、幸四郎さんに会ったら、やっぱり読んだといってました。

**芥川**　犯人が持薬の入った瓶を「車引」の舞台の車の蔭で、時平公の役者に渡すんだ。それに毒薬を入れておく。これはいつも、時平役者の弟子が渡すのだが、嘘の電話で弟子をそとへ呼び出しておいて、犯人が黒衣（くろこ）をつけて毒薬を渡す。この黒衣というものは、いつも舞台をウロウロしているけれど、それは存在しないものという通念になっているから、心理的には「無」にひとしいのですね。その盲点を利用した犯罪で、ポーの「盗まれた手紙」の、目の前にあっても見えないというあれですね。

**江戸川**　もう一つ例をいうと、チェスタートンの「見えぬ人」というのがあるんです。これはポーの「盗まれた手紙」の着想を人間に応用したのですが、チェスタートンの場合は郵便配達なんです。郵便配達はどこの家の門の中でも、平気ではいってくるが、誰も問題にしない。これも心理的には「無」なんですね。

戸板さんはこのトリックに芝居の黒衣というものを使ったので、これは実にいい思いつきでした。それと、時間のアリバイ・トリックがつかってある。

**芥川**　この方は平凡でしたね。

**江戸川**　しかし、あれもなかなか考えてあるんですよ。まあ、こういう戸板さんというような、今まで一度も小説を書いたことのない人が探偵小説を書くということは面白いですね。芥川さんも一つどうです？

**芥川**　いや、ぼくは……、三島さんならできますよ。ちょっと異様なものが……。

**江戸川**　そう、異様な怪奇ものね。三島さんにはぜひ一度書いていただきたいと思っています。さっき聞いたら、今長いものにかかっておられるそうですが、その間に、ちょっと息抜きに怪奇短篇を一つと、お願いしているのですよ。
**三島**　怪奇小説が書けたら一人前ですよ。芥川龍之介さんの怪奇小説ね。かえって「秋山図」のような怪奇ぶらないものの方が、気味が悪いね。
**芥川**　あれは聊斎志異の中からとったものですね。
**三島**　やっぱし、怖いのは内田百閒でしょうね。サラサーテの場なんか怖いね。
**芥川**　こわいね。
**三島**　「東京日記」も怖いですよ。銀座のトンカツ屋でトンカツ食うでしょう。そとは雨が降っている。親父がひとりでパッと……、ああいうのはとてもすごい。
**芥川**　宮城のお堀からウナギがあがって、どんどん大きくなる。
**三島**　丸ビルが一晩でなくなっちゃう。そしてペンペン草が生えて、水スマシが泳いでいる。不思議に思って、またあくる日行って見ると、ちゃんと丸ビルがあって、人でわいわい賑っている。
**芥川**　漱石のお弟子の中で、「夢十夜」などの漱石を継いだのが内田さんだね。
**三島**　そうね。
**江戸川**　萩原朔太郎の「猫町」いいでしょう。

**三島**　あれ好きだな。
**江戸川**　芥川さんは怪奇小説お好きじゃないですか。
**芥川**　いやあ、それほどは……、
**江戸川**　お父さんは、そういうものもお好きのようでしたね。
**芥川**　怪奇小説書いてますね。「妖婆」は余り成功していると思わないが、むしろ「妙な話」なんかの方が……、
**三島**　あの時分、ああいう小説がはやったのね。
〔註、ここで杉村春子さん出席〕

## 変身願望

**江戸川**　（杉村さんに）あなたは探偵小説の話あるでしょう。この間、探偵小説対談にぼくをお呼びになったほどだから。
**杉村**　だけど、昔読んだのですから、新らしいこと知りませんのよ。
**三島**　小説家だって変装の趣味はあるね。〔註、どうして、こういう言葉が突然出たのかわからない。この前に速記が抜けているのであろう〕

**江戸川**　文士劇なんかで、メーキャップしてもらうでしょう。あの気持は実に変だね。まあ一種の楽しさがあるのね。

**三島**　女の人なんか、一生メーキャップして化けているんだから。

**杉村**　そうねえ。でも、化けるっていうのは、誰でも化けたいでしょう？

**江戸川**　ええ、だからぼくはよくいうんですが、化けたい本能、変身願望、昔から人間の変形譚、メタモーフォシスというものが、たくさん書かれているのは、われわれに、そういう願望があるからですね。

**三島**　そうね。

**江戸川**　だから、俳優というのは、一生そういう変身願望を満足させているんだから、いい商売ですよ。

**杉村**　まあ男の人もでしょうが、女は余計そうかもしれませんね。自分でいうのはおかしいけれど、舞台の上で、ほんとうの自分よりも綺麗に見えるということは、やっぱりね。……これは男の方でも、おなかの中じゃそうじゃないかしら。

**三島**　また、完全に自分に満足している俳優ってあるかしら？　現在ありのままの自分に満足してる人。

**江戸川**　ないでしょうね。舞台ではじめて満足する。

**三島**　小説家だってそうでしょう。

**江戸川**　日常の自分よりも舞台の仮装の方が生き甲斐なんでしょうね。

**芥川**　そうあるべきだ。

**三島**　（芥川氏に）今度の役、「薔薇と海賊」の三十才の坊やなど、どうですか？（笑）

**芥川**　……

**江戸川**　（三島氏に）あなたは昔の築地小劇場見てないですか。

**三島**　ぼくは全然。ぼくは新劇見はじめたのは杉村さんの「女の一生」、終戦後の。

**江戸川**　ぼくは大正期の築地小劇場というものは、ちょっと見ているけれども、杉村さんも、あの時代は知らないのでしょう。あなたには木々高太郎君に、はじめて紹介されたのですね。あれは昭和何年だったたか。

**杉村**　大正時代の築地は知りません。私は昭和のはじめですから、築地の最後の研究生。だから、築地のグループが集まると、私はビリだから、とても嬉しくなっちゃう。ですから、私は築地色が浅いほうね。

## 探偵小説いろいろ

**江戸川** 杉村さんにはまだ探偵小説のことお聞きしてないですが、探偵小説とかミステリ小説とかで、どういうものが記憶にありますか。

**杉村** 私が読んだのは、とても古いのですよ。チョコレート色の小型本で、世界探偵小説全集でしたか……、ああいうの夢中になって読みました。

**江戸川** チョコレート色なら、改造社の世界大衆文学全集ですよ。あの中に探偵ものがずいぶん入っている。で、杉村さん、ヴァン・ダインなんかは？

**杉村** あの時分ですよ。先生だとか、横溝さん、大下さんなんかが、とても書いてらしった。それから久生さんが書きはじめたころですよ。そして木々先生のもたくさん読んでます。

**芥川** 木々さんの第一作は「青色鞏膜」。

**江戸川** いや処女作は「網膜脈視症」ですよ。

**杉村** 水谷準さんがやってらしたあの時分、怪奇な挿絵を描いた人があったでしょう。気持のわるくなるような絵。

**江戸川** 竹中英太郎でしょう。あの人は戦争中に満州へ渡ったと聞いているが、その後の消息がわかりません。なにか右翼団体に関係していたようです。あの絵からはちょっと想像できないような政治的な性格があったのですね。

**芥川** 怪奇小説の挿絵は怖いね。こうやってあけると（こわごわあける手つきをして）ギョッとして、またしめる。

**三島** 子供の時分、こわかったなあ。

**杉村** 探偵小説と怪奇小説とはどうちがうのですか。

**江戸川** 探偵小説はゴシックロマンスの恐怖小説から生れてきたといわれているのですから、怪奇小説と探偵小説は元は同根ですが、怪奇な犯罪を理窟で解いて見せるのが探偵小説、解釈しないで怪奇だけを投げ出して見せるのが怪奇小説ということになるのでしょうね。

**杉村** あるころから、探偵小説に余りゾッとしなくなって、それでやめちゃった。あんまりたくさん読みすぎたからかもしれないわね。

**江戸川** 探偵小説はゾッとするとかぎりませんよ。

**杉村** かぎらないけれども、やっぱりゾッとしたくなるでしょう。わたしの好みはゾッとしたいのですよ。

**江戸川** ぼくもゾッとするの好きですけれど、このごろはゾッとしないのが多くなっていますね。ハードボイルドなんかも、暴力はあるけれども、怪奇性はない。
**三島**　ヘミングウェイね。
**江戸川**　探偵小説ではハメット。（三島氏に）ハメットよみましたか。
**三島**　ぼくはケインのよみましたよ。ケインは石原慎ちゃん式だな。
**山村**　ミッキー・スピレインは？
**芥川**　ハメットの、「コンチネンタル・オプ」は面白いね。
**三島**　（芥川氏に）スピレイン読んだの？
**芥川**　……
**江戸川**　ハメットの「赤い収穫」というのをアンドレ・ジイドがほめたんですが（三島氏に）ジイドは好きでしょう。
**三島**　あんまり好きじゃない。なにか全然わからないところがある。
**江戸川**　ぼくは「コリドン」愛読したんだが、したがって、「一粒の麦」や「贋金つくり」は面白いですよ。
**三島**　エッセイには面白いのあるけれど、何だか作家として一本足りないような気がする。モリヤックの方がずっと面白い。

**江戸川**　とにかく、ジイドがほめたというので、ハメットの「赤い収穫」がひどく有名になったことがある。しかし、ハードボイルドの文章は、アメリカの全体の文学に影響してますね。名詞と動詞をならべたような、装飾のない文章ね。

**三島**　読みやすくていいですよ。なんだかヘミングウェイなど読みやすいですね。あれは味のあるところは分りにくいけれど、やさしいことはやさしい。

**江戸川**　でも、探偵小説のハードボイルドは字引にないスラングに閉口します。そういう意味では決してやさしくない。

## 二種の恐怖

**三島**　やっぱり怖さというものは、ぼくはスーパーナチュラルなものしか怖くない。人殺しの犯罪写真なんか見ても怖くない。

**江戸川**　ぼくは逆ですよ。生命にかかわるような、つまり、肉体的恐怖しか怖くない。(笑)怪談的な怖さというものには、青年時代から不感症になっちゃって、それは決して望ましい傾向じゃないと思うので、どうかしてこわがりたいと思うのですが、どうも怖くなれない。

しかし、肉体的なやつ、ナイフでこう斬りつけてこられたら（と手まねをする）これは青くなりますよ。

**三島**　ナイフは現実には怖いが、想像では怖くない。小説でそういうこと読んでも実感は来ない。

**江戸川**　ぼくの場合は、小説や絵の残酷でも、肉体的なものの方が実感がくるんですね。やっぱり読んでいて怖い。

**三島**　江戸川さんは芳年の無残絵すきでしょう？

**江戸川**　ええ、一時好きで集めました。最初見たときは御飯がたべられなかった。しかし、絵ですからね、犯罪現場写真みたいな汚なさはない。そして、人物のありうべからざるポーズに、架空のリアルというようなものがあるんですね。

**三島**　しかし、ぼくはお化けがこわい。

**江戸川**　お化けに出会ったことないでしょう。

**三島**　ですから怖い。

**杉村**　私も怖いわ。おばけに出あったことはないけれど、やっぱりきびがわるい。死んだ人が出てきたなんて聞くだけでもゾッとする。

**三島**　ぼくは自分で見たのでこわかったのは葵の上、……松浦さんと二人でふるえていた。
**杉村**　四谷怪談はちっとも怖くない。子供のときは怖かったけれど。
**三島**　ぼくはこの間見たが。やっぱり百万遍は怖い。
**杉村**　ええ、百万遍はこわい。陰惨だわ。
**三島**　勘三郎の講談もので怖いやつがあるでしょう？
**芥川**　石見銀山で殺されるやつ。
**三島**　ぼくはあれ見てて、立ち上っちゃった。怖いね。
**芥川**　六代目も怖かったよ。
**杉村**　わたしは牡丹灯籠こわいわ。ああいうきれいなお化けね。きたないお化けより、きれいなお化けがこわい。いつか、じつに怖かったですよ。喜多村先生の……
**三島**　あれ、こわい。累の新内の師匠が……
**芥川**　豊志賀の……真景累ヶ淵でしょう。
**三島**　ええ、真景累ヶ淵を、六代目といっしょにやったでしょう？　あれはこわかった。一度スーッと出て、また引きかえして、こっちを見る。……ゾクゾクする。
**芥川**　舞台の怖さは、映画の怖さとちがいますね。

**三島**　舞台では、そこにいるんだもの。

**芥川**　こっちへおりてくるかもしれない。（笑）

**杉村**　わたしお化けの役はあまりやりたくないわ。血みどろのお化けはいやだわ。

**芥川**　歌舞伎でお化けのメーキャップしているときが怖いね。舞台は怖くなくても、メーキャップしていて、自分で怖くなるんだ。

**江戸川**　ああ、鏡見ててね。鏡は怖い。

**芥川**　怪談芝居は伝統があるから、やっぱり怖いようにできているんですね。

## 空飛ぶ円盤から狐狗狸さんへ

**三島**　空飛ぶ円盤信じますか。

**江戸川**　ぼくは確証をうるまで信じない方です。心霊現象なんかでもおなじですね。

**三島**　ぼくは絶対に信じる。

**芥川**　この間「朝日ジュニア」からアンケートが来たけれども、人工衛星がまわっている世の中だから、空飛ぶ円盤だってありそうな気がする。

**江戸川**　そういう比論では信じられない。現実に確かめなくては。

**三島**　ぼくは頭から信じちゃう。そして、ぼくはお化けはきっといると思うの。(笑)

**山村**　心霊実験も信じますか。

**三島**　信じますね。

**江戸川**　心霊というものがないとは云わないけれども、夜光塗料をぬった人形が踊ったり、机が天井にあがったりするあの実験は信じない。手品ですよ。

**山村**　松浦さんは狐狗狸（こっくり）さんがうまいのですよ。

**江戸川**　狐狗狸さんは遊びとしては面白いが、シューパーナチュラルだなんて思いませんね。実験する人の知っていること以外は出てきませんよ。

**松浦**　そんなことないですよ。

**江戸川**　仮りに実験者が知らないことが出て、それが当ったとしたら、それは占いと同じで、漠然とした表現を、こちらがそう解釈してしまうのですよ。

**松浦**　二人が、向かい合って、やるんですよ。

**江戸川**　昔からあるやり方は、竹を三本組んで立て、その上にお盆をふせて、風呂敷をかけ、三人が三方から、その盆に軽く指をかけて、伺いをたてるのです。たとえば何々さんは今うちにいますか、外出していますか、うちにいれば竹の脚を一度あげて下さい。そとにいればニ度あげて下さいといって、三人とも無心になって、じっとしていると、一本の竹の脚がスーッとあがってくる。そういうやり方です。辞典なんかにもそれが書いてある。

この三人のうちの誰かが、精神力が強くて主導的立場になるんですね。そして、その人が、何々さんが外出していることを知っているので、その人の指に、無意識の力がはいって、お盆が、二度、脚をあげるというわけです。

**松浦**　いや、ぼくたちのはちがうんですよ。紙にいろは四十八字を書きましてね。箸を三本括って、脚を三方にひらいたのを、二人が向かいあって、右手で軽く支えるのです。それから呪文をとなえて、お狐さまを呼んで、無心状態になると、二人の手が自然に動き出して、上下運動をはじめ、いろはの文字盤のどこかを突くのです。そして、又上下運動をつづけて、次々と別の仮名を突いていく。その仮名を拾ってつづけると、意味のある言葉になるという順序です。それが思いもよらないような言葉になるので面白いのです。

ぼくがこれを信じるようになったのはね、ぼくが大学にいたころ、友だちのうちで、狐狗狸さんをやったんです。その友だちの家は、お母さんが気がちがって死に、姉さんたちは三十をすぎているのに、二人とも未婚なのですよ。

それで、実験をはじめて、聞くことがないので、お母さんのことを聞いたのです。そうしたら、実験していた二人の姉さんの手がパッと倒れて箸が動き出し、えんえん二時間、何も聞かなくても、次々と字を指していくのです。

それを見て、二人とも抱きあって、泣いちゃって……

**三島** ああ、こわ。

**松浦** ぼくは朝帰って、はじめて豊川稲荷の祠にお参りしましたね。それ以来信じちゃった。

この箸は、なかなか、うまく動かないのですが、そのときは、二時間ぶっつづけに動いたのです。

これは小学校へ上らないような子供がいいんです。それで、たずねることは子供にわからないようなむつかしいことをたずねるのです。それでちゃんと答えが出るんだから不思議ですよ。

この現象を科学的に究明することはできませんが、そういう現象があるということは事実ですよ。

【あとがき】こういう会話があったあと、ではここで、ちょっとやってみようではないかということになり、松浦さんが半紙一杯に筆でいろは四十八字と、東西南北、男女などの文字を書き、それをあいだにおいて、一同が代り代り向かいあって、三本結びの箸をもったが、手は上下に震動しても、一向意味のある文字を指さなかった。実験一時間以上に及んでも、うまくお狐さまが現われてくれないので、ついにあきらめて、他日を期することになったのは残念であった。この狐狗狸さん実験の模様は、巻頭のグラビヤ頁の写真（編集部註…本書三七四頁）でごらん願いたい。

本書は『江戸川乱歩全集』（平凡社）、『江戸川乱歩推理文庫』（講談社）を底本とし、適宜初版本および初出掲載を参照した。

本文中に出てくる作家の生没年表示は作品発表当時のままとした。

一部、今日の観点からみるとふさわしくない語句・表現が用いられているが、作品の時代的背景と文学的価値に鑑み、そのまま掲載することとした。

# 収録作品初出一覧

非現実への愛情　「講談倶楽部」昭和三十一年一月号

## Ⅰ　幻想と怪奇

火星の運河　「新青年」大正十五年四月号
白晝夢　「新青年」大正十四年七月号
押繪と旅する男　「新青年」昭和四年六月号

## Ⅱ　懐かしき夢魔

残虐への郷愁　「新青年」昭和十一年九月号
郷愁としてのグロテスク　「讀賣新聞」昭和十年八月十八日
人形　「東京朝日新聞」昭和六年一月十四日〜十七日、十九日に連載
瞬きする首　「東京日日新聞」昭和九年十一月五日
お化人形　「探偵趣味」大正十五年七月号
レンズ嗜好症　「ホーム・ライフ」昭和十一年七月号
旅順海戦館　「探偵趣味」大正十五年八月号
こわいもの（一）　「探偵通信6」昭和三十年三月
こわいもの（二）　「探偵通信7」昭和三十年四月
妖虫　「文学時代」昭和七年二月号
ある恐怖　「探偵趣味」大正十五年一月号
映画の恐怖　「婦人公論」大正十四年十月号
声の恐怖　「婦人公論」大正十五年八月号

墓場の秘密　「婦人の国」大正十五年四月号
「幽霊塔」の思い出　黒岩涙香『幽霊塔』愛翠書房（昭和二十四年四月）

## Ⅲ　怪談入門

怪談入門　「宝石」昭和二十三年六月号〜十月号、昭和二十四年一月号〜四月号、六月号〜七月号まで連載
恋愛怪談　『幻影城』岩谷書店（昭和二十六年五月）
猫町　「小説の泉」第四集〈怪奇探偵捕物読切傑作集〉（昭和二十三年九月）
祖母に聞かされた怪談　「図説日本民族学全集」付録月報　昭和三十五年八月
西洋怪談の代表作　世界大ロマン全集24『怪奇小説傑作集1』東京創元社（昭和三十二年八月）
怪談二種　「東京新聞」昭和二十八年七月十六日
鏡怪談　「東京タイムズ」昭和二十五年七月二十五日
猫と蘭の恐怖　「カムカムクラブ」昭和二十三年八月号
透明の恐怖　「別冊文藝春秋」第五十四号（昭和三十一年十月）
フランケン奇談　「キング」昭和三十二年二月号
マッケンの事　「ぷろふいる」昭和十年一月号
群集の中のロビンソン・クルーソー　「中央公論」昭和十年十月号
文学史上のラジウム――エドガア・ポーがこと　「世界文学月報　二十一号」新潮社（昭和三年十二月）
病める貝――E・A・ポー逝きて百年　「報知新聞」昭和二十四年十月四日
赤き死の仮面（E・A・ポー／江戸川乱歩訳）「宝石」昭和二十四年十一月号

## Ⅳ　怪奇座談集

幽霊インタービュウ（江戸川乱歩／長田幹彦）「オール讀物」昭和二十八年十一月号
樽の中に住む話（江戸川乱歩／城昌幸／佐藤春夫）「宝石」昭和三十二年十月号
狐狗狸の夕べ（江戸川乱歩／三島由紀夫／芥川比呂志／杉村春子／松浦竹夫／山村正夫）「宝石」昭和三十三年十月号

# 編者解説

大正の末から昭和三十年代まで、日本探偵小説の興隆に長らく中心的な役割を果たした江戸川乱歩は、怪奇幻想文学の分野においても、大いなる先覚者であり、こよなき導き手であった。

その赫々たる業績は、創作と批評啓蒙の両面にわたっており、いずれにおいても計り知れないほどの影響を、同時代および後代にまで広く深く及ぼすことになった。

幻想と怪奇の創作家としては、もっぱら昭和初頭――すなわち一九二〇年代後半のわずか五年間ほどの時期に集中して書き継がれた一連の短篇小説が、なにより注目に値するだろう。

本書にも収録した小品「白昼夢」（一九二五）に始まり、「人間椅子」（二五）、「踊る一寸法師」（二六）、「火星の運河」（二六）、「人でなしの恋」（二六）、「鏡地獄」（二六）、「芋虫」（二九／初出は「悪夢」）、「押絵と旅する男」（二九）、「虫」（二九）、「目羅博士の不思議な犯罪」（三一）……光学器械や鏡、幻燈、人形などへのフェティッシュな偏愛を核とするユートピア願望、エロ・グロ・ナンセンスの時代を体現するかのような見世物小屋幻想とフリークス趣味とネクロフィリア妄想等々に妖しく彩られた乱歩一流の怪奇幻想小説は、余情纏綿、読者に語りかけるような説話調の文体と相俟って、発表からそろそろ一世紀を閲《けみ》しようという現在もなお、いささかも色褪せることなく、読む者を魅了する不朽の輝きを放ってやまない。


一方で乱歩には、怪談文芸やホラーの観点から、逸することのできない珠玉のエッセイや名評論の類も数多い。

たとえば、第一評論集『鬼の言葉』（三六／春秋社）所収の「マッケンの事」と「群集の中のロビンソン・クルーソー」で、英国十九世紀末の怪奇作家アーサー・マッケンを、いち早く発見しているのは、さすがの炯眼《けいがん》といえよう。

「マッケンの事」によれば、モーリス・ルヴェルなどの訳業で知られる田中早苗がマッケンの本を愛蔵しており、乱歩はその中の怪奇長篇（後の記述から「三人の詐欺師」と推定される。乱歩自身による訳題は、「屋根裏の散歩者」を彷彿させる「三人の欺瞞者」！）を借覧して大いに気に入り、続けて借りだしては読破することになったという。こうした経緯が嬉々として綴られるあたり、文学そして書物の猟奇者・乱歩の面目躍如たるものがあろう。

それればかりではない。インターネットの検索ボタンを押せば、たちどころに雑多な情報を参照することのできる現代とは違い、当時、海外の作家作品についてリアルタイムで得られる情報は、きわめて限られていた。にもかかわらず——「私にとってそれよりも魅力のあるのは、どの小説にも、ことに『三人の欺瞞者』に漂う超常識な狂気めいた空気である。小説全体が辻褄が合っているようでいて、どこかしら辻褄の合わない感じ、部分部分は大変正気で理路整然としているくせに、だんだん読んでいるうちに、読者自身の思考形式が何か、この世のものでない別世界の思考形式に変って行くような、妙に危険な誘惑的な感じ、後年そういう別世界の狂気の中に遊んだマッケンでなくては、真似ようとしても真似ることのできない、実に不思議千万な空気、それが私をひどく喜ばせたのである」……かくも的確に、マッケンという謎多くして奥の深い作家の本質に肉迫し、しかもそれを、「超常識な狂気めいた空気」だの「この世のものでない別世界の思考形式」だの、まことに絶妙な乱歩言葉で読者に伝授する筆の冴えたるや、真に驚嘆に値するといわざるをえない。

マッケンの主要作品が邦訳紹介されるのは戦後になってからのことで、乱歩が絶讃する長篇「ヒル・オヴ・ドリームズ」が『夢の丘』の邦題で牧神社から刊行されたのは、さらに降って昭和四十八年（一九七三）、自伝類に至っては現在もまだ邦訳が実現していないのだから。ちなみに、それらの翻訳をほぼ独りで手がけたのが、英米怪奇小説翻訳の名匠・平井呈一だが、乱歩と呈一は、世界大ロマン全集版『怪奇小説傑作集』（五七／東京創元社）で、編纂者・翻訳者として名タッグを組むことになった。マッケンが結ぶ奇縁といえようか。

ことほどさように卓越した「幻想と怪奇の水先案内人」というべき乱歩の稀有なる資質が、最も遺憾なく発揮されたのが、昭和二十三年（一九四八）六月から翌年七月にかけて雑誌「宝石」の連載コラム「幻影城通信」に発表され、後に評論集『幻影城』（五一／岩谷書店）に収められた長篇エッセイ「怪談入門」だった。

アンブローズ・ビアスやアルジャーノン・ブラックウッドをはじめとする欧米の怪奇作家については、乱歩以前にも芥川龍之介や佐藤春夫、あるいは日夏耿之介や西條八十といった文学者による先駆的言及や翻訳がなされていたものの、乱歩ほど系統立てて、初心者にも分かりやすく、しかもその内実と醍醐味を未読の読者にも十二分に体感できるような迫真の筆法で紹介した人物は、皆無にひとしい。

「怪談入門」が、戦後日本の怪奇幻想文学受容史に及ぼした影響の大きさについては、その恩恵をリアルタイムで享受された人物による、次の証言をご覧いただくに如くはない（引用に際して算用数字を漢数字に改めた）。

**紀田**　一九五一年に出た、江戸川乱歩の評論集『幻影城』の中に「怪談入門」という章がある。非常に行き届いたガイドで、これを契機として、怪談を読みたいという気運が高まっていたんです。ところが、その実現までに五、六年かかった。それまで怪談というのは非常に低いものと認識されていて、小説として怪奇を楽しむという読者はいなかったんですね。私は「怪談入門」を読んで〝こんな面白いものがあるのか〟と思ったんだけど、ちょうど今の読者と同じ状況で、読みたくても本がない。五六年くらいに『ドラキュラ』の新訳が『魔人ドラキュラ』という題で出たのが大評判になったので、東京創元社では『怪奇小説傑作集』を『世界大ロマン全集』に急遽入れたんですね。それが五七年です。そんなところが私の入門の過程ですね。

（「ダ・ヴィンチ」二〇〇五年八月号掲載の対談記事より）

乱歩や平井呈一の衣鉢を継ぎ、欧米怪奇幻想文学の移入紹介に多大な足跡を印されてきた紀田順一郎氏の言葉である。

右の引用中にも言及されているように、当時、欧米怪奇小説の翻訳は散発的で、系統立てた紹介など夢のまた夢という状況だった。乱歩は、みずからが主宰する推理小説雑誌「宝石」誌上や、編纂に関与した世界大ロマン全集版『怪奇小説傑作集』などを通じて、それら欧米怪奇小説の翻訳・紹介作業を意欲的に推進していった。

大ロマン全集版を原型とする創元推理文庫版『怪奇小説傑作集』全五巻や、ハヤカワ・ポケット・ミステリ版『幻想と怪奇』といった、現在に至るまで息長く読み継がれている欧米怪奇小説アンソロジーの名著が、ともに乱歩の「怪談入門」を踏まえたセレクションとなっている事実に鑑みても、その影響の大きさは比類なきものといえそうである。

さて、本書『怪談入門——乱歩怪異小品集』は、大乱歩が遺した怪談、ホラー、幻想文学関連の主要な文章と談話類を集成するという企図のもとに編まれたアンソロジーである。

「うつし世はゆめ／よるの夢こそまこと」という乱歩世界を体現した対句の由来を綴った「非現実への愛情」を序詞代わりに巻頭に据え、「幻想と怪奇」（小説篇）「懐かしき夢魔」（随筆篇）、「怪談入門」（論考篇）、「怪奇座談集」（座談篇）の全四部で構成してみた。

以下、それぞれのパートごとに、収録作について若干を記す。

「幻想と怪奇」には、小説における乱歩怪異小品の代表作というべき「火星の運河」と「白昼夢」の両傑作に加えて、やや長めではあるが、乱歩怪異譚の頂点を極めた名作「押絵と旅する男」を（編集部からの懇望《リクエスト》もあり）収載することにした。

ご覧のとおり、このパートだけは、正字旧仮名遣いの本文を採用している。

「又《また》あそこへ來《き》たなといふ、寒《さむ》い様《やう》な魅力《みりよく》が私《わたし》を戰《おのゝ》かせた」（「火星の運河」）

「あれは、白晝《はくちう》の惡夢《あくむ》であつたか、それとも現實《げんじつ》の出來事《できごと》であつたか。晩春《ばんしゆん》の生暖《なまあたゝか》い風《かぜ》が、オドロ／＼と、火照《ほて》つた頬《ほゝ》に感《かん》ぜられる、蒸《む》し暑《あつ》い日《ひ》の午後《ごご》であつた」（「白昼夢」）

「この話《はなし》が私《わたし》の夢《ゆめ》か私《わたし》の一時的狂氣《じてききやうき》の幻《まぼろし》でなかつたならば、あの押繪《おしゑ》と旅《たび》をしてゐた男《をとこ》こそ狂人《きちがひ》であつたに相違《さうゐ》ない」（「押絵と旅する男」）

冒頭の一句から早くも強烈な妖気を放ち、読者を乱歩魔界へ有無を云わせず引きずり込むその文体は、執筆当時の文字遣いと総ルビの本文で味わうことで、さらなる興趣を掻きたてるに違いない。

実はこのパートの底本としたのは、昭和六年（一九三一）から翌年にかけて、初の乱歩全集として平凡社から刊行され、絶大な反響を巻き起こした『江戸川乱歩全集』（全十三巻）なのである（「火星の運河」は第四巻、「白昼夢」は第五巻、「押絵と旅する男」は第三巻に所収）。同時代の乱歩ファンの多くが堪能したそのままの本文で、乱歩怪異譚の粋をお読みいただこうという趣向である。

「懐かしき夢魔」には、小説に較べて一般の目に触れる機会が少ない「乱歩随筆」の名品十五篇――恐怖と怪奇の原体験ともいうべき幼少年時代の回想や、孤高の猟奇者たる嗜好性癖を明かした信仰告白めく文章の数々を収録している。

乱歩ならではの名調子で物語られるこれらのエッセイは、ときに小説作品以上に小説的であり、乱歩魔界の蠱惑と戦慄、その原風景をまざまざと垣間見させることだろう。

しばしば指摘されるように、乱歩くらい自身の人となりや作品について熱心に、それこそ微に入り細を穿《うが》つように説き語った作家も稀である。それだけに、この種の乱歩随筆には、先にもふれたとおり小説作品そこのけの感興を覚えしめる逸品が少なくない。

まさに、小説と随筆のあわいを往く「小品」の本領というべきか。

「人間に恋はできなくとも、人形には恋ができる。人間はうつし世の影、人形こそ永遠の生物」……と語りだされる「人形」冒頭の水際立った一節を見よ。

あるいは「こわいもの（二）」におけるコオロギの夢——読む者の生理的嫌悪感を否応なく掻きたてずにはおかない、執拗なトートロジーめく細密描写の迫真力はいかがであろう。御婦人に向かって微笑みながら語りかけるようなスタイルで綴られた「墓場の秘密」における、惻々とたたみかけるような恐怖描写なども、乱歩一流の名調子である。

読む者をして慄然たらしめると同時に、甘やかで仄暗い郷愁へと誘ってやまないこれら珠玉の小品群は、その過半が大正末から昭和初期にかけて、怪奇幻想作家としての乱歩が絶頂期を迎えていた時期に生み出されたものであることを付言しておきたい。

「怪談入門」は、本書のタイトルロールというべきパートである。海外の怪奇幻想作家と作品を紹介した批評的文章十四篇と、乱歩自身の手になるポーの翻訳一篇を収載している。

乱歩による怪談／ホラー小説談義の代表作というべき「怪談入門」だが、「幻影城通信」の一環として連載された際のタイトルは、最初は「怪談について」で、五回目から「怪談」に変わっている。これはおそらく、「透明怪談つづき／動物怪談」などと、別に副題が付されるようになったからではないかと推察される。そもそも、このような題目で丸一年も書き続けることになろうとは、乱歩自身も予想していなかったらしく（最終回の記述を参照）、はからずも作者の資質嗜好が露呈される形になった。

たとえば――ラヴクラフトに関する言及の数々を、とくとご覧いただきたい。

「アメリカ大西洋岸北部、ニューイングランド地方のロード・アイランド州に生れ、病身のため、一生をそこにとじこもって、恐怖、超自然の空想に耽って暮らした異常の作家である」

「彼の作には次元を異にする別世界への憂鬱な狂熱がこもっていて、読者の胸奥を突くものがある」

「現れた怪物の姿は太いグニャグニャした縄がメチャクチャにもつれ合ったような巨大な塊りで、その到る所に、いやらしい目と口と、奇妙な手足が数知れずついているという妖怪、これが異次元の生物なのである」

いやはや、かくも乱歩一流の煽情的な紹介のされ方をしたら、読みたくて堪らなくなるのが人情というものではないか！　現在の盛名とは対照的に、当時はまったく無名だったラヴクラフトだが、記念すべき本邦最初の紹介者が乱歩だったことは、大変な僥倖といってよかろう。乱歩は昭和三十年（一九五五）十一月号掲載の「エーリッヒ・ツァンの音楽」（多村雄二訳）を皮切りに、「宝石」誌上でのラヴクラフト作品紹介にも力を入れている（ちなみに現時点で確認されているラヴクラフト翻訳の嚆矢は、「文藝」一九五五年七月号掲載の加島祥造訳「壁の中の鼠群」だが、同じ号に隣り合って、乱歩最後の怪奇短篇となった「防空壕」が掲載されているのも奇縁を感じさせる。この件の詳細は、学研版『クトゥルー神話の本』掲載の拙稿「ラヴクラフトのいる日本怪奇文学史」を参照されたい）。

さて、かくも周到を極めた「怪談入門」ではあるが、二個所ばかり補訂を必要とする記述がある。その一は「4　動物怪談」の章で「作者も題名も今は思い出すすべもないが、三十数年以前英和対訳本で読んだもの」とある部分。この作品は、米国の大衆作家ウォードン・アラン・カーティスの「湖上の怪物」で、明治四十年（一九〇七）に同題の英和対訳本（佐川春水訳註）として出版されている（同書探索の顚末は、横田順彌・會津信吾の共著『新・日本ＳＦこてん古典』に詳しい)。長らく稀覯作品となっていたが、平成十年(一九九八)に『恐竜文学大全』(東雅夫編/河出文庫)という酔狂なアンソロジーに復刻再録された。

もう一個所は、「6　絵画彫刻の怪談」中で「それは一年程前何かの英語本傑作集で読んだのだが、どうしてもその本が思出せない」として、粗筋を紹介している作品に関する記載。実はこれこそがアンブローズ・ビアスの「モクソンの人形」であり、右の直前部分で乱歩がビアス作品として紹介している粗筋は、米国作家ベン・ヘクトの「恋がたき」(創元推理文庫版『怪奇小説傑作集2』所収)のものなのである。

このパートの後半に収めた「透明の恐怖」と「フランケン奇談」は、晩年に到って書かれたもので、「怪談入門」を踏まえて開陳される乱歩流怪談/ホラー小説談義の総決算ともいうべき力作となっている。前者はいわゆる「隠れ蓑願望」、後者は「ピュグマリオン・コンプレックス」に発する幻想と恐怖の物語を扱っているが、これらは余人ならぬ乱歩自身が最も深く魅了され、好んで自作にも登場させたモチーフであった。

隠れ蓑願望の作例としては「人間椅子」「屋根裏の散歩者」「陰獣」などが、ピュグマリオン・コンプレックスでは「人でなしの恋」や「押絵と旅する男」「白昼夢」などが、すぐさま想起されよう。「フランケン奇談」の後半は、粗筋紹介というよりも小説さながらの態《てい》をなしているが、オノマトペを多用する独特の語り口は、原典が有する雰囲気やその真髄を臨場感たっぷりに伝えて読者を飽かすことがない。これもまた、乱歩流文学談義を読む醍醐味のひとつといえよう。

ポーに関する二篇のエッセイに続けて掲げた「赤き死の仮面」は、「宝石」昭和二十四年(一九四九)十一月号のポー没後百年記念特集に掲載されたもので、事実上の名義貸しが少なくない乱歩の翻訳の中では珍しく、本人みずからが手がけたとされている逸品である。

近年、巧緻にして豪奢な乱歩本を限定少部数で刊行し、書痴たちを歓喜させている藍峯舎の公式サイトより引用する。

「自らの文学的ルーツであるポーの諸作のなかでもとりわけ亂歩の愛着の深い作品とされる『赤き死』だけに、その翻訳は熱のこもったまさに入魂の一作となっています。訳語を選び抜き、視覚的効果まで計算し尽した亂歩ならではの文字遣いや周到な訳註もあって、このポーの名作のこれまで誰も覗けなかった異様な深層にまで肉薄しています」

ちなみに藍峯舎版『赤き死の假面』は、右の翻訳(正字旧仮名表記)ばかりでなく、乱歩のポー関連文章を集成して、オディロン・ルドンによる「赤き死の仮面」を口絵に配した、嬉しいくらいマニアックな乱歩愛あふれる好企画だった。

乱歩は座談の名手でもあり、探偵作家はもとより、実に多彩な分野の人々と対談や座談会を行なっている。とりわけ「宝石」誌上では、推理小説読者の拡大を企図してか、意外性のある人選による座談会が頻繁に組まれた。「怪奇座談集」のパートには、それらの中から、怪奇幻想文学の観点から見て興味深い三篇を収録した。

花柳小説の大家として知られ、戦後は心霊学への傾倒を深めて、怪談小説集『幽霊インタービュー』（五二／出版東京）や怪談実話風の回想記『霊界五十年』（五九／大法輪閣）などを刊行した長田幹彦と、霊媒および心霊現象の真偽をめぐり火花を散らす「幽霊インタービュウ」、城昌幸を介添えに文壇の大御所・佐藤春夫と、のんしゃらんな清談風の閑話に興じる「樽の中に住む話」、『黒蜥蜴』繋がりの三島由紀夫や演出家・俳優の芥川比呂志（芥川龍之介の長男）、さらには往年の大女優・杉村春子までが加わって、興味津々な恐怖談義の果て、なんとコックリ（狐狗狸）さんが始まる「狐狗狸の夕べ」……なにげない応答のはざまに、人間乱歩の素顔が覗くところも読みどころのひとつだろう。

編者は十年ほど前、本書の原型というべき『火星の運河　江戸川乱歩のホラー読本』（二〇〇五／角川ホラー文庫）を編んだが、同書は映画『乱歩地獄』のタイアップ企画であったため、編纂上の制約も多く、しかも刊行からほどなくして絶版となってしまった。

当時から念願であった『怪談入門』と銘打つ乱歩本を、乱歩と所縁ある平凡社から編纂刊行できることになったのは、欣快至極である。

怪談文芸やホラーや幻想文学の水先案内の書として、鏡花の『おばけずき』と併せて御活用いただきたく――。

二〇一六年五月

東　雅夫

平凡社ライブラリー　843

怪談入門《かいだんにゅうもん》
乱歩怪異小品集

発行日…………2016年7月8日　初版第1刷

著者……………江戸川乱歩
編者……………東雅夫
発行者…………西田裕一
発行所…………株式会社平凡社
〒101-0051　東京都千代田区神田神保町3-29
電話　東京(03)3230-6579[編集]
東京(03)3230-6573[営業]
振替　00180-0-29639

印刷・製本 ……藤原印刷株式会社
D T P …………藤原印刷株式会社
装幀……………中垣信夫

ISBN978-4-582-76843-5
NDC 分類番号913.6
B6変型判（16.0cm）　総ページ432

平凡社ホームページ　http://www.heibonsha.co.jp/
落丁・乱丁本のお取り替えは小社読者サービス係まで
直接お送りください（送料、小社負担）。

＊本書中の図版につきまして、著作権継承者が不明で、使用にあたってご連絡できませんでした。お心当たりのある方は、大変お手数ですが編集部までご連絡いただけますようお願い申し上げます。

## 平凡社ライブラリー　既刊より

谷川恵一……言葉のゆくえ——明治二〇年代の文学
A・ゲルツェン……向こう岸から
マルティン・ハイデッガー……技術への問い
ポール・ド・マン……美学イデオロギー
莫言……豊乳肥臀 上・下
イザベラ・バード……中国奥地紀行 全2巻
大山誠一 編……聖徳太子の真実
W・イェンゼン＋S・フロイト……グラディーヴァ／妄想と夢
秋山 清……ニヒルとテロル
菊地信義……わがまま骨董
藤田嗣治……随筆集 地を泳ぐ
G・フローベール ほか……愛書狂
白川 静……文字答問
榎本好宏……季語成り立ち辞典
ヴァージニア・ウルフ ほか……［新装版］レズビアン短編小説集——女たちの時間
ヴァージニア・ウルフ……自分ひとりの部屋
ピエール＝フランソワ・ラスネール……ラスネール回想録——十九世紀フランス詩人＝犯罪者の手記